图书在版编目（CIP）数据

你是我最美的时光 / 顾七兮著 . —重庆：重庆出版社，2014.8
ISBN 978-7-229-07175-2

Ⅰ . ①你… Ⅱ . ①顾… Ⅲ . ①长篇小说—中国—当代
Ⅳ . ① I247.5

中国版本图书馆 CIP 数据核字（2014）第 114136 号

你是我最美的时光
NI SHI WO ZUIMEI DE SHIGUANG
顾七兮　著

出 版 人：罗小卫
策划编辑：欧阳秀娟
责任编辑：陶志宏　汪晨霜
责任校对：杨　婧
装帧设计：百丰设计

重庆出版集团
重庆出版社 出版

重庆长江二路 205 号　邮政编码：400016　http://www.cqph.com
北京新世界文慧图书发行有限责任公司制版
北京天宇万达印刷有限公司印刷
重庆出版集团图书发行有限公司发行
E-MAIL:fxchu@cqph.com　邮购电话：023-68809452

重庆出版社天猫旗舰店
cqcbs.tmall.com

全国新华书店经销

开本：880mm×1230mm　1/32　印张：8　字数：180 千字
2014 年 8 月第 1 版　2014 年 8 月第 1 版第 1 次印刷
ISBN 978-7-229-07175-2

定价：28.00 元

如有印装质量问题，请向本集团图书发行有限公司调换：023-68706683

版权所有，侵权必究

# 目 录

第一章　狼狈的初遇／001

第二章　再次邂逅／065

第三章　腹黑的暧昧／096

第四章　勇敢追求／123

第五章　爱情明朗／160

第六章　逃不出的爱／175

第七章　误会重重／191

第八章　大结局／220

番外／249

# 第一章　狼狈的初遇

不厌其烦的门铃声响得叶笑笑近乎抓狂！

这个尚景文，他到底想干吗？

叶笑笑拍了拍额头，无奈地倒向沙发，双手死死地捂着耳朵，闭上眼装死，心想这无聊的家伙总会知难而退的。

只是，她低估了尚景文的耐性。

尚景文耐着性子，继续按着门铃，并且将门铃按得极具节奏感，他知道叶笑笑在家，只是不想搭理他。按到手指发麻，尚景文终于正视现实，看来，不来点狠的是不行了！于是他毫不客气地手脚并用，连敲带踹起来，嘴里还大声地喊叫："叶笑笑，开门，开门哪！要出人命了！救命啊！"

要出人命了！还高呼救命？这什么情况？

尚景文这样大呼小叫地在她家门口扰民，实在是不成体统！为了避免邻居投诉到物业，叶笑笑不得不退一步，她恼怒地磨了磨牙，不耐烦地从沙发上起身，直奔大门，猛地一下打开："尚景文，你到底想干吗？"

"我怕！"尚景文一把抱住叶笑笑，猛地转了个身子，侧身进屋，随脚踹上了门。那动作，那身手，一气呵成，就像是演练许多次一样，流畅到用行云流水来形容也不为过。

"尚景文！"叶笑笑伸手去打他，咬牙切齿地连名带姓地冲他狮吼，表达她内心的不满。

尚景文松开叶笑笑，转身凑着门板的猫眼看去，嘴里无比认真地解释道："叶笑笑，救命之恩，无以为报，我想以身相许！"

"相许你妹！"

"叶笑笑，我没有妹妹给你相许！"明明是有意偷换概念，却在转过脸的时候一本正经地看着叶笑笑强调道，"我家就我一个，独生！"

这无厘头的对话让叶笑笑嘴角抽搐，她朝尚景文翻了翻白眼："你来干吗？"昨天不是说好了嘛！以后不再联络，就当彼此从未相遇过。

"我刚才路过这，被狗追，于是就来你家躲躲！"尚景文惊魂未定地拍了拍胸口，感激地看着叶笑笑，"谢谢你！"

"被狗追？"叶笑笑狐疑地看着尚景文，"你怕狗？"还真意外，这么一个大男人的，竟然怕狗！还怕得在那喊救命，实在是很衰的事！

"我不怕狗！"尚景文没有忽视叶笑笑眼里的鄙夷，忙摇摇头否认，怕她不相信还挺了挺身板，"我怎么可能怕狗呢？"

"那你喊救命？"叶笑笑不由得提高了声音，既然不怕还喊得那么惊天动地，逼得她不想搭理都不行！

"我不怕狗，但是那狗一直追我，万一，我这怒了，失手把它给打死了，那多不好！"尚景文看着叶笑笑，装模作样地摇摇头："我不想那么暴力，所以，我还是躲躲！"

叶笑笑无语地看了眼尚景文，按照他这说法，得是狗怕他，而不是他怕狗。不过，不管是他怕狗还是狗怕他，这关她半毛钱的事？叶笑笑正想下逐客令，那瘟神却快过她开口："叶笑笑，你家有吃的吗？我饿了！"尚景文问得自然又亲切，接着还大大方方地走到沙发边坐了下来，这泰然自若的表现差点让叶笑笑产生了这不是她家而是他家的错觉。

叶笑笑拧眉，叹气强调："我记得，昨天我们说好了，以后不再联络的！"

"我没跟你联络啊！"尚景文优雅地跷着二郎腿，在沙发上调整了一个舒服的角度，顺手还拿起电视的遥控板，不紧不慢道："只不过，今天刚巧路过，借你的地方休息一会儿！"

"我家不欢迎你！"叶笑笑不客气地说。

"我知道，所以，我都没叫你给我泡茶！"尚景文勾着嘴角笑了下，"我很有自知之明的！"

"尚景文，我请你出去！"叶笑笑知道自己说不过尚景文，也懒得跟他争口舌，猛地一把拉开门，毫不犹豫地做了一个请他出门的动作。

"俗话说，一日夫妻百日恩。"尚景文嘴角勾着笑意，丝毫不将叶笑笑的逐客令当一回事，"叶笑笑，好歹我们也有过同床共枕的一夜，我这为了躲狗跑得精疲力竭，就想借你家休息一会儿，你赶我走的行为不但小气，还没礼貌！"

他真是哪壶不开提哪壶！

这话是触到了叶笑笑的底线，她顿时怒了："尚景文，你什么意思啊？"

"我没什么意思啊！就字面意思！"

"我跟你没关系，一点关系都没！"叶笑笑气急败坏道。

"我没说有关系啊！"尚景文耸了下肩，接着带着玩味的语气说道，"我知道，单纯睡了一夜，算不得什么关系的！"这话，故意说得暧昧不清，引人遐想。

尚景文这么一说，叶笑笑的火气嗖嗖地往上冒，她快步奔了过来，她不想再忍了。叶笑笑猛地一把拽着尚景文的衣服，吼道："在我没有发怒之前，滚！"

"你确定，你这样还不叫发怒吗？"相较叶笑笑的怒火中烧，尚景文的语气则温柔到可以掐出水来，接着还直直地盯着叶笑笑半抗议半撒娇道，"你看你，我的衣服都快被你撕破了！"

"尚景文，你到底想怎么样？"叶笑笑依旧死死地拽着他的衣服，双眼怒火地盯着他再次斥问，"我们昨天不是说好了吗？桥归桥，路归路，你今天来我家，到底什么意思？"

"我真没什么意思。"尚景文可怜巴巴地举着手，"我发誓，真的只是路过，然后被狗追了，所以，过来躲躲！"

"你没事，路过我家干吗？"叶笑笑冷笑了下，"尚景文，你当我三岁小孩呢，撒谎也不打打草稿！"

"哎呦，你既然知道我在撒谎，那你何必拆穿我呢！"尚景文讨好地对着叶笑笑摆了一张灿烂的笑脸来，"搞得我难为情了！"

"你到底想怎么样？"叶笑笑气得眼泪都快掉下来了，她在想她是不是犯太岁，冲撞了哪路大仙了，然后派了这么个瘟神来折磨她？

"我们不都说清楚了吗？那一晚是意外，谁都不许再提了，我们也不要再联络了，你这样纠缠不清，真的很过分！"

"我也不想！"尚景文无奈地叹了口气，"可是，命不由我啊！"

"什么意思？"叶笑笑的脸色越来越不耐烦。

"你自己看吧！"尚景文好不容易正经了起来，便从口袋里飞快地掏了一张照片递给她。

叶笑笑看到照片的一瞬间，心里咯噔了下，紧张地以眼角的余光偷偷地瞄了一眼照片，生怕不小心看到什么艳照之类的。好在，这只是一张很普通的抓拍照片，叶笑笑跟尚景文在金巧琳生日宴会上被偷拍的，尚景文当时俯身，凑在叶笑笑的耳边说话。从抓拍的角度上看，两人姿态很亲昵。

不过，这也没什么吧？那一晚，叶笑笑跟尚景文本来就是假扮情侣，无意间被人拍到这样默契的神态和表情也是正常的事啊！

"这张照片怎么了？"叶笑笑忍不住反问尚景文，拿捏不住他的真实目的到底是什么！反正，在叶笑笑看来，这照片是没什么问题的！

"你不觉得看着很亲密吗？"尚景文不答，反问。

"照片上看，是有点！"叶笑笑诚实地回答，随即解释了句，"那晚我们假扮情侣，要的不就是这个效果吗？"

不恩爱，不亲昵，那干吗还假扮情侣？

"效果确实达到了！"尚景文点点头，"不过，麻烦也来了！"

"什么麻烦？"听到"麻烦"两字，叶笑笑的双眉忍不住拧在了一块。

"这照片被我妈看到了！"尚景文撇了撇嘴，"她非要我把你请回去，吃个饭，说要认识下！"

"啊？"

"叶笑笑，虽然我们昨天达成协议，桥归桥，路过路，以后互不联络！但是——"尚景文话锋一转，慢条斯理地卖着关子。

"但是什么？"虽然叶笑笑觉得这事在本质上和她没多大关系，但是她的性子向来急，见不得人在她面前悠然自得地卖关子。

"但是，现在不可能了！"尚景文神色为难地看着叶笑笑，"我妈那个人吧，比较那啥……"话说到一半他又顿住了，不过看他苦思冥想的模样大抵是在找个合适点的形容词来形容他妈。

"啥什么啥啊？说呀！"叶笑笑催促。

"那我就直说了吧。"在确定实在找不到好的形容词后尚景文艰难地选择了放弃，深呼吸了一口气，"因为我们表演很到位，这张偷拍照片的技术也不错，正巧这照片又被我妈看到了，她就自然而然地认为，我们俩正在谈恋爱！所以，非得要我请你回家。"

"我不去。"尚景文明明白白地将话撂在这里，想让叶笑笑和他继续假扮情侣的意思她也听懂了。可是"请神容易送神难"的苦楚她已经尝过一次了，特别是像尚景文这种瘟神，碰过一次已经够了，她是没有时间，没有精力，也没有耐性，更没有胆子去招惹他了！

所以叶笑笑毫不犹豫地拒绝："你跟你妈解释下，我们这纯粹演戏的。"

"我说了，我妈比较那啥！"尚景文神色为难，"不能告诉她，我们是演戏的！"

"为什么不能？"

"我妈比较奇葩！"尚景文叹了口气，"绝对不能让她知道我们是演戏的，不然，我们两个会被修理得很惨！"

"可事实上，我们就是演戏啊！"叶笑笑看着尚景文，推得一干二净，"再说了，是你妈奇葩，你这做儿子的自己搞定，不要牵扯我！"

"叶笑笑，你真不管？"

"当然不管！也轮不到我管！"叶笑笑立场坚定，态度明确，"我跟你本来就没关系，何必去招惹你那奇葩的妈妈！"

叶笑笑虽然没有见过尚景文的妈妈，也不知道尚景文指的奇葩定义到底是什么。但是她清楚，她不能再跟着尚景文掺和到他家去，更何况，对方家里还有一个奇葩！

所以，划清界限，是最好的办法！

"叶笑笑，既然你这样不厚道，那我也不管了！"尚景文双手一摊。

"那您请吧！"叶笑笑对着尚景文又做了一个请的手势，"我们以后继续保持老死不相往来的状态！"

尚景文识趣地起身，大步走到门边，嘴角突然勾出一抹邪魅的笑意来："叶笑笑，我善意地提醒你下，我妈的奇葩，不是你所能想象的，你想跟我老死不相往来，只怕会很难了！"

"什么意思？"一阵莫名的心悸之感油然而生。

"等你见识到我妈的奇葩后，你会来求我管事的！"尚景文笑得有些幸灾乐祸，"我会等着你找我的！"

"去你的，我才不会去找你呢！"叶笑笑边说，边把尚景文推出家门，"我们再见，再也不要见了！"说完猛地一把甩上家里的门。

"叶笑笑，再见的意思是再能见面！"尚景文隔着门板，张扬地笑道，"我等着！"

"等你妹！"叶笑笑没好气地嘟囔了句，转身回房间，气呼呼地躺到床上闭目养神，脑海里却不知不觉地想起这几天悲惨的遭遇来！

这话，要从一个星期前说起。

一个星期前，叶笑笑还不认识尚景文，当时，她还是甄诚的女朋友，幸福地筹备着两个人的订婚宴。她的人生出现翻天覆地的变化，是从接了甄诚能干的女秘书约她喝咖啡的电话开始。

坐在咖啡厅里，叶笑笑漫不经心地捏着勺子在咖啡杯里搅动。对于这个约会，她到现在还有点云里雾里的感觉，自己跟刘岩什么时候好到能坐在一起喝咖啡了？

刘岩，叶笑笑男朋友甄诚的秘书，之前跟叶笑笑见过几次面，但是，关系仅止于点头、微笑、打招呼的礼貌性阶段。

刘岩端坐好了身子，嘴角勾着一抹似有若无的笑，盯着叶笑笑看了半晌，才轻扯嘴角出声："叶小姐，我想你大概知道我约你出来的目的了。"

叶笑笑茫然地摇头："刘小姐，你说什么呢？我怎么知道你约我出来的目的？"叶笑笑又不是她肚子里的那啥，哪知道她约自己出来的目的是什么。

刘岩的嘴角上扬,继续盯着叶笑笑问:"真不知道?"

"不知道。"叶笑笑摇了摇头,"你有什么话,就请直说吧。"这神神秘秘,欲言又止的表情让叶笑笑的心里更是发毛。第六感告诉她,这个女人想要说的将不会是什么好事,所以叶笑笑即便不去猜,但心情已经受到了影响。

刘岩端起咖啡杯,笑容轻狂,抿了一口以后便脱口而出:"我跟甄诚好了很久了!"

"你是他的金牌秘书,你不跟他好,难道跟别人好?"叶笑笑的心好似被针扎似的,钻心般的疼痛,让她差点就应付不了眼前的这个女人。可是,自尊心让她不甘示弱,她不想在这个向她示威的情敌面前表现出自己的软弱。

虽然,此时此刻,她难过得想死的心都有了!但理智告诉她,在事情还没明朗之前不可轻易地掉入别人的陷阱。

"叶小姐!"听了叶笑笑的回答,刘岩愣了下,随即道,"我说的好,你不会不懂吧?"

"你说呢?"叶笑笑还在努力地控制着自己的情绪。

"呵呵,你当然是懂的。"刘岩笑得更为轻狂,继续勾着嘴角,言语更是挑衅,"我没别的意思,就是跟你说一下,我跟他在一起两年了!"

"时间挺长的!"叶笑笑的心就像被刀狠狠地捅了下,仿佛能感觉到鲜血在遏制不住地狂涌。但是,这一刻的她连自己都佩服自己,她的脸上继续保持着微笑,她不能让这个上门挑衅的女人笑话她,"你还有什么话,一并说了吧!"

对于这样主动找上门,自爆是小三的姑娘,接下来多

## 你是我最美的时光

半会说的无非是自己怀孕了,又或者,求叶笑笑离开甄诚,给她机会上位。但是对于叶笑笑来说,不论刘岩准备跟她说什么,她都不会表态,因为,这是甄诚要处理的问题,而不是她!

等甄诚处理完了这个女人的事,那么叶笑笑就要处理她跟甄诚的事了!

说到甄诚,叶笑笑跟他相恋了6年,从高中就开始恋爱了,直到2年前,叶笑笑去了国外进修,跟甄诚的关系一直处于柏拉图式的精神恋爱状态。叶笑笑结业回国第一件事,就是被逼婚,但她不太想早婚,跟甄诚商量之后,最终,双方各退一步,先举行订婚宴,然后再考虑结婚。

这离订婚宴还有一个月的时间,叶笑笑突然听到了甄诚跟这个女人好了两年的消息,所谓"晴天霹雳"大抵指的就是她此刻的心情了。她出国两年,甄诚背着她跟别的女人好了两年,回国之后,这位"能干"的女秘书翩然出现,向她道出这么个真相。在这之前甄诚对她还是一如既往的温柔,甚至每次都急促地催着她要结婚。

此时此刻,她真想扒开甄诚虚伪的外表,看看他的心到底是真是假!

叶笑笑跟甄诚,本来就是门不当户不对的。她是一个地地道道的灰姑娘,一个普通家庭长大的孩子。而甄诚是新生代青年才俊,除了有英俊的外貌,强悍的经商手腕外,更是甄家商号超市连锁的少股东,年轻的执行总裁,在S城的商业圈内,算是有名的角儿。

叶笑笑跟甄诚的生活圈子完全不一样,如果不是高中时代,甄诚叛逆地从贵族学校转学到公立学校,遇到叶笑笑,并且相恋这么几年,压根就不可能会演绎现实版的灰姑娘嫁入豪门的童话故事。

可是,灰姑娘就算嫁入了豪门,就一定能和王子过上幸福的生活?

叶笑笑的心里其实没什么底气,只是,她是一个率性的人,对生活有着随遇而安的态度,更何况他们还相爱了这么多年,她没有理由不向往婚姻。但是,她又迟迟不敢答应甄诚的求婚,而是选择用订婚这样的方式,先适应下彼此的生活,如果适合并能够走下去的,那么,叶笑笑一定会把握幸福。如果不适合的,她也不强求,毕竟,两个人的距离摆在这里呢!

说叶笑笑现实也好,还是说她没底气也罢,总之,女人在遇到婚姻大事的时候,总是非常纠结跟矛盾的,毕竟,要经营一个家庭,比经营一段爱情要难得多。婚姻生活总是让女人又期待又望而生畏的。

"你不生气?"刘岩有点诧异地看着叶笑笑。

"生气呀。"叶笑笑轻扫了一眼刘岩,然后淡淡地道,"可是,生气能解决问题吗?"

"解决问题?"刘岩重复了一遍叶笑笑的话,眸光再一次认真地审视着她,这个女人,在听到自己跟甄诚那样的关系后,竟然还能这样面不改色,倒是让刘岩意外了。

"刘小姐,我很忙,你有什么话,一次性说完。"叶笑笑不耐烦地抬手,看了一眼手表,此刻她的情绪其实很不稳定,面临抓狂了,她真想抓起包包,转身就跑。但她不愿让自己如此狼狈地逃离。再说刘岩既然约她出来了，不说清楚，也是不会让她那么轻易地走人的。

"叶小姐，既然你这么忙，那我也不好意思打扰你。"刘岩眼瞅着叶笑笑确实不耐烦了，而她也真没心情跟叶笑笑坐着兜圈子，于是直接将手伸进包包里掏出一叠照片来。

叶笑笑不动声色地暗呼了口气，眼神盯着刘岩手里的照片，"你这是？"拍了艳照作为证据？给叶笑笑来示威的？

"给你看点东西。"刘岩语气轻佻，带着嘲弄和讥讽的表情看着叶笑笑，见她眼里闪过一丝鄙夷，不由道，"你会有兴趣的。"

"谢谢，我没兴趣看。"从刘岩说她跟甄诚好了两年开始，叶笑笑对她以及刘岩要晒的东西是不抱一丁点儿的兴趣，她料准了这定是些让人倒胃口的东西，在刘岩拿出照片之后她更是懒得看！不是她自欺欺人，她只是不想让自己更添一层堵，小三、艳照、逼宫等等，这些桥段已经被形形色色的人上演得都快烂了。她不幸中箭，她自认倒霉，何苦再和这眼前姿态傲慢的小三继续纠缠！

刘岩又是一愣，这个叶笑笑还真教她刮目相看，她没料到会被拒绝，并且拒绝的态度还相当的平静，而且从叶笑笑的神态和语气看来，就好似这是一件与她无关的事，这让刘岩很受挫。这和原本她所预想的结果截然相反，这让作了准备的刘岩有些招架不住，疑惑地盯着叶笑笑看了半晌，心里打着小九九，是不是，她根本就不相信自己说的话呢？不然，为什么她能这样的淡定，淡定得让人心里都犯了怵了！

可是，如果叶笑笑不看看她准备的这些精彩照片，那岂不是浪费了她这么多天花费的人力、财力和精力了？

不行，一定要给她看！

刘岩深呼吸了一口气，调整了心绪，硬生生地扯出一张笑脸来："叶小姐，这些照片，你一定会有兴趣看的。"说完她拉着叶笑笑的手，照片就硬往她的手里塞进去。

"不要。"叶笑笑头脑一热，猛地一把甩开那些照片。

刘岩故意将那些照片散落，满桌子都是，地上也散了一地。刘岩嘴角扬起得意的笑，说道："那就这样扔着吧。"说完她转过身子，从自己的位置上抓起包包，摆出一副等着看好戏的模样！

叶笑笑手足无措地看着眼前这些五花八门的照片，心里想着，如果是刘岩自己的精彩照片，肯定是不会这样随意扔得满地都是的，毕竟，当艳照门的主角也不是什么光彩的事情！

难道上面的女主角不是她？

叶笑笑一边寻思着，眼睛却不由自主地瞥向了那散了一地的照片。只是一眼，她的俏脸，便生生地绿了！

刚刚自刘岩的口中听到甄诚跟她的关系，已是晴天一声雷，将她打得体无完肤了！却没有想到，这消息还只是开胃小菜，这主菜这会儿才算正式端上！这些照片……照片上的男女，男主是甄诚一个，可女主，却是不同的女人！

"怎么样？照片很精彩吧？"

"还行。"缓缓地说出这两个字，口气仍是波澜不惊。

可心里的疼痛唯有自知。曾经，她那个引以为傲的男人，她那份人人称道的童话式爱情，在这一刹那被击得支离破碎了！

她不是平静，她只是痛得连生气的能力都没有了。

自尊和骄傲被眼前这个猖狂的女人给践踏得所剩无几，她不能卸下最后的坚强，她不能哭，不能叫骂，不能歇斯底里地正中他人下怀。

叶笑笑可不能让甄诚的这些照片给别人捡去，她抚着自己那颗破碎的心，将散落的照片一张一张地捡起。心里一千遍地告诉自己，不要看！不要去看这些龌龊的照片，那不但会伤了自己，还会脏了自己的眼睛。可是，入眼处都是甄诚跟别的女人举止亲昵、行为放荡的照片。那些画面强烈地冲击着她的视线，还被强行植入到自己的脑海中。

最后，叶笑笑捡完照片，呼了一口气，将胸腔内所有的怨恨呼尽，抬脸看着刘岩的时候又一次恢复了刚刚的平淡如水，说："请问，还有别的吗？"

"你想看，当然有。"刘岩估摸不准叶笑笑的想法，诚实地回答。

"我不想看，你去给甄诚看吧。"

"叶笑笑，甄诚不爱你，他有很多女人。"刘岩看着她，一本正经地说。

"是啊，都有你这个小三了，再多一点四五六，其实也没什么大不了……"叶笑笑说完，茫然地抓着包包，转身离开了咖啡店。

她没办法再装了，她必须要在崩溃之前先行离开。真相就像被人剥开层层的肌肤，血淋淋地流淌出一个血肉模糊的残酷人形，那是她无法再自持的伤。

走了一段路，视线模糊了，原来脸上早已布满了眼泪，她伸手去擦，却发现眼泪越擦越多，根本擦不干净。叶笑笑慢慢地蹲下身子，抱着自己无声地咬着唇，在路边哭了起来！

有比她还要悲哀的女人吗？

满心期待，幸福地憧憬着要跟爱人订婚，却发现甄诚有小三，这小三不自爆，她打死也想不到！

有小三已经够让叶笑笑痛心疾首了，却没有想到，这个小三不但高调，并且很尽责，竟然还给调查出了四五六……

这都算什么事？

刘岩目送着叶笑笑快步离开她的视线，她觉得这事太不合乎常理了！叶笑笑在知道自己是小三之后，竟然不打不骂不哭不闹，还镇定自若，这让她觉得自己就像个跳梁小丑！她真是不甘心，她还有杀手锏没有使出来呢！刘岩忙抓着包包，朝着叶笑笑离去的方向飞快地追了出去，追了一段路之后看到叶笑笑正蹲下身子哭泣，这才让她憋屈的心情畅快了几分。

刘岩迈着碎步一摆一摇地走过去，在叶笑笑的身边蹲了下来："我知道你很难过，但是，还有件事，我必须要告诉你！"

"刘小姐，你今天跟我说的够多了，我不想再听你说话了。"叶笑笑抬起还是泪痕犹存的俏脸，猛地擦了把眼泪，尖酸地回了句，"接下来你准备再爆什么猛料？是不是要告诉我你怀孕了？如果真是这样，我劝你还是去找甄诚负责去。"叶笑笑深呼吸了一口气，稳稳心神，继续道，"不过，说实话我对你所说的话并不相信，我承认，刚刚我差点上了你的当，一时间情绪也的确受了你的影响。现在想想，无聊的无良的女人多了去了，想借此扳倒正宫，及时上位，嫁入豪门的心情也可以理解！"

最后的倔强迫使叶笑笑继续奋战，她怎么也不能被刘岩打败。她还得装，装着很相信自己的未婚夫的样子，她不要成为别人的笑话，即便她已然是一个笑话了，可是，那可怜的自尊心仍旧迫使她斗志昂然！

"我没有，不是……"刘岩被叶笑笑的话给堵了下，支支吾吾。

"刘小姐，再见。"叶笑笑的腹语是：再也不见！她倏地站起身子，转身就要走。

"叶笑笑，你听我说。"刘岩也跟着站起身子，一把拽着叶笑笑的手臂，"我真的有话要跟你说。"

"可是，我跟你真没什么好说的。"叶笑笑的耐心快被耗尽了，"请你松手，然后，滚！"

刘岩讪讪地松开手，看着叶笑笑："不管你信不信，甄诚真不是什么好东西，而我也不准备跟他在一起了。"看清楚这个男人的真面目以后，刘岩便抱着宁为玉碎，不为瓦全的心态来找叶笑笑。

她得不到的，别人也别想得到！

"跟我没关系。"叶笑笑没好气道。她还需要一个第三者来告诉自己，热恋的男朋友不是什么好人吗？她刘岩是不是忘记了做小三也不是什么光彩的事情啊！

"我要告诉你的事，当然跟你有关系。"刘岩被叶笑笑的态度给激怒，"甄诚跟你说出差了是吧？那我告诉你，他根本没出差，现在就在凯悦VIP酒店818，你敢去现场看看吗？"

"你谁啊？我为什么要听你的？"叶笑笑愤愤地回敬了刘岩一句。

"你不听也没关系。"刘岩气急败坏地冷笑了一声，"你这还没结婚呢，甄诚在外面就有这么多女人，我真是可怜你！"说完，刘岩转身离开。

叶笑笑目送着气急败坏的刘岩风姿绰约地离开她的视线，再一次蹲下了身子，瞬间觉得整个人像被抽空了一般，觉得浑身无力。脑海里不停地浮现出那些激情的照片，还有，刘岩的话，句句都带着尖锐的刺，将她那一颗柔软的心给刺得斑斑血迹，伤痕累累。叶笑笑颤抖着双手，将那些照片一张张地拿出来看了一遍，视线越来越模糊，眼泪不争气地掉个不停，她用手捂着嘴巴，低低地呜咽。到最后，再也控制不住，肆意地放声大哭了起来……

该怎么办呢？她的心里乱成一团，完全就没了主意！

放在包包里的手机，一遍一遍地响着："我说爱你一万年，你还嫌不够。究竟怎么才能满足你的渴求？我停下了漂流，我放弃了自由，想尽各种方式想和你一生守候。我心里难受，却说不出口，为了那些莫名其妙的理由。你爱不爱我，我真的没把握，我情愿花很多时间来和你蹉跎……"

也不知道哭了多久，看着来电显示上的甄诚，她擦干眼泪，咬着唇，犹豫着要不要接。刚才一通痛哭之后，觉得痛苦和委屈被发泄了不少。她轻咳了下，清了清嗓子，然后稳了稳心神，终于还是接起了电话："喂……"

"笑笑，你在干吗呢？"温润的声音，温柔的语调，带着几分谄媚的讨好，通过话筒，传到了叶笑笑的耳朵里。

你是我最美的时光

"我在外面逛街呢。"叶笑笑避重就轻,双手却紧紧地攥着那些照片,心思万转,"你呢?在忙什么?"

"嗯,我还有个应酬要参加,忙完了,再给你打电话。"甄诚汇报着行踪,"乖,你一会儿就早点回家!"

"嗯。"叶笑笑含糊地应答了一声,此刻她的脑袋一团糟。甄诚这十佳男朋友,自己的未婚夫,怎么会还没结婚就出轨了呢?他说自己在出差,在应酬。可是刘岩却说,他明明就在S市,还在凯悦VIP大酒店!

到底是刘岩在说谎,还是叶笑笑太傻,太好骗了,又或是甄诚实在太会伪装了呢?

"笑笑,你今天心情不好?怎么声音听起来好像怪怪的!"不知道算是细心还是心虚敏感,听着叶笑笑的声音,带着几分疑惑,甄诚小心翼翼地开口而问。

"没有,挺好的。"叶笑笑胡乱地搪塞敷衍,不想让甄诚察觉出她的异样。

"你真的没事?"甄诚不放心地再问,随即道,"我这边的事,尽快处理掉,就赶回去陪你。"

"好!"叶笑笑轻轻地吸了口气,犹豫了下,试探了下,"你出差带秘书了吗?"

"什么?"甄诚愣了下,"当然带了。"随即又补充了句,"你认识我秘书的,就刘岩!"

这句话,听在叶笑笑的耳朵里,就等于在她的伤口上狠狠地撒了把盐,她忍不住提高了声音:"你跟她真好。"

原本还心存侥幸,希望刘岩只是一个心机很深的女人,挑唆过后,想让她离开甄诚,然后再乘虚而入。只是,甄诚的话如冷水浇灭了她内心深处那一簇细微的火种，让她彻底死心绝望。

"笑笑，怎么了？吃醋了？"甄诚警觉地嗅到了叶笑笑今天的反常，便急忙给予安抚，说道，"你要觉得不妥，我下次出差带个男秘书，不带她就是了。"

"没那个必要。"甄诚已让她彻底寒了心，他的表现，此刻在她看来更像是一场虚伪的表演。

"呵呵，亲爱的，你放心吧！在我眼里，除了你，再也容不了别的女人了！"甄诚讨好地继续哄着叶笑笑，"这次回来，我有惊喜送给你！"

"我有点累了，先挂了。"叶笑笑连接话的力气都似乎没有了。她不是甄诚，她真是佩服他，能够编织美丽的谎言，将虚伪的本质演绎得如此淋漓尽致。

"OK，没问题。"甄诚爽朗地应答，接着又喋喋不休地叮嘱着她，"笑笑，你累了的话，别逛了，早点回去休息，乖，一会儿要记得准时吃饭！"

如果没有刚刚这个血淋淋的真相，面对这样关切之情，关爱之意，情人间那柔情蜜意，简直能够腻死人！她一定会觉得自己真的很幸福，幸福得冒泡。有那么一个疼爱自己的男朋友，还即将成为未婚夫。可是，现在，她只会觉得自己很可笑，她头顶着莹莹发光的绿帽，还以为自己真成了童话里的那个灰姑娘。

"我知道了。"甄诚虚假的亲昵和关心让她对他更失望，她不耐烦地挂断了电话，然后看着被自己捏皱的照片怔怔地发呆，继续思考着接下来她到底该怎么办。

刚才那一场痛哭好似将眼泪都流尽了,此刻,她觉得眼睛干涩发疼,流不出半滴眼泪来了。叶笑笑恍恍惚惚地走在大街上,最后,站在一个垃圾桶边。她想把捏皱的照片撕碎丢弃,但是,照片揉叠在一起,她撕了几次,都没成功。她懊恼地松手,将照片再一次放进了包里。

手机响了起来,叶笑笑看到刘岩的名字,气愤地将手机砸了出去。望着地上被砸得四分五裂的手机,叶笑笑懊恼地垂了下脑袋,手机砸坏了没关系,可她的联系号码都在卡上,而她这样的懒人是从来不备份的,只能冲出去捡卡。

尚景文正在专注地开车,冷不防看到一个身影快速地冲撞了上来。他吓得魂飞魄散,忙一脚紧急刹车,还好在即将撞到人影的最后时刻将车停了下来!

尚景文惊吓过后,回过神来的时候在心里念了句"阿弥陀佛"。还好啊,差一点他的兰博基尼下就会出现一个冤死的亡魂了!

叶笑笑也被吓到了,惊恐地望着尚景文的兰博基尼,就差那么一点点,她就带着满腹的怨恨委屈结束了她悲惨的人生!

生死一线,原来如此!

尚景文拧着俊眉,摇下车窗,对这突然冒出来的冒失鬼,态度很不友善:"你没事吧?"

叶笑笑受惊过度,脸上没有别的表情,茫然地睁着眼,无神地看着尚景文。她跟车身的距离只有几厘米,她稍稍挪动下身体就能擦到车身了。

"你没事吧?"尚景文的语气依旧不耐烦。

"我没事。"叶笑笑回神，低头看着地上四分五裂的电话，忙蹲下身子，在那碎片中翻找她的电话卡。

尚景文先是不满叶笑笑突然冲出来，接着又看到她蹲在地上挡着他的路，更是生气。于是摇上车窗，没好气地猛按喇叭，脚也不断地配合着，空踩着油门，制造轰轰的噪音。

叶笑笑被那急促又刺耳的喇叭声搅得心烦气躁，捡起小卡，站起身子，侧身让路。而尚景文已经等待得相当不耐烦了，一脚油门，却将车倒退了几步。

叶笑笑看着尚景文，心中犯着嘀咕，在这个地方，这样倒着开车的，还真是少见。可是，没等她搞明白怎么回事，尚景文一脚油门，轰的一声，飞快地将车再次开回了叶笑笑的身边，紧擦着她而过。叶笑笑受了惊，忍不住后退了一步，却不料，脚底打了个滑，鞋跟吧嗒一下裂开了，她不由得怒了！

再看那兰博基尼在她正前方嚣张地踩下刹车，停了下来，叶笑笑气呼呼地一脚踩着高，一脚踩着低，怒气冲冲地冲了上去，用力地拍了下他的车窗。

该死的，这个家伙，肯定是故意的！

车窗再一次缓缓摇下来，刚刚并没有看清车主的长相。这一刹那，车窗内却乍然出现了一张俊美的脸，眉峰紧蹙，像是在极力地隐忍着他的不悦，盯着叶笑笑恼怒地问道："什么事？"

"先生，就算你的车再好，也不能这样故意撞过来！"叶笑笑瞪着尚景文，把"故意"两个字，咬得特别重！

刚才，他倒车后直冲过来，摆明是故意跟叶笑笑过不去，要不是叶笑笑动作够快，车的刹车系统够好的话，恐怕，此时叶笑笑就要被送往医院了。

"小姐，是你先故意冲撞过来的！"尚景文挑眉，扫了一眼叶笑笑，漫不经心道，"还故意挡着我道！"

他言下之意，不过是礼尚往来！

"我没故意冲撞出来，也没想挡着你道！"叶笑笑气呼呼地瞪着尚景文，"我只是在捡东西。"叶笑笑边说边伸手将小小的SIM卡对着尚景文亮了下，"而你却是故意要撞我的！"

这个家伙，太没礼貌了，就算叶笑笑是故意冲撞出来，故意挡道的，他就非得以其人之道还治其人之身吗？

尚景文皱着眉头看着这个气急败坏的女人，不耐烦地说："你想怎么样？不就是想要我赔钱吗？"说完，不等叶笑笑接话，猛地从放在座位上的包里一把抓了一叠百元大钞递过去，"好了，拿了钱就走吧，我没时间跟你磨叽！"他眼神轻蔑，显然是把叶笑笑当做那种故意撞车讹诈钱财的人了。

本来就在刘岩那里吃了炸弹，尚景文这一叠打发给她的钱无疑就成了导火线，顿时让她炸开了！叶笑笑一把抓过钱，毫不犹豫地将一叠百元大钞砸向了尚景文那张俊美的脸，并怒骂道："就你这些个臭钱，能解决问题？人命关天呐！要不我命大，我这会儿怕已经走在黄泉路上了！"

随着叶笑笑的话音落下，那些百元大钞也非常配合地集中在尚景文俊脸上，然后翩翩下落。

齐刷刷的百元大钞，被扔在脸上的感觉，还真的不是一般的疼，尚景文第一次被人砸，还是用钱砸。他的脾气本来就不好，可那个女人冲他砸完钱之后竟然转身便走，当然，那一瘸一拐的背影竟然还走出了几分潇洒的气度来！这女人真是滑稽可笑，他猛地拉开车门，快步地追了上去，一把拽住了叶笑笑，大声地斥问："女人，你竟然敢拿钱砸我？"他尚景文活这么大，还真没有受过这样的窝囊气呢。

"砸你又怎么了？砸的就是你！"叶笑笑瞪着尚景文，冷笑了一声，"你有钱，你了不起吗？"是他先用钱侮辱了叶笑笑，平生最讨厌这样有钱就欺负人的人，尤其在甄诚背叛之后，叶笑笑觉得从某方面来说，钱才是背叛他们爱情的始作俑者。

自己以前是不仇富的，仇富是从今天才开始的。

"有钱是没什么了不起，但是你砸我了，这笔账得好好算算。"尚景文手指自己的脸，仿佛是在向叶笑笑炫耀他这副好皮囊，"万一破相了怎么办？"

叶笑笑嗤鼻，心里倒是认可这男人长得不赖，但是，在叶笑笑看来，品性不好的人，长得再好也没用！

叶笑笑这态度倒让尚景文刮目相看，他不禁眯起了眼睛，扯了扯嘴角，带着邪魅的笑自然晕漾而开。他从上看到下，而后又自下看到上，打量了一遍叶笑笑之后，语气玩味十足："虽然，长得还算凑合，但是，就你这样身材，也没什么料，看来，卖了你，也值不了几个钱……"

"你想干吗？"叶笑笑忙戒备地捂着自己的胸口，瞪着尚景文，"我告诉你，你要敢胡来，我揍得你满地找牙！"

"对你，我还没想干吗。"尚景文没好气地哼了哼，一把拽过叶笑笑的手，"你刚用这只手，拿钱砸我的，现在，帮我揉揉！"

## 你是我最美的时光

叶笑笑傻眼,目瞪口呆地看着尚景文拽着她的手,顺理成章地往他的俊脸上揉了揉。

这一揉,尚景文自己也跟着傻眼了,他随意地说了这么句话,然后做了这么个动作,目的是想吓吓这个不知天高地厚的女人的。可是,当他的手抓着叶笑笑那柔若无骨的白嫩小手时,心里竟然涌现出微微的异样感来,再看已经彻底傻眼的叶笑笑,他的心情不禁豁然愉悦了起来,嘴角笑意更深了,说道:"瞪什么瞪?你砸我了,帮我揉揉,怎么了?"

"你!混蛋!"叶笑笑终于反应过来,气急败坏地骂道,这家伙明摆着在拽着她的小手吃豆腐。她磨了磨牙,毫不犹豫地伸脚就要去踢他的"要害"。可是,叶笑笑却忘记了,她一只鞋的鞋跟断了,本来就重心不稳,于是,这一脚踹过去,人没踹到,自己却狼狈地摔了下去。

尚景文眼瞅着叶笑笑仰面要倒下去了,好心去搂了一把,接住了她下坠的身体。

叶笑笑羞愤交加,怒道:"混蛋,你放开我!"

"你自己说的,要我放开你。"尚景文认真地看着叶笑笑,这张秀气的小脸,不施半点的脂粉,却白皙透人,那细腻的肌肤,白里透红的光泽。这样近看之下,有着水蜜桃般的诱人的味道。他真想伸手去摸摸,感受下这触感,是不是跟婴孩一般的柔嫩光滑。

"混蛋,你再不放开我,我跟你没完。"

"那好吧,我放开!"尚景文毫不犹豫地张开手,任由着叶笑笑从他的怀里直直地倒了下去,接着,还伸手捂着自己的眼睛,有点不想看叶笑笑狼狈地摔倒在地上的画面,心里不住地哀叹，看吧，明明他抱着多好，非得要自己摔下……

叶笑笑被摔倒在地上，闷声地哼了哼，疼痛让她本来发热的脑袋瞬间降温，她这是在干什么？甄诚都出轨了，这可是天大的事啊，她竟然还有工夫跟一个陌生男人在这里唧唧歪歪？闲得无聊嘛！

"喂，你没事吧？"尚景文眼瞅着叶笑笑摔倒在地上了，一动不动，不由得上前用脚轻轻地踢了下问。这丫头，不会这样一摔，就摔出问题了吧？

"没事。"叶笑笑利索地从地上爬起来，拍了拍自己身上的灰尘，然后挪着一高一低的脚，快步转身离开，她要去刘岩说的酒店，抓奸！

"喂，喂……"尚景文对着叶笑笑的背影大喊了几声，叶笑笑却装做没听到，懒得再理他。尚景文讨了个没趣，撇撇嘴，耸耸肩，转身回到了车上。他视线停留在后视镜里，扫了一眼这姑娘远去的背影，忍不住勾起嘴角而笑。

对于尚景文而言，不过只是一次萍水相逢，后会无期。所以，并不值得他去花时间和心思探究，虽然，他觉得叶笑笑这妞真的挺好玩的。他摇摇头，然后脚踩油门，迅速离开。

凯悦VIP高级酒店，叶笑笑仰头看着富丽堂皇的招牌，犹豫过后，深呼吸了一口气，走进设计独特的旋转大门。进门就有一条鲜红色的地毯，铺垫引导着走向那装修豪华的前台，在保安充满疑惑的眸光中，叶笑笑快速地奔去前台。叶笑笑第一次做这样的事，她很紧张，双手紧紧地握成拳头，她想要找甄诚的开房记录，前台小姐委婉地拒绝，不肯透漏任何顾客的信息。

不得已，叶笑笑只好自己去找，凭借着直觉，以及模糊的印象，她快速地在电梯里按了一个8楼，然后出了电梯。但她快步地找了一圈才发现8楼并没有任何带8的房间，而且看样子，是属于私家会所。该死的，叶笑笑暗自咬了下牙齿，她是记得刘岩说了，凯悦8什么的房间，当时，为什么不用心记呢？

可是，眼下这8楼没有8字开头的房间，那可怎么办？叶笑笑眼珠打了个转，随即拉了一个打扫清洁的服务员问："8字开头的酒店房间在哪层？"

那服务员热心地给叶笑笑指引："8字开头的是VIP高级套房，在后面第33层。"

"8字开头的所有房间，都在33层？"叶笑笑看着那服务员再次确认。

那服务员点了点头："是的，都在一块呢，你这边电梯上去就可以了呢！"

"谢谢。"叶笑笑丢了句，便飞快地朝着电梯冲过去，坏了一只鞋有点碍事，叶笑笑干脆就脱了，光着脚丫子。

"叮！"电梯门打开，叶笑笑急忙冲了出来，刚跨出脚，迎头就撞上了一个同样匆匆奔来的人，两个人猛地撞了下，然后飞速弹开。

叶笑笑动作灵巧，抬起光着的一只脚，稳住身子，才摸着差点撞歪的鼻子，气急败坏道："你怎么走路的？"入眼处却看到了一张帅死人不偿命的脸——这不就是刚刚找茬故意想撞她的那个有钱的帅哥，"怎么是你？"

这叫冤家路窄吗？

尚景文抬起俊脸，微拧着俊眉，看着叶笑笑，和叶笑笑异口同声道："怎么是你？"

"对不起。"叶笑笑见识过了尚景文的有仇必报，而她眼下没心情跟他磨叽，所以言不由衷地，非常识相地，急巴巴地丢了这句，就想离开。

"你怎么回事？"尚景文伸手拦住了叶笑笑，接着视线看向她手上提着的鞋，又看向她光着的脚丫子。

叶笑笑被尚景文看到自己这副狼狈的模样，感觉到很不自在，"看什么看？"她没好气地吼了一句，然后伸手推开他，接着随手将鞋子扔在一旁，光着脚，头也不回地就往通道里走去。看着房间门牌号，她心里还是不确定，到底是8什么呢？

尚景文的视线紧紧地盯着她的一举一动，见她光着脚丫子，就开始走向酒店房间门口，在888的门口停住了脚步。

她到底想干吗呢？

尚景文心里打着问号，还没想明白怎么回事，就见叶笑笑又折回身，弯腰从地上捡起被她丢弃的高跟鞋，攥在手里，对准了一个新的角度，猛地朝着门上大力地砸上去。

尚景文傻眼了下，随即反应过来，这丫头是砸场子来的，忙快步上前拉着叶笑笑，眸光疑惑地看着她："小姐，你干吗呢？"凯悦除了童昊是老大，他好歹也算是二股东，不能坐视不理。

叶笑笑本来就满肚子的火气发泄不出来，这会儿尚景文竟然还拉着她，想阻止她，便气恼道："谁小姐，你才小姐！"

你是我最美的时光

叶笑笑眼神看向她被紧紧拽着的手臂,说:"你全家都小姐,你给我放开!"

"小姐,你嘴巴放干净点。"尚景文第一次遇到这样不讲道理的女人,松开了叶笑笑,眼神不满地瞪了她一眼,"疯子!"

被他这样凌厉的眼神一扫,叶笑笑微微有点心虚,但是,她已经豁出去要来抓奸了,所以,根本不想跟尚景文有任何的磨叽,她没好气地一把推开他:"对啊,我就是疯子!你给我让开!"她猛地一把推开了尚景文,然后,叶笑笑又猛地转身开始捶打那房门,用最大声喊叫道:"甄诚,你TM乌龟王八蛋,给我开门!"

果然是疯子!

尚景文心里再一次感慨,但他不能任由这疯子折腾闹下去,所以,他再一次地伸手拉住了叶笑笑,"你到底干吗的?"

"我没干吗的,我是疯子。"叶笑笑没好气地回了句。

"疯子也不能在酒店发疯。"尚景文冷声打断,"你这太没素质了。"说着拉着叶笑笑:"我请你出去!"

叶笑笑见尚景文粗暴地阻挠她,拽着她的手臂,是真要把她请出去的样子,不由得秀眉紧蹙,大声地回击道:"请你妹啊!我找人的!"

"你找谁呢?"尚景文较真道。

"你没长耳朵?我找甄诚!"叶笑笑赏赐了一对大白眼给尚景文,"狗拿耗子!"

"你!"尚景文差点被气得呛了气,看着被叶笑笑所敲的那道房门被打开,不由得想转身离开,他才没兴趣多管闲事呢!

"谁呀？有病是吧？"一个肥头猪耳的客人气呼呼地开了门，看着叶笑笑，没好气地嘟囔道，"我要投诉，你什么人啊！没看到我挂着请勿打扰么？"

叶笑笑傻眼了，飞快地扫了一眼，忙赔不是，道歉道："对不起，敲……敲错了！"然后，转身就要走，她可是着急要把甄诚给揪出来，扑了空的话，她没办法大闹一场，那么她这样疯子一样的表演就白费了。

是的，叶笑笑选择了一条一拍两散的绝路，她要把这事给闹大，闹得她跟甄诚没有任何回转的余地，让所有人知道他们不再可能结婚，也不再可能在一起。

她觉得这样的一个男人让她身心俱疲，她不再执著了，不想再给自己任何幻想和期待的机会了。

她要借这个机会，以决绝的姿态给她的这段感情画上一个不是十分好看的句号！

她不想给自己留有任何退路。

"哎，你什么人哪？"那客人不满地叫了声，不依不饶道，"一句对不起就完事了？"

"那你还想怎么样？"叶笑笑昂首挺胸地摆出一副豁出去的态度来，让一旁的尚景文看不下去了，打着圆场道："不好意思，她找人的，敲错门了！"

那客人尖酸刻薄地嘟囔了几句："真是有病。"猛地甩上了门。

尚景文的心都跟着颤了颤，转身忙追上叶笑笑："姑娘，你找的甄诚到底住什么房间？"他侧身挡住了叶笑笑的去路，他可不能容忍叶笑笑在他眼皮子底下继续这样胡闹了。

"关你什么事？"叶笑笑懒得跟他磨叽，狠狠地一把甩开了挡道的尚景文，又转身朝着对门的808房间狠狠地敲去，歇斯底里地大吼道："甄诚，你TM王八蛋，给我开门！"

尚景文拧着剑眉，愤怒地拽着叶笑笑，冷声警告道："小姐，你再这样没礼貌地胡闹，我叫保安请你下去了！"

"我没胡闹，我就找甄诚。"叶笑笑气急败坏地瞪着尚景文，"我说你这人怎么回事？你今天一天都准备跟我过不去吗？"

"谁跟你过不去？"一听这话，尚景文的俊脸又冷了几分，眼神凌厉地看着叶笑笑，"不管你是谁，也不管你找谁，你不能在酒店这样发疯，会影响其他客人休息！"

叶笑笑被尚景文说得有点心虚，无可否认，自己的行为的确有点过分，她不知道该回什么话。应景似的，808一对老夫妻开门探出脑袋来："你们干吗呢？怎么那么吵？"

"对不起，我们在找人。"叶笑笑忙歉意地道歉，这样找下去，也不是办法，八字头的房间很多，确实会骚扰到别人，而且甄诚也不会主动现身，那她该怎么办？眼珠子转了一圈，终于把视线看向尚景文，小声道："喂，我能不能请你帮个忙？"

"我不叫喂，我叫尚景文。"

"尚景文先生，你能不能把你手机借我打个电话？"叶笑笑犹豫着开口，有求于人，刚刚又将他当炮灰，到底有点底气不足。

"我为什么要借你？"尚景文挑眉，看着叶笑笑反问。

"你不借算了。"叶笑笑没好气地哼了哼，转身准备去问别人借。

"给你！"尚景文见识到了叶笑笑强悍的爆发力，怕她再做出什么惊天动地、骚扰酒店客人的事，所以，勉为其难地将自己的手机给她递了过去。

叶笑笑二话没说，直接将尚景文的手机电板给卸了下来。

"喂，你干吗？"尚景文焦急地阻止。

叶笑笑闪身，动作迅速地将他的SIM卡拔了出来，换上自己的卡，接着找到了刘岩的电话，毫不犹豫地拨了过去，铃声响了许久，刘岩才慵懒地接起电话："喂，叶小姐，你怎么给我打电话了呀？"

"甄诚在几号房间？"叶笑笑懒得寒暄，冷声问。

"嗯？"刘岩愣了下。

"我问你，甄诚在凯悦几号房间？"叶笑笑不耐烦地吼，这个欠揍的女人，要不是没办法，不要说打电话，就算是打耳光她都懒得打她！

"818，"刘岩轻笑道，"叶笑笑，你还是去酒店了！"

叶笑笑懒得听刘岩的冷嘲热讽，快速用力地切断了电话，然后，将手机朝尚景文手里塞了过去，快步朝着818奔去。

尚景文看了一眼手机，叶笑笑的卡都没拔出来，只能追了上去，看着她停在了818的房门前，也跟着停了下来，疑惑道："小姐，你又想干吗？"

"抓奸！"叶笑笑面无表情地吐了两个字，伸手握成拳。真到了兵刃相向的时候，叶笑笑还是害怕了，她犹豫着要不要敲门。就算她作好了一拍两散的准备，可是，她知道，一旦敲开这扇门，撞见了不该撞见的画面，只怕她这辈子，对爱情都会产生阴影了。

难道再美好的爱情，都敌不过时间，都敌不过诱惑吗？

"什么？"尚景文傻眼，微微挑了下眉，显然对这样劲爆的消息，有点HOLD不住，"小姐，你会不会是误会了，或者搞错了？"

"不会！"叶笑笑深呼吸了一口气，手高高地扬起，却始终没有勇气敲下去，转过俏脸，求助地看着尚景文，"请你帮帮我好吗？"

"什么？我帮你？"尚景文伸手指了指自己的鼻尖，"你没搞错吧？"

"嗯。"叶笑笑坚定地点了点头。

"帮你什么呀？"尚景文拧着眉，眸光带着同情，随口问。

此刻，他终于有点明白了，今天接二连三地碰到的这个女人原来是个可怜的弃妇啊，这也难怪她行为反常了。

"帮我敲门！"叶笑笑吞咽了下口水，正色道。她想自己敲门，可是举起手，发现自己的手抖得厉害，她根本使不出来一点力气来，又或者说，她的潜意识终究还是在逃避这直接又丑陋的真相。

"小姐，是你自己要抓奸的，现在连门都不敢敲，你还抓什么抓？"尚景文风轻云淡地耸了下肩膀，"我劝你，还是早点回去吧！"这个雷声大，雨点小的姑娘，抓个奸连门都要求别人帮忙开，那见到里面火爆的场景，还不直接给气晕了？

被尚景文这不经意地一激，刚刚蔫了下去的斗志又重新回归，叶笑笑恨恨地磨了磨牙，愤愤然道："谁说我不敢敲门的？我怕自己下手太重，把酒店的门给弄坏了！"

尚景文俊朗的嘴角抽搐了下，轻咳了下嗓子："没事，门坏了不用你赔偿！"

叶笑笑溜溜的黑眸瞪了一眼尚景文，没有说话。

"你放心，大胆地敲吧，门坏了，我赔！"尚景文赔着笑脸，随即，不动声色地问，"小姐，不过，这次你确定是这间吗？搞不好又敲错门了！"

"确定。"叶笑笑咬牙切齿地吐了两个字，手里没力，她光着脚丫子，就狠狠地往门上踹去，"甄诚，开门！"

尚景文飞扬的剑眉，瞅着叶笑笑生猛的踹门举动，微微有些动容，接着一把拽着她，"还是我来吧！"他实在看不过去，这个女人竟然就这样光脚踹门，脚都流血了，还在踹！

尚景文的力道，明显比叶笑笑给力，只是，房间里面上了内保险，只踹开一条缝，他爱莫能助地看着叶笑笑。

"甄诚，我知道你在里面，给我开门！"叶笑笑稳了稳心神，强装淡定地出声，"你要不开门，我就坐在这门口，坐到你开为止！"

女人果然够狠！抓奸来的女人则是狠上加狠！

尚景文对叶笑笑顿时佩服起来，同时，对房间里的那个奸夫也抱起了既不屑又同情的心理，看来，这家伙是难逃此劫了，唉，不过偷了腥的猫当然得要受到惩罚了！

尚景文好整以暇，一言不发地盯着叶笑笑，不准备错过一场好戏。

房间里的甄诚顿时急得像热锅上的蚂蚁，嘴里碎碎念道："怎么办？怎么办？"

## 你是我最美的时光

刚洗完澡，穿着性感的金荞麦擦着湿漉漉的头发从浴室出来，茫然地问："诚，你怎么了？"

"叶笑笑……来了。"甄诚的声音结结巴巴的，话也说不利索，然后又自言自语道，"笑笑，怎么会来呢？"

"啊？叶笑笑？你女朋友？"金荞麦傻了下眼，接着，忙妖娆地扭着自己的身子，朝着甄诚身上贴了上来，眉眼之间尽是诱惑的风情，蛊惑道："那好呀，干脆，你跟她摊牌好了，以后跟我在一起，也不用这样偷偷摸摸了……"金荞麦喜欢甄诚一段时间了，所以才会要姐姐跟王子杰安排跟甄诚相识。甄诚是她想要的老公人选，本来，还想跟甄诚先好一段时间，再去想办法挖墙脚，把叶笑笑给挤出位。这下好了，既然被抓包，那么干脆摊牌，直接上位最好！

甄诚此时哪里还有心情偷腥，猛地一把推开金荞麦，快步进房间，在地上胡乱地收拾自己扔了一地的衣服，讪讪道："不行，被她看到我这副样子，我解释什么都没用。"

金荞麦防备不及，没想到甄诚竟然会那么大力地把她给推开，额头猛撞着墙壁，恼怒地看着那快速收拾自己衣服，压根就不敢摊牌的甄诚，心里气不打一处来："甄诚，你吃抹干净，擦嘴就想走？你当我金荞麦是什么人了？"金荞麦好歹也是金家的二小姐，堂堂的千金小姐，怎么可能任由他玩弄！

"那你想怎么样？"甄诚胡乱地往自己身上套衣服，嘴里随意地接话，他从来没有想过，自己偷腥会被叶笑笑来抓个正着，这一瞬间，他彻底慌乱了，不知所措。

"跟你女朋友分了，跟我在一起。"金荞麦神色正经，口气淡然地说。

"你做梦吧！"甄诚没好气地瞅了一眼那金荞麦，"你觉得，我会为了你跟我家笑笑分手吗？"金荞麦够辣，偶尔开开胃就行了，天天吃，还不把他给呛死了！

甄诚将爱跟性，分得很清楚，他跟金荞麦在一起，偷情可以，动感情可就不会了。

"甄诚，你把我当什么了？"金荞麦忍不住生气，浑身犹如带刺似的，快步走了过来，猛地一把扯着他胡乱往身上套的白色衬衫："你不和她分手，那行啊，我跟你分手，你给我分手费！"

甄诚俊脸上挂着一脸的鄙夷之色："金荞麦，金家千金分手也需要分手费？我没听错吧！"他冷笑了两声："金荞麦，我们不过是一场游戏，哪里来的感情，哪需要分手？你要讹我钱没关系，请你看清楚局面！"

"你……"金荞麦被气得直哆嗦，金荞麦心里本来打着如意算盘，想借机上位。可是，她低估了叶笑笑在甄诚心里的地位，如果此时跟他翻脸，只怕自己真的赔了夫人又折兵，什么好处都捞不到，还不如先稳住了局面，再慢慢地从长计议，反正甄诚已经沾了腥，想要抽身而退，那是不可能的！

俗话不是说得好，只要锄头使得好，没有挖不倒的墙脚。金荞麦一瞬间想通了这点，便风情万种地理了下自己的头发，讨好地说："我跟你开玩笑呢！帮你出主意呢！你急什么？"

"出主意？"甄诚疑惑地盯着金荞麦。

"是啊！"金荞麦点点头，"如果，被你女朋友抓到我们在一起，闹开的话，不止你丢面子，我也会丢面子的！"说

# 你是我最美的时光

着讪讪地撇了撇嘴,"2楼,可是我姐姐的生日宴,我丢不起面子!"

"那你有什么好主意?"

"先穿衣服,再谈公事。"金荞麦边说,边飞快地穿衣服,"哄女人是你的事,我只负责陪你演戏!"

甄诚忙点头:"我懂了!"

叶笑笑跟着开门的甄诚走进房间的时候,细细打量了一遍。房间里,并没有凌乱一地的衣服,也没有暧昧交缠的画面,金荞麦端正地坐在小客厅的椅子上,手里捧着几张合约之类在认真地看,见到甄诚领着叶笑笑进来,不由得装做惊讶的样子,嘴角甚至扯出一抹亲和的笑容来:"甄少,这位是?"

"金小姐,这是我女朋友,叶笑笑!"甄诚温和地对金荞麦介绍,又转过脸对叶笑笑柔情道,"笑笑,你怎么来了?"

叶笑笑心里清楚,甄诚既然敢开门让她进来,那说明战场已经收拾干净了:"怎么?我不能来吗?"

"你当然能来,你来,我不知道有多高兴呢!"甄诚虚伪地笑着,伸手要去握叶笑笑的手,被她冷着俏脸给避开了。

尚景文跟着进了房间,看到这样的画面,虽然有些说不出的诡异,但是,心里微微松了口气。这对男人女人的动作够快啊,庆幸这总归比抓到在床上要好得多。而且,看那脾气火爆的小姐也没有立时发作,估计她男朋友再解释下,哄哄也就过去了。

"笑笑,你这是怎么了?"甄诚带着受伤的表情看着自己抓空的手。

叶笑笑没有接话，眼神凌厉地在四周打量了一圈，然后眸光怔怔地定格在甄诚的俊脸上，似笑非笑地扯了下嘴角："你不是出差了吗？"

"对啊，刚被叫回来，还没来得及告诉你呢！"甄诚硬着头皮撒谎。

"那你跟她，也是在谈公事咯？"

"是啊，谈公事！"甄诚忙对着她摆出谄媚的笑意，小心翼翼地解释，"公司来了一份临时文件，很重要，所以，我被叫回来，临时在这里处理下。"

"哦，那她是你新秘书？"叶笑笑微微挑了下秀眉，看向一旁的金荞麦。

金荞麦忙摆出纯真无害的笑容来："是啊，我是甄少的新秘书！"

叶笑笑不说话，看着甄诚，见他再一次硬着头皮点头："是啊，金小姐是这次应急事件的负责秘书。"

"叶小姐，我跟甄少刚进来，还没来得及商量处理方案，你就过来了，真是巧啊！"说着金荞麦哈哈笑了几声，那眉眼之间，尽是魅惑风情。可是，当她的视线看到跟着进来的尚景文时，嘴角微微僵硬了下，神色开始不太自然起来。

"是吗？"叶笑笑面无表情，步子优雅地走到了甄诚的身边，神色温和地看着他。

甄诚紧张得手心都在冒汗，却仍得故作镇定，俊脸上保持着云淡风轻的表情："笑笑，要不，你先坐着等我会儿，我处理完文件，就跟你回家。"甄诚从来都不知道，那个温淡如水的叶笑笑，竟然在这样风轻云淡间，能给他那么强势的压迫感，比他以往遇到的任何一个商场上的难缠对手，都要可怕上许多。

叶笑笑好像个没事人一样，勾着嘴角浅笑了下，接着，伸出洁白的小手，一把捏起了甄诚的下巴，迫使他的视线对上自己，然后，咧开嘴露出一排洁白的牙齿，咬牙切齿地说："甄诚，我真的很相信你，很相信。相信到，你的小三拿来你跟小四小五小六的激情艳照，我都相信，那是合成的……"

"笑笑，你在说什么？我怎么都听不懂呢！"甄诚明摆着装傻，"笑笑，是不是有人跟你说了什么？"不等叶笑笑回答，他忙解释道，"笑笑，你别听信别人胡说的，我那么爱你，不会做对不起你跟伤害你的事的！"

叶笑笑一把松开甄诚，深呼吸了一口气："甄诚，在你的概念里，什么叫做对不起我的事呢？跟别的女人上床算不算？"叶笑笑冷冷地一笑，一把抓起地上的丁字小内裤，朝着甄诚的俊脸上扔去："既然，你都帮她脱了，就要记得穿上去！"

布料虽然小，但是，刺眼异常，尤其挂的位置，如果不是考虑到身份不适合，尚景文真的想忍不住大笑起来。

甄诚的俊脸上，就这样挂着一条小小的内裤，模样说不出来的滑稽，他随手扔开这个内裤，一把拽着叶笑笑的手："笑笑，你听我解释……"

"闭嘴！"叶笑笑没好气地打断甄诚，狠狠地盯着他的黑眸，一字一句地说，"甄诚，从这一刻开始，我跟你分手，从此，一刀两断！"

"笑笑，你听我说！"甄诚的手猛地被叶笑笑甩开，忙又扑了过去。

叶笑笑一个轻巧灵活的侧身，让他扑了一个空，狠狠地撞到了门板上。甄诚顾不得撞疼的俊脸，忙对叶笑笑解释："笑笑，我知道错了，你原谅我好不好？我以后再也不会这样了……"

"甄诚，放开我！"叶笑笑的脸上挂着深深的悲痛和愤怒。爱到底有多深，恨便有多真，她这一刻真的感觉自己的心，痛到石化了，麻木了，再也没有痛的感觉了！

"笑笑，我不放。"甄诚耍起了无赖，抱着叶笑笑的大腿，"笑笑，你原谅我一次好不好？就一次！"

"放开我！"叶笑笑咬牙切齿地说完，见甄诚还没松开她的打算，她恼恨地转身，猛地把甄诚击倒在地，然后毫不犹豫地一个恶狼扑虎，将他给扑倒在地上，整个身子利落地翻身坐了上去，左右开弓，连甩了他好几巴掌："这一巴掌，替你小三打的，这巴掌替你小四打的，这巴掌是小五的，小六的……还有这巴掌，是我的，甄诚，你让我恶心！"狠狠地甩完这些巴掌，叶笑笑才惊诧，她竟然把照片上那么几个人，记得那么清楚，到了这种时刻她还能如此清晰地将她们排位。

"笑笑，你消消气，别打疼了自己。"甄诚并没有闪躲，而是被叶笑笑结结实实地抽着巴掌，他想着用苦肉计，让叶笑笑自己打得心疼，下不去手。可是，没有想到，叶笑笑这次的巴掌，竟然甩得是那么干脆，又狠又急，等他反应过来的时候，已经生生地挨了好几巴掌了。

叶笑笑本来就恼火得不行，现在听到甄诚竟然还这样一派温柔,看上去无比真诚忏悔的模样对待她,可是,这并不能让她消气。相反地,甄诚的表现让她更抓狂更失控,这个该死的男人,对她好的时候,竟然还能跟别的女人上床,而且,还不是一个。眼下,他在自己面前极尽忏悔,这只会让她觉得更悲伤,更厌恶。她真心不想承认自己爱着的男人原来一直是个伪君子,是个谎言家!

金荞麦跟尚景文相互对视着看了几眼,眸光婉转,各自颇有感触。

金荞麦想,幸亏这甄诚皮糙肉厚,挨几巴掌死不了,要是她被叶笑笑这样打的话,估计这张漂亮的脸蛋要被生生地毁了。让她意想不到的是,甄诚原来那么害怕叶笑笑,看来,传言都是不可信的。什么温婉,这个叶笑笑,明摆着比母夜叉还凶悍啊!金荞麦不由得害怕地捂着自己的俏脸,悄悄地,快速地朝着门口跑去。

尚景文倒是非常欣赏地看着叶笑笑,这个姑娘,刚连敲门的力气都没有,还求助他来着,可是,现在见她抓着奸了,倒没有晕过去,也不是一哭二闹三上吊的把戏,而是这么暴打这个男人,不由得教他刮目相看。女人嘛,就得要这样,该软弱的时候软弱,该彪悍的时候彪悍!爱恨分明才是真性情!才是真可爱!

叶笑笑连甩了几巴掌,都是用了她全身最大的力道,所以她的手心都带着酸麻,不动声色地甩了下,接着灵巧地从甄诚身上起身,光着脚丫子,狠狠地一脚踩在他的胸口上,恶狠狠地道:"甄诚,你让我恶心!我们完了!"然后以十足鄙夷的眼神居高临下地瞪着甄诚,觉得仍是不解气,又狠狠地在他胸口踩了几脚，最后，啐了他一口，终于扬长而去。

尚景文同情地看了一眼在地上，被打得哼哼唧唧的甄诚，心里丢了句"自作自受"，然后，又忙转身跟着叶笑笑出去。见她光着的脚，因为踹门而受伤了，一个口子正在流血，她的步伐虽然缓慢，但却异常坚定，仿佛感觉不到一点疼痛的样子。

叶笑笑打完，那纠结在心里如一团乱麻一般的情绪也发泄了，整个人就好像是一个被抽干了液体的器皿，觉得自己一颗心无处安放了。她爱了那么久，等了那么久，眼瞅着要有结果了，可是，前方突然却没有路了。转身，来时的路已是一片斑驳，前方，却是迷雾重重，她站在这里竟不知要何去何从了！

脚下虚无而缥缈，却还得一步一个脚印地坚持着离开这个酒店，这个伤心地。

"喂！"尚景文叫着，快步走到叶笑笑的眼前，一把拦住了她的去路，看着失魂落魄的她，由衷地赞叹道，"你刚才，很勇敢！"

"谢谢，请你让开。"叶笑笑已经没有力气再跟尚景文纠缠了，无奈地应了一声，疲倦地请他让路。

"你的脚受伤了，跟我去处理下伤口吧！"尚景文正色地说。

"不用了。"叶笑笑毫不犹豫地拒绝。

"不行，受伤了，就得要处理。"尚景文嘴角轻扯了一抹笑容，语气是温和中带着让人无法拒绝的坚持。而他这样的态度转变,让叶笑笑有点傻眼,这家伙,一会儿是有仇必报的小人,不就因为叶笑笑挡道了,开车故意撞过来吓她;一会儿化身正义的勇士,在叶笑笑抓奸的时候,充当陪同,还帮忙踹门;这会儿,又变成怜香惜玉的好人了?他到底打着什么主意?

尚景文正色地看着叶笑笑,歉意道:"我没别的意思,是我的无理,才害得你鞋坏了,所以,我想道歉!你跟我去处理下脚上的伤口,我让人给你送一双新鞋来!"

"不用了!"叶笑笑委婉地拒绝。

"不用客气,跟我走吧!"尚景文的话说完,大步挨近叶笑笑,不容分说,一把拉着她的手,就往电梯里带,"放心吧,我不是坏人!"

"喂……"叶笑笑张嘴还没来得及拒绝,电梯门眼瞅着要关上,一道黑色的身影,飞快地伸手,卡住了要关闭的门,接着身子也卡进了电梯,冷声质问道:"叶笑笑,你们两个在干吗?"那气急败坏的语气,好像抓奸的人是他,甄诚理直气壮了起来!

话说甄诚,他被叶笑笑打傻眼了,回神以后,忙急巴巴地追了出来。可是,不曾想到,竟然看到尚景文拉着叶笑笑一起进电梯这样一幅画面。

叶笑笑跟尚景文被甄诚突如其来的冲进电梯给惊住了,拉着的手,也就忘记了松开,所以,看在甄诚的眼里,就是别的那些想法了!

甄诚脑袋里飞快地回想了下,刚才叶笑笑是跟这个男人一起进来的,只不过,他的注意力一直在叶笑笑身上,所以,才没注意这男人。可是,现在看着他跟叶笑笑拉手的样子,看上去很熟络的样子,这让甄诚心里不由得打着问号,他到底是谁?

叶笑笑本来想呵斥尚景文的话,瞬间卡在了嗓子眼里,她也顺着甄诚的视线,看向尚景文拉着自己的手,本来想甩开,但是,转念一想,又生生地忍住了。她反手更加大力地回握了尚景文的手,柔软的身子也朝着他的胸前自然地靠了过去,眸光清冷地看着甄诚,语气淡定道:"我们干什么,跟你没关系!"说完转过俏脸,看着尚景文,努力扯出一抹娇笑,"我们先去处理下脚伤吧!"

尚景文配合着叶笑笑,笑着点头:"好咧!"

"不许走,叶笑笑,你TM的给我把话说清楚。"甄诚气急败坏地开口,伸手就要去拉开他们两个人。

尚景文技巧熟练地将叶笑笑往自己怀里更亲昵地一带,侧身闪过了甄诚伸出的手,不悦地瞪了他一眼:"这位先生,请您自重!"

"叶笑笑,你给我把话说清楚,这个男人到底是谁?"甄诚恼羞成怒道,"你跟他到底什么关系?"

"我跟你现在没关系了,至于,跟他是什么关系,就跟你更没关系了。"叶笑笑倔强地回了句,看着电梯门开了,便对尚景文道:"我们走吧。"

"我抱你吧!"演戏要到家,尚景文配合地说。

叶笑笑的身子僵了下,看了一眼甄诚,更配合地点头,"好!"

"Shit!"甄诚眼瞅着尚景文真在他眼前弯身将叶笑笑抱

起，气急败坏地骂了句，然后他忙冲了上来，一拳就要往尚景文的俊脸上打。尚景文抱着叶笑笑，灵巧地侧身闪过，眸光瞬间冷冽了几分："甄诚先生，我不管你跟叶笑笑有什么恩怨，但是，作为男人，请你嘴巴放干净点！"

"你到底是谁？"甄诚微微被尚景文凌厉的眼神给怔了下，气恼地问。

"甄少，这么早你就来了？"金巧琳正好朝着电梯走过来，先看到甄诚就打了个招呼，接着视线看向尚景文，眼眸内毫不遮掩地流露出雀跃的兴奋，看着他怀里抱着的叶笑笑，眸光又黯淡了下，语气牵强道："景文，你也来了？"打完招呼，这才发现，甄诚跟尚景文之间气氛不对，便讪然地站在一边，赔了个笑问："你们怎么了？"

甄诚跟尚景文彼此没好气地对视了一眼，冷冷别过脸，异口同声丢了句："没事！"

"没事就好，那我先去宴会厅等你们了！"金巧琳打了个圆场，便准备闪人，毕竟是她的生日宴，她还要招呼客人的，当然，她会派妹妹金荞麦过来看戏。

"我们走吧！"叶笑笑从尚景文怀里抬眸，语气虽然平淡，但却极为自然地催了一声。

"叶笑笑，我们把话说清楚！"甄诚挡住了尚景文的去路，"把她放下来！"

叶笑笑从尚景文的怀里抬起俏脸，盯着甄诚看了半响，沉默着没有开口。

"叶笑笑，你给我下来！"甄诚不耐烦地催促。

"放我下来！"叶笑笑站稳了身子，深呼吸了一口气，看着甄诚,拉过他的手,从自己包里拿出那一叠照片,"甄诚,我们之间,真的没什么好说的了!"转过身,对尚景文僵硬地扯着嘴角,"我们走吧!"

甄诚手里抓着那一叠照片,低头看了一眼,俊脸顿时变色,胡乱地翻了几张,这越看,脸色就越难看,"该死的!"等他抬脸的时候,尚景文已经带着叶笑笑走远了。

尚景文把叶笑笑带进了一间豪华套房,礼貌地招呼她坐下:"你等我下,我给你去拿药箱!"

叶笑笑点点头,不再客气:"谢谢!"

"不客气!"尚景文捧出小药箱,嘴角勾着笑道,"我一会儿还有事要请你帮忙呢!"

"啊?"叶笑笑茫然地眨巴了下黑眸,"什么事?"

"陪我去参加前女友的生日宴!"尚景文嘴角挂着一抹玩味的笑。

"什么?"叶笑笑的眼睛瞪得更大了,"你开什么玩笑!"

"我没开玩笑,她刚才都看到我抱着你了。"尚景文的神色带着几分无奈,"如果,你不陪我去的话,只怕,她一会儿又得要为难我!"

"她为难你,跟我没关系!"叶笑笑毫不犹豫地拒绝,"反正我不去!"她压根就不认识尚景文,才懒得跟他去参加宴会呢,更别说是他前女友的生日宴,叶笑笑去,明摆着自找麻烦!再说,她现在也没那个心情。

"也不是跟你真没关系!"尚景文嘴角隐隐现出一抹清淡的笑意,看着叶笑笑,"好像你的前男友,也是被邀请在列的,你不会不知道吧？"

"那跟我更没关系了！"叶笑笑逞强道，"你也都说了，前男友！"

"你难道不好奇，他会带哪个女伴？"尚景文凑到叶笑笑面前，似笑非笑地说，"反正，你今天绿帽子也戴了，无所谓再多一顶！"

"你！"叶笑笑被这话给气的，但是事实上，她今天确实戴了一顶大大的绿帽子。

"哎，别你了我了，我叫尚景文！"尚景文笑着将叶笑笑指着他的手给按了下来，"怎么称呼你？"虽然，甄诚连名带姓地喊过，但是他就想听她亲口说。

"叶笑笑！"

"叶笑笑，撇开你的事先不说，就冲着我刚才帮你解围的份，你也得要帮帮我不是？"尚景文进退适度地开口，"我们相互帮忙下嘛！算我求你！"

叶笑笑咬着唇，飞快地扫了一眼尚景文，见他语气诚恳，态度和善，拒绝的话到了嘴边也说不出来，心里犹豫了起来。

"叶笑笑，咱们就这么说定了，陪我参加宴会去！"尚景文一锤定音地帮叶笑笑作了决定，"我保证，你不会后悔！"

"后悔怎么办？"叶笑笑的态度在明显改变，内心里竟然也鬼使神差地开始动摇了。

"凉拌！"尚景文一反常态，扯着嘴角灿烂地一笑。

叶笑笑瞧着他那突然的灿烂一笑，让她心里蓦地一慌，随即莫名地紧张起来，戒备地盯着尚景文，"你先跟我说说你那前女友的事！我再考虑要不要帮你！"她可不想夹在中间，无辜做炮灰。"

"这事吧，说起来，有点复杂！"

"那你长话短说，挑重点！"叶笑笑正色望着尚景文。

尚景文不急不缓地开口，耸了下肩膀，淡然地说："重点就是，金巧琳，你刚才看到的那位，是我前女友，她生日宴指明要我带女伴参加！"

"我想知道的，不是这个重点。"叶笑笑打断尚景文，"她为什么是前女友了？"潜台词，为什么分手。

"这个有点悲情！"尚景文敛了下神色，欲言又止，眼看着叶笑笑不耐烦，才吞吞吐吐道，"她劈腿了！"

"……"叶笑笑沉默半晌，同情地看着尚景文，"原来，你也被劈腿了！"

尚景文忙点点头："是啊！"他深呼吸了一口气，又补充了句："所以说，我们同病相怜，相互帮忙是更应该了！"

"好，我陪你去参加宴会！"叶笑笑本来犹豫的神色，瞬间变得坚定起来，"我当你女伴。"

"那你得换一套漂亮的衣服！"尚景文嘴角扯着魅惑的笑意，"做我女伴，见我前女友，可是要打扮得漂漂亮亮的。"

"嗯，我明白！"叶笑笑点点头，就准备站起身子，"那我们现在去买衣服吧！"她这脚上连鞋都没有，实在是不适合参加宴会！

"不用，一会儿送鞋子的，会把礼服一起送过来的！"

"哦！"叶笑笑一听，忙又坐了下来，她不开口说话，尚景文也没说话，屋子里，一阵沉默蔓延，直到服务生送了鞋子跟礼服来。

叶笑笑看着那一堆袋子，嘴角微微抽搐了下："这些？"

"哦，这些都是的，你看看，你喜欢穿哪件？"尚景文麻利地拆着袋子跟盒子，"你随便选一件好了！"

叶笑笑看着沙发上摊着的衣服，秀眉微拧了下。一套雪白的公主裙，一条金色性感的鱼尾裙，还有一套宝蓝色高腰开叉的短裙，一套黑色的娃娃裙，最后拆出来的，竟然是一条带有绣花的真丝墨色旗袍，"就这个旗袍吧！"叶笑笑伸手指了下，其他几件衣服，不是胸口开得过低，就是下摆太短，那条金色的鱼尾裙，整个后背都开叉了，相比较下来，还是这个旗袍看着比较保守！

"嗯，眼光不错！"尚景文嘴角勾着笑，从鞋盒子里拿了双鞋子给她递过来，"喏，就配这个鞋子吧！"

叶笑笑接过鞋子一看，是一双款式很简单的白色镶钻的高跟鞋，跟衣服颜色还算搭。再翻过来看了看尺码，竟然是36，正好她的尺码，不由得有些面红耳赤，"你怎么知道我尺码的？"

"你的脚，我见过，大概估算的。"尚景文随意地摊了下手，笑吟吟地说。他心里道，要不是看你会羞涩，我肯定要说，这衣服可都是紧身合体的，你的三围，我早都目测出来了！

"你……"叶笑笑张了下口，下意识看了下自己的胸围，这家伙，看到她的脚便能估算得这么准的，那么她的胸围……

"我怎么了？"尚景文皱着俊眉，无辜地看着叶笑笑。

"没什么！"叶笑笑总不能质问，你是不是目测我的三围了？只能吞下这个哑巴亏，"我先去换衣服了！"

尚景文看着叶笑笑的囧相，心情莫名地大好，暧昧道："去吧，我等你！"

叶笑笑没好气地赏了一个白眼给尚景文，抱着衣服跟鞋子去了洗手间，看着镜子里的自己，面红耳赤，不由得扑了点冷水，擦了一把脸，才开始换衣服。

"衣服能穿吗？"尚景文等了会儿，才敲了敲洗手间的门，隔着门板问。

"嗯！正好！"叶笑笑应了一声，这件旗袍不大不小，胸和腰都是正好，那精准的尺寸，好像是量身定做的一般，这就是标准身材啊！

"那行，你一会儿换完衣服，记得把你的脸面也一起收拾下！"尚景文含蓄地提醒，"咱们要漂漂亮亮地出去！"

"知道了！"叶笑笑穿好鞋子，然后对着镜子，深呼吸了一口气，动作迅速地从包包里拿出不多的化妆品，认真地化了一个精致的妆容，最后，将自己的头发盘了起来。她对着镜子看了看自己那双刚刚哭得红肿的还带着忧伤的眼睛，已经被假睫毛和眼线给遮掩掉了，不由得扯了扯僵硬的嘴角，微笑了下，感觉妥当了，这才打开门，走了出去。

叶笑笑要风光靓丽地出现在金巧琳的宴会上，给同病相怜的尚景文争口气，同时，也让甄诚看到，没有他，她也一样可以光彩照人，让他带着小三四五六滚出自己的生命……就好像不曾伤心和失恋一样……

叶笑笑打开门的那一瞬间，尚景文微微有些错愕，在他的概念里，女人换衣服和化妆都要好久。可是，叶笑笑这么快化完妆，换好衣服出来了。她选择旗袍，不得不说，剪裁合体，将她玲珑有致的身材包裹得凹凸有致，高高的开叉将两条修长的美腿遮掩得若隐若现，随着她穿着高跟鞋的扭身走路，整个人便散发出一种迷人的风情来。

尚景文第一次见到女人能把旗袍穿出性感和优雅兼具的味道来，也第一次觉得，旗袍的魅力果真是迷人。

"我这样穿，没问题吧？"叶笑笑见尚景文傻傻地盯着自己看，不由得皱皱秀眉，小心翼翼地问道。

"不，你这样穿很好！"尚景文忙扯着一抹微笑来，"高贵，端庄，优雅，非常的迷人！"尚景文发自肺腑地赞叹道。

叶笑笑俏皮地吐了吐舌头以掩饰莫名的尴尬："虽然，你的夸奖有点夸张，但是，我还是很乐意地接受了！"

"嗯，那我们去宴会厅吧。"

"哦，好，走吧……"尚景文带着几分错愕，但是，随即敛起神色，又展现出迷人、优雅的笑容来，"一会儿，如果不幸再次遇到你男朋友的话，一定要保持你现在这样的灿烂笑容，就算是装，也要装得很灿烂，懂不？"

"这个，我需要你教么？"叶笑笑的嘴角溢出一抹冷笑，下一秒，她就自觉地挨着尚景文身边站着，对他扬起一抹公式化的笑意来，"你觉得，我笑得不够灿烂吗？"

尚景文看了一眼叶笑笑，点点头，"这笑容勉强，凑合能看吧！"接着看到叶笑笑笑盈盈地挽起他的胳膊，倒是有点诧异，"没有想到，你演戏天赋，相当地OK嘛！"

"你也不差！"叶笑笑礼貌又客套地回敬了一句。

"彼此，彼此，要不然，怎么说我们是同病相怜的绝配呢!"尚景文笑着打趣。

叶笑笑没有接话,只是一路挽着尚景文,小心翼翼地走到了宴会厅,倒不是她故意想秀恩爱亲昵,而是她的脚受伤了,又加上新的高跟鞋磨脚,她走路相当不舒服。为了避免自己不小心摔倒的狼狈,叶笑笑将身体依靠着尚景文来借力。

毕竟,这人今天已经借他来演戏了,那么干脆演到底算了……

叶笑笑跟尚景文的出现,男的俊朗,女的娇俏,和谐地偎依在一起,顿时吸引了不少探究的眸光。而叶笑笑,神色淡然地无视那些眸光的审视,自顾自地在自助餐桌前,端着盆子,夹着爱吃的零食。她急巴巴地赶来抓奸,都忘记吃饭了,这会儿折腾了这么久,还真有点饿了呢!

尚景文挨着她打了个招呼:"我先去跟金巧琳打个招呼,你自己先吃,我一会儿过来陪你!"

"去吧!"叶笑笑挥挥手,她陪尚景文演戏,出场就行,根本不用台词,尚景文一个人能撑场子,那么她还是实惠地填饱肚子,等戏演完,散场了,她就早早地回家洗澡睡觉!

毕竟,叶笑笑自己还是个失恋,重伤未愈的人呢!

"笑笑!"甄诚顶着被打得好像猪头似的脸,叫唤着走到了叶笑笑的身边来。他本来不想参加这宴会了,金荞麦发信息告诉他,叶笑笑跟尚景文一起来了,他顿时顾不得自己的尊荣,便来到这宴会厅,看到叶笑笑一个人,忙走了过来。

叶笑笑微微有点错愕地转过身子,看到甄诚,一时之间,心里有着千言万语想要诉说,可张了张口,却又不知道该从何说起。她看着甄诚，卑微，讨好地出现在她眼前时，完全没有幸福跟胜利的感觉，只是觉得心凉。一个男人，在犯错之后，如此卑微地祈求女子的原谅，那么，在犯错之前，为什么就不想想后果呢？

男人出轨之前，总会抱着侥幸的心理，侥幸另一半不知道，当真的不幸东窗事发了，又侥幸地抱着会原谅他的心态。所以男人就会头脑发热，理直气壮地犯错。

才短短的这么一点时光，叶笑笑就觉得，她跟甄诚之间的距离，好像是隔了好几千年那么遥远了。

这个叶笑笑曾经很爱，很爱，很信任的男人，却狠狠地让她的信任被抽了一巴掌，泼了一盆冷水。

叶笑笑不知道，她对甄诚现在是该要恨，还是该要痛心，但是她真的很想做的，就是离开这个男人，远远的，一点也不想要再看到他……

因为看到他，叶笑笑的心里就会涌现出无数的悲伤跟难过，脑子里不但有N多写实的照片，更会想到被她抓到的背叛现场，就好像让她吞了无数的苍蝇那么恶心，恶心得想要呕吐……

"笑笑，你听我说，我知道错了。"甄诚一把拽着叶笑笑，眸光中含情脉脉，"你原谅我一次好不好？"

叶笑笑有点嫌恶地拧了下俏眉，好像病毒似的大力挣脱甄诚拽着她的手，然后毫不犹豫地拉远了她跟甄诚之间的距离，眸光淡然地看着他："甄诚，我跟你真的没什么好说的。"她深呼吸了一口气，努力让自己的语调听起来，能保持着冷静，疏远。

叶笑笑不想为甄诚心痛,至少不会当着他的面表现出心痛跟难过,算她故作坚强好了,这是她唯一想要在甄诚面前索要的骄傲!

"可是笑笑,我有话对你说。"甄诚带着点忧伤看着叶笑笑,"事情,并不是你想的那样,而且我那么爱你,怎么会背叛你……"

"闭嘴!"叶笑笑听到甄诚说爱这个词语的时候,感觉她的心脏又被猛烈地刺了下,疼痛得让她有些喘不过气来,"你别再说爱我,我听了很恶心!"强忍着抓狂,叶笑笑一字一句冷声对甄诚说道:"甄诚,我跟你真的没什么好说的了。"

甄诚满脸挂着无辜:"笑笑,你什么时候开始变得这样冷酷无情了?连解释的机会都不愿意给我!"

"你觉得,你还有什么可以解释的?"叶笑笑冷冷地看着甄诚,很用力地吸了口气,将心里的酸涩狠狠压下,"你觉得,你还有脸给我解释什么?"说着,叶笑笑心里的怒火刷地一下子上来了,冷笑了两声:"甄诚,你可以面不改色地跟你的小三、小四、小五在一起亲热调情,你做得出来,可是,我却不好意思说。"

"笑笑,你误会我了,真的,那些照片都是PS的。"甄诚急巴巴地解释:"肯定有人陷害我的!"甄诚厚着脸皮,猛地一把拽住叶笑笑的手,含情脉脉地说:"我那么爱你,我怎么可能劈腿呢?"

叶笑笑没好气地甩开他,放下餐盘,看到甄诚的这一瞬间,她连吃饭的欲望都没有了,深呼吸了一口气:"甄诚,就算照片是PS能合成,但是,你跟金小姐……"叶笑笑顿了顿,还是含蓄地没有全部说出来:"我不想多说什么了,我们好合好散,就这样吧!"

"叶笑笑,你铁了心要分手,你是不是遇到别的人了?"甄诚眼瞅着自己低声下气地赔不是,却一点也打动不了叶笑笑,语气不由得气急败坏了起来。刚才尚景文抱着她离开的画面,清晰地浮上脑海,他是个正常的男人,不得不有正常的怀疑,"刚才那个男人,你到底跟他是什么关系?"

甄诚的角色瞬间逆转,好像抓住了叶笑笑跟别的男人在一起的证据似的,语气也变得理直气壮了起来:"你们什么时候在一起的?"

"甄诚,我给你面子,让你自己滚,如果你不要面子,那我成全你,我打到你滚为止!"叶笑笑深呼吸了一口气,冷着俏脸,一字一句地说,"从今天开始,我跟你老死不相往来!"

叶笑笑最讨厌的就是做事没担当的男人,这个男人,没担当就不说了,竟然还摆出一副叶笑笑同样出轨的姿态来,好像这样,他的心里才能平衡一点,才能接受分手。

可是,叶笑笑才不愿意背下这个黑锅!

叶笑笑就是因为甄诚的背叛才要分手的,跟她有没有新欢一丁点关系都没有,所以,她要强调这个事实:"是你劈腿在先,你就没资格管我是不是有新欢了!"眼瞅着甄诚不依不饶的神色,叶笑笑再一次开口道:"现在,我可以明确地告诉你,我没有新欢,就算以后我嫁不出去,天底下男人都死光了,我也不会再跟你在一起!"

"笑笑,你就不能原谅我一次么?"甄诚眼瞅着叶笑笑的神色果断跟坚决,气焰再一次弱了下去,带着点可怜的神情看着她,"这件事,我知道我错了!对不起,你原谅我好不好?"

"对不起,无法原谅你!"叶笑笑没好气地冷嗤了下,"甄诚,你觉得,往人的心里狠狠地捅了一刀,再回头给人说对不起,那刀就不会留伤疤了?"

"叶笑笑!"甄诚正色连名带姓地喊了句,一本正经地说,"今天的事,确实是我不对,但是,我是个正常男人,跟她在一起,不过是正常的一种生理解决。如果你跟我在一起,我也不会跟她一起了,说到底,你也是有责任,我们好了这么多年,你都不愿意让我碰你……"

"去你妹的。"叶笑笑忍不住出声,爆了句脏话,打断他,冷声开口道,"甄诚,这么多年,我今天才算是真正认识你,看清楚你!"

一个人,一旦心痛了,痛到极点了,就会麻木。

就像此时的叶笑笑,她已经被甄诚给气得彻底麻木了,她不知道自己还有痛的感觉没有。尤其听到他这样大言不惭的话,叶笑笑更是又觉得好气,又瞬间觉得好笑了!

"叶笑笑,我觉得,我们有必要好好谈谈。"甄诚拉着叶笑笑,他跟叶笑笑这么多年的感情不假,而且他也确实喜欢叶笑笑,只不过叶笑笑跟他的爱情,更多偏向柏拉图式,他对叶笑笑充满了尊重,还有期待。

叶笑笑淡淡地看了一眼甄诚,冷声道:"可我跟你,没什么好谈的了。"

这男人,简直太可笑了!

055

"叶笑笑，你这样太不讲道理了。"甄诚盯着叶笑笑，气急败坏，"我不过是犯了一个男人都很容易犯的错，你就一丁点的改过机会都不给我吗？"

"有些事，可以原谅，有些事，无法原谅。"叶笑笑看着甄诚，"你犯了男人容易犯的错，我选择了女人会选择的处理方式，我不想跟你过不去，也不想跟自己过不去。所以，我们分手，只有不再看到彼此，这些伤害，才能淡下来……"

甄诚认真地盯着叶笑笑，语气坚决道："我坚决不同意分手，你想都不用想了！"

"要不要分手，是我的事，同意不同意是你的事。"叶笑笑终于不耐烦了，"我不管你怎么想，反正我跟你，不再有任何关系！"

"叶笑笑，你这样冷酷无情，到底是不是因为刚才那个男人？"甄诚不死心地继续追问，"你是不是跟他好上了，所以，坚决要跟我分开了？"

"随你怎么想！"叶笑笑不想跟甄诚继续磨叽下去，转身准备离开。

甄诚忙一把拽着叶笑笑，将她拖住："叶笑笑，你今天必须给我说清楚。"

"放开我！"甄诚捏的力道极大，叶笑笑疼得有些拧眉，语气不善道。

"不放！"甄诚气急败坏地捏得更紧了。

"放开！"叶笑笑不满地挣扎，见他丝毫不愿意松开，而且越捏越紧了，她冷眼看着左手边的那杯红酒，毫不犹豫地抓起，猛地朝甄诚的脸上泼去。

甄诚没被泼到，倒是让一把拽着甄诚的手，准备英雄救美的尚景文给接了个满杯。

一杯酒，迎面全部倒在了尚景文的俊脸上……酒渍顺着他俊朗有型的脸颊缓缓下落……沿着颈脖，衣服上瞬间也变得湿漉漉的……

尚景文茫然地眨巴了下眼睛，面色淡然地伸手，将自己脸上的酒渍轻轻地用衣角擦了下。

叶笑笑有点傻眼，随即猛地出脚，正中甄诚胯间，冷眼看他疼得捂着下体蹲了下去，这才带着几分歉意看着尚景文："对不起啊！"她小心翼翼地看了看他带着几分狼狈的样子，更加心虚了，找了下面纸，"你擦擦吧……"

"你帮我擦吧。"尚景文一脸正色，一本正经地说。

"啊？"叶笑笑瞬间有点傻眼，感觉她的脑袋好像短路了似的，反应不过来。

尚景文微微挑了下飞扬的剑眉，看着叶笑笑抬着俏脸，诧异地看着自己，嘴巴甚至因为受惊而合不拢，他的嘴角瞬间扬起一抹好看的笑意来："这酒你泼的，你要真心道歉，帮我擦干净……"话说出口了，尚景文自己也觉得很唐突，有点好笑，他跟叶笑笑，根本就不熟，可是，不知道为什么，看到她那样无辜的小白兔一样的眼神，他张嘴就忍不住想要去逗一下……

叶笑笑眼眸的余光看到金荞麦快步走了过去，搀扶起甄诚，心里还是忍不住刺痛了下，随即，俏脸上扬起一抹笑意来，看着尚景文说："好！"然后，拿着面纸，小心翼翼地朝尚景文的俊脸，缓缓地擦了上去。只有叶笑笑自己知道，她的心里,紧张得手心都冒汗了,她努力让自己的动作变得自然,努力让她自己的表情变得自然……

尚景文的嘴角挑着温和的笑意,含情脉脉地看着叶笑笑,看着她明明紧张得额头上在冒汗,却还是故作逞强的样子。她这个样子,让他的心有一种被搅动的感觉……莫名地跳出不一样的节奏来……

"你别紧张,你前男友正看着呢……"尚景文压低了声音,温润地凑在叶笑笑的耳边,悄声说,"既然,你铁了心要分,你放心,我会帮你演戏的……"

敏感的耳边,被尚景文这样温柔的气息喷到,叶笑笑的心,瞬间又乱了一些节拍,她的面色瞬间飞起了红霞来。

尚景文跟叶笑笑的互动,看在甄诚的眼里,更是怒火中烧,他不痛快地冲上前,一把猛地推开尚景文。

却不料,尚景文身手敏捷地躲过,顺带着把叶笑笑也带着远离了他一点距离,护在怀里,眸光带着几分阴郁地看向甄诚。

甄诚被尚景文身上散发出的一股说不出来的阴冷给煞了下,随即,看到叶笑笑,伸手就要去拽:"叶笑笑,你跟我回去。"

叶笑笑不动声色地缩了下身子。

尚景文见状,很自然地将叶笑笑圈护在怀里,眸光淡然地看着甄诚。

甄诚眼里的怒火,快要烧起来了,瞪着尚景文问:"你是谁?跟叶笑笑什么关系?"

尚景文随意地摊摊手,看着甄诚:"我是谁,跟你没关系。

我跟叶笑笑是什么关系，跟你就更没关系了。"随即嘴角扯着一抹笑来，"不过，为了避免你以后骚扰叶笑笑，我可以告诉你，她现在是我的女朋友，你识相的话，最好离她远点！"

"我不信。"甄诚不服气地上前一把扭着尚景文，"你小子，到底干吗的？"

"前任您好，我是她现任男朋友。"尚景文痞气地看着甄诚，笑得风轻云淡。

"你！"甄诚被尚景文那么明媚灿烂的笑意给怔了下，气急败坏道，"胡说，我跟叶笑笑才没分手呢！"

"甄诚，我们已经分手了。"叶笑笑打断他，扭头看着尚景文，"跟你前女友说完话了？我们可以走了吧？"彻底无视甄诚这号人物。

"嗯，走吧！"尚景文温和地笑着，带着叶笑笑离开了气急败坏的甄诚视线。

"今天的事，谢谢你！"陪着尚景文走到停车场，叶笑笑顿住脚步，看着他，认真地道谢。

"既然你这么谢我，我还是送佛送到西吧，我送你回去。"尚景文理所当然地接过叶笑笑的话，一锤定音下了这决定。

而叶笑笑则又是傻了下眼，等她反应过来的时候，想客气地拒绝，可是，尚景文已经拉开了副驾一侧的门，有些不耐烦地回头看她，催促道："快点上车！"

叶笑笑知道没有办法拒绝，便将那些话吞咽了下去，然后快步走过去，在尚景文的目光中，弯身上车。

尚景文的嘴角扬起一抹灿烂的笑意，他这个人，想要做一件事的话，根本不会因为别人的想法而有任何的改变，而且，他对叶笑笑，有着一种他自己都不清楚的莫名好奇……

不知道哪个作家曾说过，男人和女人之间的爱情，通常发生在，好奇。

尚景文上车，启动，猛打一个方向盘，快速将车驶了出去。

叶笑笑只是呆呆地看着窗外，沉默不作声。

"你现在是不是心情不好？"半晌之后，尚景文终于忍不住打破沉默，低沉地开口问。

"还好吧。"叶笑笑漫不经心地应声。

"其实你也没必要心情不好。"尚景文扫了一眼叶笑笑，意味深长地说，"旧的不去，新的不来嘛。"

"嗯！"叶笑笑只是淡淡地应了一声，随即，好像跟尚景文说，又好像是对着自己自言自语："在结婚前发现这样的事，总比结婚了才知道好……"

如果，刘岩带着那些照片在订婚礼上闹开的话，叶笑笑都不敢想象那样的后果，有高血压的母亲，一定会气得心脏病发的。

"其实吧，你这样想挺好的。"尚景文也不知道该怎么安慰叶笑笑，只能讪讪地胡乱应了句，"有人说过，失恋，只是为了下一站幸福的开始嘛！"

"是啊，我也觉得挺好的。"叶笑笑故作坚强地握紧了手里的包包，闭了闭眼睛，逼退想要涌出的泪水。扯动自己的嘴角，露出笑容，深深地呼吸了一口气。

"不过你如果心情不好，哭一下，也没事的……肩膀我借给你好了……"尚景文小声嘀咕了一下。

"我不会为他哭的……"叶笑笑回答得很坚决。当刘岩告诉她的那一刻,叶笑笑感觉自己把眼泪都流干了,再也哭不出来了。

"看你也不像不伤心的样子!"尚景文不解道,"既然难过,为什么不哭呢?你这样憋着,会很痛苦的……"

"我是很伤心啊,这么一段感情,最后这么一个结局。"叶笑笑感慨了下,随即又苦涩地笑了笑,"可是,伤心有什么用呢?我不想戴着绿帽子,却假装自己很幸福。那我选择了分手,是我自己的决定,我有什么理由去哭呢?"苦笑了下,她补充了句:"我自找的是不是?"如果,她选择原谅,如果,她选择假装不知道,如果,她选择纵容,那么,结局又是不一样的。至少,能维持表面平静的幸福,而不像现在这样痛彻心扉。

真相有时候,往往代表着伤害!但是,明知道伤害,却还是想去追求真相,因为,欺骗比伤害,更难让叶笑笑接受。

"你这样说,好像也有点道理。"尚景文认同地点了点头,然后,又问了下叶笑笑的地址,一路上也不知道在想些什么,没有再开口问话,毕竟,叶笑笑跟甄诚那么点破事,尚景文都不用问,一眼都能看得清清楚楚,明明白白。只是,他微微有点诧异,这个看着并不是很彪悍的女孩子,爆发力还真不是一般的强悍!

叶笑笑紧紧抓着自己的包,一路沉默无语……她的脑袋现在很混乱,混乱得完全不知道要去思考什么了……

当一个人伤心难过到了极点,脑袋就会失去思考的能力。

叶笑笑就觉得自己的脑袋空白一片……不想去想任何有关她跟甄诚的事,哪怕回忆,哪怕过去……哪怕……

尚景文也不八卦,反正也就那么点破事,他就尽责地开车,充当司机的角色,没一会儿车就拐进了叶笑笑家所在的小区。

叶笑笑心里不知不觉地松了口气,礼貌地对尚景文道:"今天谢谢你,在这里停车就可以了!"说完,她准备拎着包包下车。

尚景文踩下刹车,缓慢地转过俊脸,见叶笑笑准备拿包开车门,不由得讪讪道:"你不准备帮我处理下我的衣服?"

"啊?"叶笑笑有点傻眼地回头,"怎么处理?"

"帮我弄干净吧!"尚景文皱眉看了一眼衣服上那一片红色的污渍。

"好吧,那你跟我下车吧。"叶笑笑只是微微犹豫了下,便点头,邀请尚景文下车来。

尚景文也不扭捏,大步跟着她一路径直到了她家。进门,尚景文便打量了下这屋子,这是一套40多平米的小居室,一个房间和一个客厅紧紧相连着,厨房跟洗手间对门排着,屋子不大,一眼就能看完。但是,布置得很温馨,尤其是卫生间打扫得很干净,地板上,亮得都能照出人影来!

"尚先生,您先去洗手间,把衣服换下来吧!"叶笑笑从房间里拿了一套白色的睡袍,递给尚景文。

"你别叫我尚先生,听着怪别扭的,叫我尚景文好了!"尚景文接过睡袍,边说边走去洗手间。

叶笑笑没有接话,她跟尚景文不过萍水相逢,而且,今天过后，是不会再有交集的。所以，对她而言，尚景文叫什么，真的没必要纠正。

没一会儿尚景文推门出来，还是穿着身上脏的衬衫，对叶笑笑道："我还有点事要急着去处理，今天是来不及洗了，改天吧！"

"你！"叶笑笑犹豫了下，还是硬着头皮开口，"要不然，你把衬衫换下来吧。"穿着脏衣服去办事，总归不妥当。

"我换下衬衫，穿着睡袍去办事？"尚景文玩味地看着叶笑笑，"不妥当，算了我还是穿着脏衣服吧！虽然看着有点难过，不舒服。"

"给你！"叶笑笑在沙发边的矮桌上，拎了个袋子，递给尚景文，"这件衬衫是新的，你的那件，我会帮你洗干净的！"

尚景文眸光淡淡地浏览了一遍这件还未开封的新衬衫，嘴角微微一撇，扯出一抹笑来："那可真谢谢你了，我换衣服去。"

叶笑笑不再说话，她目送尚景文换了衣服出来。那件衬衫是她定制的，本来是要送给甄诚的，可是，甄诚却嫌弃颜色不好，所以一直搁在家里没穿过。却没有想到，尚景文穿，竟然会那样的合身，好像量身为他定做的一样。

宝蓝色，是一种很挑人的颜色，不是一般人都能够穿得出来那个气场的。

因为甄诚的皮肤有点黝黑，所以这个颜色对他来说，总有些说不出来的怪异。

可是穿在尚景文的身上，一点也不显得突兀，白皙的皮肤让他浑身散发出一股优雅的迷人来。

你是我最美的时光

尚景文将自己手里的衣服递给叶笑笑,扯着嘴角,灿烂地笑了下:"叶笑笑,那我这件衣服,就拜托你洗干净了,我先走了!"

"嗯,再见!"叶笑笑将尚景文礼貌地送了出去,转身回屋,关上了门,才无力地依靠着门板,缓缓地蹲了下来,她的眼泪,瞬间犹如断线的珍珠似的,不断地滴落下来……

这一刻,她再也伪装不出坚强,再也没有办法强悍……只是想紧紧地抱着自己,狠狠地哭泣……哀悼,她这一段来不及开花结果,就被扼杀的爱情……哀悼,那个她曾经深爱的男人,就这样被她狠狠地剔除在生命之外……

有时候,一个伪装坚强的女人,不让别人看到自己的懦弱,可是在一个人的时候,会哭得像个小孩一样……

这一刻,叶笑笑彻底将情绪宣泄了出来……甄诚,再见了。

6年的爱情,再见了……

即使若干年以后,她会后悔今日这样决裂,但是再给她一次机会,她还是会毫不犹豫地坚持她的原则。因为,叶笑笑的爱情世界里,容不得半点沙子!

## 第二章　再次邂逅

"叶笑笑,你最好给我一个合理的解释!"手机刚接通,死党季雨的河东狮吼就传了出来。

叶笑笑拧着秀眉,稍微拿远了一些手机,免得被她接下来的谩骂声把耳朵震出问题,"你到底在干吗?一个星期了,打你电话,死活都没人接,你什么情况?你知不知道,我找不到你会着急啊?"季雨气急败坏地说了一连串的话,甚至,连气都不喘一下。

"小雨,你淡定!"

"我淡定个P!"季雨没好气地呵斥了声叶笑笑,语调一转,关切道,"你到底在干吗?为什么不接电话?"

"小雨,我心情不好!"叶笑笑牛头不对马嘴地回了句。

"你怎么了?"季雨一听叶笑笑低落的声音,忙追着问。

"也没什么,就是想你了!"叶笑笑张了张嘴,本来想说,她跟甄诚分手了。这个星期,她像是行尸走肉一般地活着,好不容易觉得自己活过来了,又突然觉得没有诉苦的必要。

她的爱情,就像是一场重感冒,高烧过后,自然治愈了。

"想我?你少来了!"季雨没好气地嗤了下,"矫情!"

"嗯,我就矫情了!"

"叶笑笑,你少糊弄我!"季雨打断她,"说吧,你跟甄诚怎么回事?"甄诚都打了几个电话给季雨了,口气遮遮掩掩的,她不难猜出,两个人肯定闹别扭了。

"嗯……"叶笑笑犹豫了下,老实地回答,"我跟他分手了!"

"什么?"季雨激动得惊叫了起来,"分手了?"

"嗯!"叶笑笑深呼吸了一口气。她了解季雨的脾气,知道自己不解释清楚,她一定会急得上火,不由得简单地将前因后果跟她说了下,最后来了句:"以后,他给你打电话,你别理!"

"混蛋!"季雨咬牙切齿地骂道,"禽兽,人渣!"

叶笑笑嘴角抽搐了下,心里就好像是被堵了一团棉花似的,沉闷道:"好了,小雨,你淡定!"

"我真想去抽死这个混蛋!"季雨怒火攻心,"笑笑,遇到这种极品渣男人,早分手早解脱,你一定要坚强!"

"小雨,我知道!"叶笑笑苦涩道,"我已经恢复过来了!你别担心了!"

"真的没事了?"季雨不放心地问。

"嗯。"叶笑笑应了一声,随即转移话题道,"你那么急找我,有什么事吗?"

"姑奶奶,你不提,我还真激动得忘记这事了!"季雨猛地拍了拍自己的脑袋,"还记得上次跟你说的事吗?"

"什么事?"

"就是那个同城交友网见面会的事!"季雨提醒着叶笑笑,"这活动的策划案,不是你帮我写的吗?我是想,你最近正好也没上班，干脆帮我一起做得了！"

"这不合适吧！"

"没有合适不合适的！公司我说了算！"季雨打断叶笑笑，"你反正没去上班，正好先来帮帮我，我真的很需要你！"

"嗯，好吧！"叶笑笑答应了下来，"不过，我没工作经验，你别嫌弃就是！"她念了那么久的书，多的是理论知识，实际操作的话，还是把握不大。

"我什么时候嫌弃过你？"季雨一本正经地对着叶笑笑反问，随即又道，"我早说了让你来我公司上班，你不来，怕你是看不上我这小庙是吧？"

"没有！"叶笑笑忙否认，"我可没那个意思！"

"知道你没这个意思！"季雨当然是知道叶笑笑的，她之前回国就一心想着跟甄诚订婚，也就没顾得上找工作，她不过就是随口这么一说。

"嗯，我想工作的时候，你收留我不？"叶笑笑正色问季雨，失恋了，她确实也该找个工作了，免得一个人在家胡思乱想。

"收留，绝对收留！"季雨忙不迭地应了下来，"这次同城网交友活动，就作为你进公司的考核哈！"

"没问题！"叶笑笑应了下来。

"那好，一会儿我们见个面，边吃边聊！"季雨挂断了电话。

在繁华步行街上，一家情调不错的西餐厅内，叶笑笑早早地等着季雨，见她穿着漂亮的套装，踩着一双10厘米的

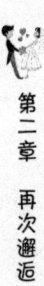

"恨天高",外加一脸精致的妆容,风姿绰约地走过来,顿时有些傻眼:"小雨,你见我,不用打扮得这么漂亮吧?"这和穿着一身简单的运动套装,并且素颜的叶笑笑形成太强烈的反差了。

"你哪天见我打扮得不漂亮了?"季雨优雅地落座,随手拿起菜单,"点菜了吗?"

"等你点呢!"叶笑笑帮季雨的杯子里倒上白开水。

季雨招手叫来服务员,快速地点了几个菜,然后拧着秀眉看着叶笑笑:"笑笑,你今天穿得也太随意了点吧?"

"随意吗?"叶笑笑低头看了看自己,"不觉得呀!再说,我见你,又不是见什么外人!"潜台词,也不需要打扮得花枝招展。

"可我准备一会儿带你见人呢!"季雨喝了口白开水,"这次同城网交友见面会,我准备放在凯悦VIP酒店举办,所以,下午我约了他们那边的人谈!"

"啊?"叶笑笑傻眼,埋怨道,"那你不早说!"

"没事,一会儿我们快点吃完,去商场买了换!"季雨做事是雷厉风行的,所以跟叶笑笑放下筷子,就直奔商场,把她从头到脚换了一套行头,才拽着她直奔凯悦VIP酒店去。

其实,叶笑笑一点也不想来这个酒店的,因为,这里是她的伤心地,一走进那金碧辉煌的大堂,她的心就跟着莫名地沉了下去,记忆,顿时汹涌地朝着她的脑海涌了过来……不过,还没等叶笑笑伤感太久,季雨接了一个电话,俏脸便沉了下去:"什么?我马上回来!"挂断了电话,季雨转过脸看着叶笑笑,"笑笑,公司负责的那个开业出了点问题,我必须要赶回去处理,这里的交谈,拜托你了!"说着,从自己的包包里抓出文件夹,正色道:"反正,策划案是你写的,我相信你!"

"我……"叶笑笑张了张嘴,还没来得及开口,季雨已经踩着高跟鞋,飞快地消失在她的视线里,她只能无奈地看了看自己手里的资料,认命地抓出手机,给季雨打电话:"姐姐,你好歹交代下,我找的人,叫什么,在几号桌子,有没有什么接头暗号啊?"

"哎呦,不好意思,我太急,忘了!"季雨抱歉道,"陈经理,26号桌子!"

叶笑笑切断了电话,然后抱着资料,稳了稳心神,走进了酒店的咖啡厅,顺着服务生的指引,朝着26号桌子走了过去。然后她看着一个人低着脑袋在玩IPAD,深呼吸了一口气,摆出一张职业的笑脸来:"陈经理,你好,我是舜宇公司的叶笑笑!"

尚景文本来在玩游戏,听到这话,忙抬起俊脸,"怎么是你?"跟叶笑笑异口同声。

叶笑笑犹豫了下,还是坐在了尚景文的对面,试探地问:"你是凯悦酒店的负责人?"

尚景文点了点头:"算是!"一般他不负责做事,只负责投资银子,年终分红数钱。

"可是你姓尚!"叶笑笑眨巴着黑溜溜的眸子,"公司约的是陈经理呀!"

"陈经理临时有事,要我先来候着!"尚景文解释了句。

"哦!"叶笑笑点了点头,摆出一副公事公办的样子来,

"那我们谈谈这次合作的事吧!"

"先点些东西吃吧!"尚景文扯着嘴角温和地笑了笑,"谈公事的话,还是等陈经理来了再说!"

"啊?"叶笑笑愣了下,"你不是负责人吗?"

"我只说了,算是!"尚景文回答得一本正经,随即补充道,"我负责签字,具体合作方案,你要跟陈经理谈!"

"哦!"叶笑笑懵懂地点了点头,接受了尚景文的提议,跟他一起点了东西,安静地喝着下午茶,等着陈经理。

最后,等了1个小时,陈经理才匆匆赶来,有尚景文坐镇,默认同意了,谈判异常顺利,第二天约定时间,签约就成。

叶笑笑任务完成,心情灿烂不少,礼貌地告辞:"尚先生,今天真的是太感谢你了!"要不是他这个高层点头示意可行,只怕她这个菜鸟,没办法这么快就谈好合约的。

"你这谢得太没诚意了!"尚景文不满道,"好歹,给我点实质性的感谢!"

"啊?"叶笑笑茫然,"实质性的感谢?比如?"

"比如,请我吃饭,请我喝茶,请我唱歌,请我泡吧……"

"哦,我懂了!"叶笑笑了然地点头,"回去,我会让公司给您安排的!"

"除了公司,你个人就不能给我安排吗?"尚景文挑着飞扬的剑眉,问得很认真。

"我怕怠慢了你!"叶笑笑不温不火地回答。

"那行,我来安排!"尚景文接话道,"你怕怠慢我,那别迟到就好!"

叶笑笑错愕,连拒绝都无法说出口。

"我定好了时间,地点会提前通知你的。"尚景文斩钉截铁道,"现在,我送你回去吧!"

"谢谢,我不回去,我回公司!"叶笑笑回神,忙委婉地拒绝,"尚先生,再见!"她飞快地丢了这么句,然后落荒而逃。

一朝被蛇咬,十年怕草绳。叶笑笑虽然不知道尚景文对她到底是什么意思,但她对尚景文确实没意思,也不想有那个意思,能保持距离躲多远,就躲多远。

尚景文看着叶笑笑的背影,薄唇微抿,嘴角渐渐勾起一抹好看的弧度,真是个有趣的女人!

夜晚,季雨为了犒劳叶笑笑第一次出马就顺利签约,约了她在酒吧庆功。

这家酒吧里面很热闹,一楼是散客区,摆着三三两两的散台,靠着边沿的是沙发卡座区,而二层则是一些隐秘的包间。摆在正中央的,是一个红色的大舞台,有一群穿着清凉,身材火辣的女孩,正伴随着音乐扭动着自己柔软的身体,摆出各种妖娆、撩人的姿态,还有一个主唱的歌手,正歇斯底里地唱着一首劲爆的歌曲。

季雨在舞台边的沙发卡座开了一个台,服务员第一时间送来了酒水单,并且介绍了下台费。

季雨白嫩的手指在酒水单上飞快地划过,点满了台费,然后又多要了一包女士烟,叶笑笑茫然地看着她:"小雨,你又不抽烟,买这个干吗?"凑台费,还不如多要一盘瓜子呢!

"我买烟,自然是有用处的。"季雨朝着叶笑笑淘气地眨

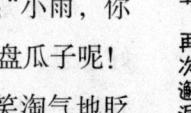

巴了下黑眸，嬉皮笑脸地开口，"实话告诉你吧，一会儿有烟，没火，可是最好的搭讪方式……"

"搭讪？"叶笑笑的嘴角抽搐了下，"不是吧？"服务员已经送上了酒水、纸巾跟果盘，她便止住了这个话题。

季雨抓过一瓶开好的啤酒，对着叶笑笑扬扬手，笑道："来，庆祝我们的单身，干一个！"

叶笑笑跟着笑了笑，也抓起瓶酒，跟季雨碰了碰，学着她的样子，仰头猛地灌了一口下去，苦涩的味道顺着喉咙缓慢地滑下，带着一股燥热径直涌向肺腑。

"笑笑，看不出来，你酒量不错嘛。"季雨笑吟吟地打趣，又干了大半瓶下去，"来，再来一个！"

叶笑笑只能跟着季雨喝干，她的脑袋有一点昏沉，眼神开始迷离起来，她很久没有喝酒了，一喝便上头了："小雨，我怎么刚喝就开始晕了？"

季雨跟叶笑笑碰了碰杯，笑道："喝晕好啊，一醉解千愁嘛！"

"也是哦。"叶笑笑讪讪地笑了下，"那今晚，我们不醉不归！"

"必须滴！"季雨爽朗地大笑，又跟叶笑笑喝了一瓶。

叶笑笑的手机响了起来，她看了看来电显示的陌生号码，犹豫了下，还是接了起来："喂，你好！"

"你在酒吧？"那一头也是人声鼎沸，喧闹得很。

叶笑笑一手捂着耳朵，一手抓着手机，嘴里歉意道："不好意思，有点吵，我听不太清楚！"然后，她走去酒吧相对安静一点的洗手间，问："喂，您好，哪位？"

"尚景文！"

叶笑笑愣住："尚先生，这么晚，您找我有事吗？"这个时间点，真不适合给人打电话，万一叶笑笑在家睡觉，那不是扰人清梦嘛！

"我在酒吧看到你了！"尚景文淡淡地说，"我现在有点事，一会儿过去找你！"然后就挂断了电话。

叶笑笑一头雾水，四周看了看，没看到尚景文，又莫名其妙地回到了卡座。

"笑笑，这么晚了，谁给你打电话？"季雨八卦地凑着脑袋问。

"没谁，打错电话的。"叶笑笑对季雨随口应了句。

"切，你又糊弄我！"季雨娇嗔地赏了一个大白眼给叶笑笑，"我猜，是个男人给你打的！"边说，她边优雅地拆开了烟的包装，从里面抽了一支，递给叶笑笑："要不要？"

"不要！"叶笑笑忙摇头拒绝。

"我说笑笑，既然来酒吧玩了，那开心点，疯狂点嘛！"

"我还不够疯狂吗？"叶笑笑问得一本正经，伸手指了指桌子上那一打啤酒，"我俩都喝这么多了！"

"疯狂吗？疯狂吗？"季雨笑着反问，"好吧，再来瓶就疯狂了！"

"陪你喝！"叶笑笑打着酒嗝，揉了揉喉咙口，再一次一饮而尽，她眼前的桌面已经堆了不少酒瓶了，脑袋晕晕的沉沉的，肚子也发胀，拉了拉季雨："小雨，我们喝慢点，我有点晕了！"

"好的，我们缓缓哈，我先去借个火。"季雨手里把玩着烟好一会儿，没打火机，所以一直叼在嘴里。隔壁桌来了一位长相俊美的男人，她便抓着烟，妩媚地走过去，笑吟吟地对那帅哥说了句，"帅哥，借个火，行不？"

那帅哥忙殷勤地将打火机拿出来，季雨却笑着推开，她俯下身子，凑到那帅哥嘴边叼着的烟上面，接了上去。

烟点燃了，她轻轻地吹了吹，那姿势，性感得要命。

叶笑笑看得目瞪口呆，季雨微笑着朝着她扬了下秀眉，跟那帅哥互留了电话号码，又摇摆着柔软的腰肢，性感地走回来了。

"季雨，好久不见！"

叶笑笑对季雨瞬间崇拜得五体投地，刚想开口夸她几句，却不料听到一个低沉的男声从背后传来，她茫然地转过身子，想看看遇到哪个熟人了，接着，一个男人从暗处慢慢走了出来，浑身散发着一股隐忍的霸气。

季雨只看了一眼来者，转过身子，连招呼都顾不得跟叶笑笑打，拔腿就跑。

那名高大伟岸的男子，想也不想就拔腿追了出去，嘴里喊着："季雨，你给我站住！"

叶笑笑目瞪口呆，茫然地目送着季雨跟这名男子这样戏剧化地退场。

从这个男人的面相看来，五官端正，长相俊美，气质出众，应该不算坏人，从他喊季雨的语气来说，还算熟悉，从季雨的态度看来，只怕这个男人，不是一般的男人吧！

叶笑笑本来紧握手机，想打110报警的，犹豫了下，凭着直觉，季雨跟他应该有八卦故事，才收回了手机，视线却再一次定格住。

尚景文还真的是跟她在同个酒吧！

尚景文这会儿还正在朝着她这桌走过来，他俊朗的五官跟修长的身姿，在迷离的灯光下显得异样扎眼。他的表情带了一点生人勿近的淡漠，俊美得犹如雕刻一般的五官因为人群的惊叫声而显得有些不耐烦。他终于走到叶笑笑这桌，淡定地说了句："挺能喝的啊！"

酒吧里的灯火迷离，叶笑笑昏沉的脑袋看着不真切的尚景文，自言自语道："幻觉，一定是幻觉！"

"什么幻觉？"尚景文挨着叶笑笑问。

"你是幻觉！"叶笑笑傻乎乎地扯着满口白牙，对尚景文说着，又打了一个酒嗝，胃里顿时一阵排山倒海的酸涩涌动，直冲喉咙口，她忙捂着嘴巴，"呕……"

"你才幻觉呢！"尚景文冷声回了句，"喝多了吧？"说完神色平静地扫了一眼满桌子的酒瓶。

"没喝多，就是……头有点晕，眼睛都快睁不开了……"叶笑笑打着酒嗝，大着舌头，总算把这话给说完了，还用手拍了拍越来越沉越来越重的脑袋。

"我送你回去吧，你醉了。"尚景文侧过头，淡定地看着叶笑笑，语气平缓地开口。尚景文本来不是一个爱管闲事的人，更不愿意管这种喝醉酒了的"麻烦"女人，但是，叶笑笑除外，他一再为她破例，多管闲事。

"好，谢谢你！"叶笑笑老实不客气地接了下来。因为她从椅子上下来的时候，发现自己脚底有点发软，根本没办法控制身体了，当然，回家就成问题了，尚景文能送的话，虽然有点麻烦，有点不好意思，但也是眼下最好的办法了。

听到叶笑笑的回答，尚景文愣了下，这丫头喝醉了，好像对他的戒备全部收起来了，下午他想送她回家，还落荒而逃呢！这会儿，倒是有主动送上门的嫌疑了！因为叶笑笑刚才脚底不稳，打了一个趔趄，软绵绵的身子便惯性地倒向了尚景文的怀里。

尚景文顺势半搂地搀扶住了她，问："叶笑笑，你没事吧？"

"没事，就是晕！"叶笑笑含糊不清地对尚景文说，而她的身体重心自然全部依靠着尚景文，在他的搀扶、搂抱下，叶笑笑才能够勉为其难地站稳身子。

叶笑笑柔软的身子紧贴着尚景文，微温的触感隔着衣服，传递着彼此的热度，让尚景文有些不自在。但他只能硬着头皮，将叶笑笑一路半搀半架着，穿过了人群，带出了酒吧。

到了停车场，尚景文一手扶着叶笑笑，一手麻利地打开车门，将她扶进了车里，还细心地为她拉上了安全带。

陌生的男性气息顿时朝着叶笑笑迎面而来，她摇晃了下越来越疼痛的脑袋，很努力地睁着大眼，强打着精神，看着尚景文那张离自己只在咫尺的俊颜，茫然道："我是不是喝多了？"

尚景文嘴角抽搐了下："知道自己喝多，那还算没喝多！"

"哦，那我还能喝，是吧？"叶笑笑的眼神有些迷离，傻乎乎地问。

尚景文这下子连嘴角抽搐都省了，转身启动车子，没好气地回了句："是啊，是还能喝！"再喝，被卖了她都不知道！

"哦，那我们继续喝吧！"叶笑笑打着酒嗝，大着舌头，闭着眼睛，胡言乱语地说着，身子还不安分地朝着尚景文靠过来，"陪我喝，陪我喝！"说完，又哇地一声，克制不住地吐了出来，吐得尚景文满身都是。

尚景文再三地深呼吸，然后握拳，克制着自己要把叶笑笑给扔下车的冲动，转身回到驾驶位，然后，猛地一脚油门，快速地轰了出去。没一会儿，尚景文就抱着瘫软如泥的叶笑笑，回到她家。他将叶笑笑依靠着门口站着，一手扶着，另外一手麻利地在叶笑笑的包里翻找着钥匙，接着开门，然后，弯身将叶笑笑拦腰抱起，大步流星地走去了房内，毫不犹豫地对着柔软的大床猛地扔了上去。

尚景文现在心情不爽，非常不爽！

叶笑笑只是不适地哼哼，随即翻了个身，调整了一个舒适的角度，然后，抱着被子呼呼地睡得那个叫香甜。

尚景文拧着俊眉，有点无语地看着床上的叶笑笑，接着低头看了一眼自己身上。浅色的休闲衫被叶笑笑刚才那一吐，吐得满是污渍，这会儿看来，有点惨不忍睹的样子。尚景文虽说没有洁癖，但是被吐成这样，他实在是感觉浑身都不舒服，于是，他毫不犹豫地脱下了衣服，走进洗手间，麻利地搓洗了起来，搓干净了，又低头闻了闻，感觉自己身上似乎还有那么股味道，不由得把身上的衣服都脱了个干净，里里外外彻底地清洗了一遍，然后，又依次套上裤子，准备穿衣服。

砰的一下，浴室的门被人连推带撞打开了，随即，叶笑笑就冲了进来。

## 你是我最美的时光

尚景文条件反射地用衣服捂着自己裸露的上半身，惊恐地望着本来被他安置在床榻上沉睡的"醉鬼"，她不是睡得好好的么？进来做什么？

"啊！"高分贝的女声失控地从叶笑笑的嘴巴里传了出来，然后她条件反射地捂着自己眼睛，随即又意识到什么，再松开。接着，叶笑笑惊恐地瞪着尚景文，随即毫不犹豫地伸手，啪地一下，利索地甩了一巴掌给尚景文。

尚景文被这巴掌给打蒙了！一瞬间压根不知道该给叶笑笑什么反应，只是俊脸黑得堪比锅盖似的。

"你对我做了什么？"叶笑笑伸手捂着自己的胸，作出一副防备的姿态来。

"我什么都没做！"尚景文高大的身子欺近叶笑笑，"莫非，你想让我做什么？"

"我……"叶笑笑被尚景文的煞气给惊道，畏缩了下身子，倒退了小步距离，揉着疼痛的脑袋，可怜巴巴道，"你别过来！"

"我就过去，你能拿我怎么样？"尚景文故意朝着叶笑笑又跨了一步。

"我……"叶笑笑的话还没有说出来，胃里却犹如排山倒海似的，不断地在翻涌着，她控制不住再一次，吐得尚景文的下半身衣服上，尽是污渍。

"你……"尚景文被气得俊脸都白了。

叶笑笑只顾着自己猛头呕吐，直到胃里吐得再也没有任何东西了，叶笑笑才疲倦地眯着眼睛，坐在地上，迷迷糊糊地依靠着洗手间的门，昏昏沉沉地睡了过去。

尚景文看着叶笑笑，忍不住叹了口气，伸手拍了拍自己的额头，脸上毫不遮掩地挂着无奈的表情，最终，脱了被吐脏的衣物，裹了一件睡袍，将叶笑笑善意地抱回到床上，顺带着自己也躺了下来。他都折腾这么一个晚上了，什么都没做，还被叶笑笑甩了一巴掌，他总归要收点利息不是？

抱着叶笑笑睡一晚，不算太过分吧？

厚重的亚麻窗帘懒懒地拖在地上，隔绝了窗外的阳光，屋内，犹如昼夜一般漆黑，墙壁上的时钟却指到了12点的方向，叶笑笑头痛欲裂地被自己的电话给吵醒，她睁开酸涩的双眼，整个屋子黑漆漆的一片，伸手不见五指，敏感的鼻子闻到的是满屋子的浓烈酒精味，她揉着宿醉后头疼的脑袋，习惯性地打开了床头的灯，昏黄色的光瞬间柔和地布满了房间，她刚掀开被子想下床，感觉不对，猛地一把拉开被子，"啊！"看到光裸着身子的尚景文，忍不住失控地惊叫了起来，

"你干吗啊？"尚景文忙上前，一把捂住叶笑笑的嘴巴，"姑奶奶，别叫了，人家还以为我把你怎么着了呢！"

"你放开我！"叶笑笑支支吾吾地喊着，"放开！"

"你别叫了，我就放开！"

叶笑笑忙点点头，尚景文刚松开手，她又惊天动地地喊了起来："啊！"

尚景文拧着俊眉，没好气道："不是答应不叫了吗？怎么还叫？"

"你……你……"叶笑笑激动得语无伦次，"你怎么在我

家，你对我做了什么？"说着，忙抱了一个枕头护在怀里，似乎这样才能让她有安全感。

"你昨晚喝多了，我才送你回来的。"尚景文神色淡定地扫了一眼叶笑笑，"我也没对你做什么，你别激动！"

叶笑笑忙下意识地看了看自己身上，衣衫完整，就是脏得有点狼狈，才暗自松了口气，"既然好心送我回来的，那你为什么要在我家？"

"方便照顾你！"尚景文面不改色道，"你昨晚吐了很多次！"

"你真的什么都没做？"叶笑笑不放心地又问。

"听你的口气，好像不满意我什么都没做？"尚景文痞气地勾着嘴角笑了下，"我不介意现在做点什么的！"

"做你个头！"叶笑笑没好气地拿枕头朝着尚景文身上扔去，"我警告你，昨晚的事，是意外，你不许胡说八道，不然我跟你没完！"

"怎么个没完？"尚景文赖皮地追问。

"切！"叶笑笑磨了磨牙，恼羞成怒地做了一个剪刀手的手势。

尚景文忙换了个姿势，挡住三角地带，做了个怕怕的表情："哎呦，我好怕啊！"

"无聊！"叶笑笑无语地翻了翻白眼。

"好吧，确实有点无聊。"尚景文耸了下肩膀，"我不介意做点有聊的事，你呢？"说完暧昧地朝着叶笑笑眨巴了下黝黯深邃的眸子，言语间，意有所指，"你的床挺大，挺舒服的，滚床单应该很舒服。"

"你！"叶笑笑气结，恼羞成怒地瞪着他，"不要脸。"

"睡都睡一起了，要脸干吗？"尚景文问得很无辜。

"尚景文！"叶笑笑抓狂地连名带姓地吼，"你再胡说八道，我一定把你舌头给剪了。"

"我没胡说啊，说的事实嘛！"尚景文说完忙假装害怕地捂着自己的嘴，小心翼翼地看着叶笑笑。

深呼吸，再深呼吸，叶笑笑好不容易才控制住自己的冲动，稳了稳心神，正色看着尚景文道："昨晚，你送我回来，照顾我的事，我真的很感激。但是，那只是一个意外，我希望我们两个都可以忘记。"

"意外？"尚景文微微拧下俊眉，不解地反问，"你确定不要我负责？"

"负责？"叶笑笑一听这话，忍不住扑哧一声笑了出来："你没搞错吧？"缓了口气："别说昨晚我们什么都没有发生，就算发生了什么，我们大家都是成年人了，一夜情，也是很正常的。"说到这，叶笑笑对尚景文扯了一抹淡然的笑来："都什么年代了，你还提负责？真是OUT啊！"

听到叶笑笑如此轻描淡写地说着，尚景文的心里顿时有一股莫名的火气，收起之前的玩味，语气不耐道："叶笑笑，你就是这样随便的人吗？"

"是啊，我一直都是这样随便的。"叶笑笑强装淡定，回答得风轻云淡。

"你！"尚景文气结，"不要我负责最好，哼。你别后悔。"

"放心吧，我不会后悔的。"叶笑笑从容地接话，"门在那边，您请自便。"手指朝着门口一指，礼貌地逐客。眼瞅着尚

## 你是我最美的时光

景文被气得俊脸都狰狞起来了，生怕他气急败坏地做出暴力事件来，叶笑笑忙转身快速朝自家洗手间躲去，心里不停地怨念，丫的，以后再也不乱喝酒了，当然也不会再去招惹尚景文这类妖孽了。

尚景文就这样目送着叶笑笑快速地跑进洗手间，砰的一声关门，清脆的落锁声让他的俊脸黑得堪比锅盖。他气恼地开门，狠狠地甩上了门，然后快速，大步流星地走了出去。

还好，尚景文并不是死缠烂打的主，所以那天不欢而散之后的这几天，叶笑笑的日子很快恢复了平静，当然，前提是没有接到叶妈妈电话的话，她都忙得差点忘记自己失恋这件事了。

或许，潜意识里，叶笑笑根本不想去想这个失恋的问题，因为，每想一次，她就会心痛，难过，抑郁，那还不如干脆不要去想。

可是，真的能够不去想，真的能够说忘记就忘记吗？

显然是不能的，所以叶笑笑只能借着工作来催眠自己，强迫自己不去想。

叶笑笑手边的电话响个不停，将她神游的思绪给拉了回来，她摇了摇脑袋，稳了稳心神，这才接起电话："喂，您好！"

"笑笑，你什么时候回家？"叶妈妈的声音带着威严的压迫感透过话筒清晰地传了过来。

叶笑笑的心里一个咯噔，糟糕，这几天忙着帮季雨做那个同城网友见面会的事，把她跟甄诚分手的事忘记给家里交代了,她不回家交代,不代表甄诚不会找上门去,毕竟眼瞅着快到两个人的订婚期了。甄诚不愿意分手,一定会想办法从叶家家长那里费力地卖好,求得叶笑笑的原谅,从而期待她回心转意。

待催着叶笑笑回家,叶爸爸、叶妈妈早已黑着脸坐在沙发上,摆出审问的姿态来。

"爸,妈,我回来了。"叶笑笑讨好地赔了个笑。

"笑笑,你跟甄诚到底怎么回事?"叶妈妈率先开口,语气还算温婉,只是少了平时的亲切,带着勉强的隐忍,"他说,你铁了心要分手。"

"嗯,我跟甄诚分手了!"伸头一刀,缩头一刀,叶笑笑咬了咬牙,硬着头皮点头。

"胡闹什么?"叶妈妈语气一冷,"马上都要订婚了,闹什么分手,瞎闹!"

"妈,我没胡闹!"叶笑笑深深地吸了一口气,缓缓道,"我跟甄诚不适合。"

"笑笑,你不是小孩子了!"叶妈妈无奈地反问道,"你跟甄诚都谈了这么多年了,现在说不适合就闹分手?早些年干吗去了?"

"早些年,我瞎了眼。"叶笑笑扯了一抹苦涩的笑来,"妈,你都说了,我不是小孩子了,这件事,让我自己处理好不好?"

"你自己处理,你怎么处理?"叶妈妈跟叶爸爸异口同声地问。

"我也不知道。"跟甄诚分手容易,那个定了日子的订婚宴比较棘手,难处理。

"笑笑,你跟甄诚谈了这么多年恋爱了,眼瞅着要圆满了,为什么要闹分手呢?"叶妈妈叹了口气,"到底发生了什么事?"

"妈,他没跟你们说吗?"叶笑笑抬脸,望着叶妈妈,"他劈腿,被我抓了个正着。"自嘲地笑了笑,"妈,还没结婚就已经出轨了,你觉得,我跟他就算撑到结婚,能算圆满吗?"

"什么?"叶妈妈跟叶爸爸诧异道,相互对视了几眼,叶爸爸不淡定地接话,"笑笑,会不会是误会?"

"爸,如果我告诉您,是他的小蜜怂恿我去酒店抓奸的,你还会觉得是误会吗?"叶笑笑看着叶爸爸,轻咬了下唇,费力地挤出了一个比哭还难看的笑出来,安慰着二老,"爸妈,我并不是任性才分手的。"

叶爸爸跟叶妈妈相互对视了两眼,最终由一家之长叶爸爸发话:"既然这样,那我们也不干涉你作任何决定,订婚宴的事,我们来处理吧。"

叶妈妈深深地叹了口气,什么都没有说,温柔地抱住了叶笑笑。

叶笑笑依靠在叶妈妈温暖的怀抱里,她并不想哭,但是眼泪还是悄无声息地顺着脸颊落了下来。

叶笑笑知道,她把甄诚的事告诉爸妈之后,他们是不会轻易让叶笑笑跟甄诚在一起了。毕竟,还没结婚,桃花债就一堆,婚后受苦的还是叶笑笑,父母会重新考量甄诚的为人,而甄诚,或许根本就经不起考量。

将二老安抚好,叶笑笑陪他们吃了晚饭,就匆匆回了自己居住的小窝，开了电脑就进入工作状态。毕竟这个同城交友网见面会是她帮季雨公司做的第一个单子，于公于私，叶笑笑不敢说是最好的，但一定力求更好。活动从策划到场地安排，再到环环相扣的互动节目，嘉宾表演，她无一不细细地过目，不停地进行修改，完善。

手机响起来的时候，叶笑笑正咬着手指，拧着眉瞪着那个嘉宾节目表沉思，因为其中一个表演嘉宾的名字叫金巧琳，叶笑笑感觉很眼熟，但是一时半会儿又想不起来是谁，顺手接起电话："喂，你好！"

"叶笑笑，是我！"尚景文的沉稳而磁性的声音透过话筒传了过来。

叶笑笑心头一怔，脑袋有点反应不过来："你，你怎么给我打电话了？"尚景文好几天都没出现，叶笑笑都快忘记这号人物了。

"我想起我的衣服还在你家。"尚景文清了清嗓子，一本正经地说："一会儿我过来。"接着不待叶笑笑出声，很果断地丢了句："等我。"然后，挂断电话。

"……什么情况嘛？"叶笑笑听着电话里的嘟嘟声，满脸莫名其妙，随即猛拍了一下自己的脑袋，大叫："哎呦，想起来了，金巧琳不就是尚景文的前任嘛！"随即问题又来了，她怎么作为表演嘉宾了？她能表演些什么？

叶笑笑揣着好奇，百度并且点开了金巧琳的资料，看着金色集团千金后面一堆的头衔:S都市频率的主播，新青秀歌手，钢琴家，叶笑笑忍不住撇撇嘴："财女，才女！"

尚景文放下电话，嘴角勾着浅淡的笑容，看着坐他面前的金巧琳，淡漠地开口："我跟你已经过去了，并且我也有了新女朋友，请你不要再缠着我好吗？"虽然尚妈妈给他安排的相亲盛宴被金巧琳给破坏了，把人家姑娘给气得暴走了。但是，尚景文也不想跟金巧琳有任何的牵扯，毕竟这个金巧琳也是个极品前任。

"景文，我知道，我错了。"金巧琳含情脉脉地望着尚景文，"我不该气你，不该任性地跟你分手，请你原谅我好不好？"

"没有原谅不原谅的。"尚景文的嘴角微微勾了下痞气道，"因为，我们都已经分手，各自重新开始了。"

"不。"金巧琳急切地打断尚景文，"我们能够重新来过的！"说完急切地解释："我跟王子杰其实真的没什么的。"

"哦？"尚景文挑着飞扬的俊眉淡淡地应声，"被我亲眼看到你们滚床单后，你还真好意思跟我说没什么？"

"我……"金巧琳的俏脸瞬间变得不太好看，神色愧疚地看着尚景文，"我那是故意气你的！"

"是啊，气我不陪你嘛！"尚景文嘲讽地勾着嘴角笑了下，"金巧琳，以前我没时间陪你，以后我也没时间陪你，所以，你还是早点对我死了这份心，我们好合好散。"

"景文，我真的知道错了。"金巧琳神色忧伤地看着他，"以后就算你不陪我，我也不会再去找别人来气你了，我们重新来过好不好？"

"不好。"尚景文斩钉截铁地打断，"金巧琳，我跟你不可能了。"

金巧琳的双眸顿时染上盈盈的泪光，语气幽怨道："景文，我知道我的任性伤害了你，所以，我一直在小心翼翼地弥补，你为什么一次机会都不给我？"

"弥补有用吗？"尚景文正色反问，随即摊了下手，摇了摇头，"晚了！"

"真的晚了吗？"金巧琳的俏脸变得苍白起来。她从小就喜欢尚景文，金家跟尚家是邻居，金巧琳跟尚景文从小青梅竹马地长大。初中的时候，金巧琳情窦初开，就开始暗恋尚景文，眼瞅着他小女朋友一个一个地换，金巧琳的心里疯狂地嫉妒，但是她却没有勇气去告白，因为，现在貌美如天仙一般的她，有一个残破不堪的童年。她小时候，是个唇裂的女生，在尚景文面前，有着深深的自卑感。这场艰苦心酸的暗恋，持续到高中毕业，金巧琳在被送往国外的前一晚宴会上，终于鼓起勇气跟尚景文告白。

尚景文没有接受，也没有拒绝，因为他自己也不知道对金巧琳到底是什么感觉。只知道，金巧琳跟他那些过眼云烟的小女生女朋友是不一样的，他一旦接受了，便是要负责的。而尚景文的年纪无法轻易许下承诺负责，所以，两个人约定，彼此单身，再长大一些后，作出选择。如果真的遇到心动的对象，那么这个约定随时都作废。

尚景文上军校大学的第一个假期，便悄悄飞去了国外，他想给金巧琳一个惊喜，顺便告诉她，他思念她，或许这种感觉是爱吧！

可是，尚景文却发现，金巧琳在学校不但异性缘特别好，而且还跟一位金发小帅哥举止很暧昧，尚景文并没有去质问金巧琳，美女有被追求的权利，被宠爱的资格。但是，他可以选择的是不戴绿帽，所以，他委婉地丢给金巧琳一句："我们还是永远做朋友。"就收回了当时两个人的约定。

金巧琳追着尚景文回国，泪眼婆娑地解释，她跟那位金发帅哥真的只是朋友，并且保证以后会跟异性保持安全距离，万般讨好尚景文，又不动声色地拉拢着爸妈跟尚家的长辈，大打"亲情牌"。长辈们的乐见其成，又有着儿时美好记忆的童年玩伴对自己如此死缠烂打加情深意重，终于让尚景文年少气傲的心柔软了下来，不但不再生气，反而接受了金巧琳做他女朋友，开始了分隔两地的异地恋。

异地恋很辛苦，尚景文跟金巧琳不但分居两国，有时差隔阂。更严重的事，他在军校的训练到后期是全封闭的，连通电话，上网跟信件都不方便，金巧琳抱怨了无数次，吵闹了无数次，尚景文都耐着性子哄她，忍让她，并且努力规划未来，争取早一天结束这样柏拉图式的精神爱恋，能够在金巧琳需要的时候，在她身边陪着她，给她肩膀温暖的依靠。

可是，尚景文的规划还没开始实施，却无意知道金巧琳不但跟王子杰一同参加暧昧派对，还跟其他几个男士保持着超友谊的关系。尚景文本是不相信的，可是在亲眼目睹了金巧琳跟王子杰在一起的画面后，他对金巧琳彻底失望，寄给她拍有她跟王子杰的艳照，附上了一句话："我们分手，以后你好自为之。"

尚景文跟金巧琳从小青梅竹马地长大，感情自然是有的，但是是不是爱情，尚景文自己也不清楚。或许曾经有过心动，但是还没来得及萌芽，就被折断了吧。

毕竟，绿色，是每个男人都不喜欢的颜色。

尚景文跟金巧琳分手之后，就被尚妈妈不断安排各种姑娘相亲，毕竟这么多年的感情，说分就分了，尚妈妈并不知道真正的原因，但是又怕尚景文想不开。

其实，事实上，尚妈妈想多了。尚景文虽然跟金巧琳相识很多年，柏拉图式恋爱很多年，但是真正相处的时间并不多，所以，这段感情对他的伤害并不算深，唯一耿耿于怀的是头顶上的绿帽子。所以，不甘心错过尚景文的金巧琳，死缠烂打地求尚景文原谅。但尚景文选择了跟不同姑娘相亲，故意让金巧琳各种羡慕嫉妒恨，却又发作不得。好吧，尚景文承认，他就是小心眼了，就是卑劣了。

金巧琳心里很憋屈，她是真的喜欢尚景文，可是异地恋的寂寞，让如花似玉的她时刻受着诱惑的煎熬，她不过是想排泄心里的空虚，不过是想要尝试新鲜跟刺激。她以为她做得很隐秘，却不曾料到，尚景文知道得清清楚楚，当他说分手的那一刻，金巧琳真的是悔得肠子都青了，心急如焚地请求复合，被拒绝不说，竟然还要眼睁睁地看着他跟别的姑娘欢欢喜喜去相亲，这真的是把金巧琳给气死了！

破坏尚妈妈给尚景文安排的一次又一次的相亲盛宴后，尚妈妈对金巧琳也越发不满起来，尚景文不告诉妈妈他跟金巧琳分手的原因，金巧琳自然不会傻乎乎地去说，毕竟不光彩。所以在尚妈妈心里，对金巧琳的印象还是属于不错的。年轻人，性格不合，好合好散，当朋友，尚妈妈还是喜欢金巧琳的，毕竟也算是从小看着长大的孩子。可是现在，这丫头莫名其妙跟自家儿子分手不说，竟然还不允许自家儿子桃花再开，真是太自私了！

金巧琳后知后觉地意识到，这些都是尚景文故意的，他知道自己不能容忍他跟别的姑娘在一起，一定会阻止他去跟别的姑娘相亲。而尚家长辈对她的印象又非常好，这样一次次破坏下来，尚家长辈肯定对她印象不好，自然就不喜欢她。而她要借助尚家长辈对尚景文打"亲情牌"的计划，就得落空了！

金巧琳忙改变策略，不再对尚景文死缠烂打，也不再去破坏他的相亲盛宴，甚至在生日宴会的时候，大方地给尚景文发去请帖，端庄得体地说，接受分手的事实，以后不会再任性地破坏他桃花再开，大家这么多年的感情，就算做不成情侣，也是好朋友。甚至更加大方地以退为进，要尚景文携带女朋友一起来参加。

金巧琳如此落落大方，双方家庭又相交数年，于情于理，尚景文都没有推脱的借口，所以他带着礼物来参加生日宴，意外在半路遇到叶笑笑，接着又狗血地目睹她"抓奸"，临时起意，恳求她假扮女友。玩味地跟她一次一次的交集之后，尚景文清楚地感觉到，他沉寂二十多年的心，有一种雀跃欢喜在跳动，那或许是一种叫做爱情的荷尔蒙在发酵吧。

想到那个张牙舞爪的叶笑笑，尚景文的嘴角不自觉地扯了一抹温和的笑来，抬眸看到眼前满脸落雨梨花的金巧琳，淡漠道："好了，我要去我女朋友那了，你自便。"

"景文！"金巧琳深情地叫住尚景文，快步拉着他，"不要走！"

"放开我。"尚景文冷着俊脸,将金巧琳的手指一个一个地从他手臂上掰开,"请你以后不要随便碰我。"那一句,我觉得你脏,终究还是念着多年情分,没有说出口。

"叶笑笑真的是你女朋友?"金巧琳受伤地退了一步,不死心地问。

"嗯。"尚景文面不改色地撒谎,随即快步转身离去。

门铃悠扬地响起,叶笑笑忙从阳台上收了尚景文的衣服,快步跑去开门,想把衣服直接在门口还给尚景文,并不打算请他进屋。

"你来干什么?"叶笑笑拉开门,就看到甄诚高大的身影站立在门口,语气冰冷地问。

"笑笑,我们好好谈谈。"甄诚一把拉着叶笑笑的手,语气恳切道:"我真的知道错了,保证以后再也不会犯了。不要取消婚约好不好?"甄诚本来想借助叶家长辈劝叶笑笑,两人订婚在即,不要轻易分手,不知道叶笑笑怎么说动叶家长辈,竟然亲自上门退婚。

"甄诚,我们已经分手了。"叶笑笑厌恶地挣脱开,"我们也没必要再谈了。"说完这句,忙抬起手,将手上的订婚戒指飞快地摘下,递到甄诚手里:"喏,订婚戒指还给你,其他你送我的东西,明天我会打包直接快递去你家。"

"笑笑,我真的错了,你到底要怎么样才原谅我?"甄诚面色恳切地盯着她:"难道要我跪下吗?那我跪!"说着,整个高大的身子,就这样直直地朝着叶笑笑面前跪了下来。

"就算你跪到地老天荒,笑笑也不可能原谅你!更不会跟你在一起。"尚景文优雅地迈着步子，从楼道里缓步地走到叶笑笑身边风轻云淡地开口："因为，叶笑笑现在是我的女人。"

"你TM谁啊？"甄诚猛地站起身子，一把揪着尚景文的衣领，眸子里闪烁着灼灼的怒火，吼道，"从哪里来，滚哪里去。"

"我是叶笑笑现任男朋友。"尚景文轻咳了下嗓子，伸手将甄诚的手缓慢地拨开，一字一句地说，"该滚的是你。"

"叶笑笑，他真的是你男朋友？"甄诚松开尚景文后，猛地又拽着叶笑笑，眸光阴冷地盯着她，"说，你们在一起多久了？"

叶笑笑沉默地咬着唇，扫了一眼尚景文，才把视线对上暴怒的甄诚。只见他的俊脸上青筋暴涨，狰狞不堪，突然觉得有点可笑，明明出轨劈腿的人是甄诚，可是，他现在这副理直气壮质问的模样，好像叶笑笑才是那个被他抓住了红杏出墙的人。

"你是不是跟他上过床了？"甄诚等不到叶笑笑开口，气急败坏，口不择言地怒问。

"那跟你无关，我们分手了！"叶笑笑故作轻松地回答。她现在只想让甄诚死心，感情就是这样奇怪的事，爱的时候，是真的深爱，但是不爱的时候，是真的不爱了，如果牵扯，纠缠下去，只会把之前的那些美好，全部撕碎。美好的破碎，是一件让人伤心的事，因为拥有过那些美丽，却要自己亲手去毁灭，不但痛苦，而且残忍。

甄诚是叶笑笑的初恋，也是她准未婚夫，曾经心心念念想嫁的丈夫，集着全部焦点的"高富帅"光环。叶笑笑这颗小星球，彻彻底底准备围绕着他转动，结果却发现，原来围着甄诚转的不止她一个，还有许许多多的小星球。好吧，叶笑笑不喜欢跟人抢，所以，带着美好的回忆果断地退出。至少，曾经，她跟甄诚真的相爱过，只是可惜，没能爱到最后，因为现实的诱惑太多，结局太残忍。

"你们真的上床了？"甄诚咬牙切齿地从牙缝里挤出"贱人"这两个字，接着响起啪的一声清脆的巴掌声。

叶笑笑错愕地看着甄诚狰狞的俊脸，还有他高高扬起的手，以及回过神来，她脸颊上火辣辣的疼痛。贱人，这两个字，就好像是一把尖刀一样，猛地扎进了她的心脏里去，带着鲜血淋漓的疼痛，比那一巴掌，更痛上千万倍。

甄诚望着叶笑笑白皙的俏脸上立时便浮现的巴掌印，呆呆地望着他自己失控的手，有些不知所措，语无伦次地道歉："笑笑，我不是故意的！"

尚景文的俊眉则是拧得死死的，一把拽过甄诚，狠狠地捏着他的手腕，怒问道："打女人，你到底算不算是男人？"

"要你管！"甄诚气急败坏，一拳就朝着尚景文的俊脸上砸去，甄诚从小就练过跆拳道，出手敏捷。至于他为什么会被叶笑笑打成猪头脸，是因为他心虚，故意让着叶笑笑，妄想用苦肉计将他出轨这笔账消了。可是，甄诚意外的是，温柔如水的叶笑笑，对待感情竟然会有如此果断跟偏执的一面，说分就分，一点也不拖泥带水。

尚景文看到朝他砸来的拳头时，幽暗深邃的黑眸微微闪了下，随即灵巧地一个侧身，避开了甄诚那来势凶猛的拳，条件反射地伸出拽拳的手。要进行反攻的时候，眼眸的余光扫到叶笑笑担忧的神色，心念一转，悄然收回拳头，结果结结实实地挨了甄诚一拳。于是自己隐藏的拳头，背着叶笑笑，用浑身最大的力气，朝着甄诚的肋骨上打了去。

甄诚疼得闷声哼哼，被尚景文提着才勉强站着身子，叶笑笑拧着眉看着扭打在一块的两个大男人，本来不想管他们，也没心情管，可是在她家门口这样打架实在是不像话，只能冷着俏脸上前拉住先动手的甄诚，语气不耐："甄诚，你到底想怎么样？"

"笑笑，我……"

"你什么你？松开！"叶笑笑扯开扭在一块的两个大男人，想都没想，狠狠地踹了甄诚一脚，挥了一拳在他胸口，又补了几巴掌，将甄诚打趴在地了。叶笑笑又直接将尚景文拉进屋子，砰的一下狠狠地甩上门，才关切地问了句："你没事吧？"

"哎呦，好疼！"尚景文捂着俊脸，夸张地叫了下。

"啊？"叶笑笑有点傻眼，愣着不知道该接什么话。

"嘶。"尚景文龇牙咧嘴地倒抽了两口冷气，"真的很疼，不信你摸摸。"说着伸手拉过叶笑笑的手，朝他自己的俊脸上摸去。

甄诚这一拳，打得又急又狠，而且尚景文又是故意给他打中的，所以他的俊脸肿起来是很正常的事。

叶笑笑浑身僵硬地摸着尚景文的俊脸被打处，已经高高地肿起，她移开自己的手，看着尚景文那白皙的脸上狼狈的伤口，歉意道："好像很严重，要不然，我送你去医院吧？"

"这点小伤，我皮糙肉厚的，哪用得着去医院啊？"尚景文故作轻快地说，结果扯动到伤口，不免又龇牙咧嘴地哼了几声："哎呦……"

叶笑笑听着尚景文的惨叫，便愧疚得不行："你先在这边坐，我去给你找鸡蛋跟冰块。"说完，讨好地搀扶着尚景文在她家的沙发上落座，"你等等哦。"转身便扎进厨房。

## 第三章　腹黑的暧昧

叶笑笑出来的时候，手里拿着急救箱，"我先帮你找冰袋敷敷……"说完，主动挨着尚景文身边坐下，然后快速地打开盒子，找出酒精棉和冰袋，"先用药棉帮你的伤口消毒，处理下。"

"好！"尚景文温润地点点头，看着叶笑笑对自己扬了下手里拿着的药棉，自觉地依靠着沙发上，仰着俊脸，摆出合作的姿态来。

叶笑笑也不扭捏，小心翼翼地用药棉在尚景文脸颊上的伤口处轻轻地擦了上去，嘴里温和地安抚："可能会有点疼……"

药棉酒精沾到伤口处，"嘶……"尚景文配合地龇牙咧嘴地呻吟了几声，本来他不想叫的，其实一点都不疼，他这个大男人，虽然看着细皮嫩肉，但其实呀，皮糙肉厚。以前在军校的时候，打架，训练。这张脸，早伤过不知道多少次了。

只是这会儿，尚景文看着叶笑笑这么小心翼翼，轻手轻脚地处理，就跟挠痒痒似的，不但不疼，而且还相当的舒服，他都忍不住想闭眼享受起来，余光瞥见叶笑笑愧疚，心想自己伤得越疼，这妞肯定越愧疚，于是腹黑地又夸张地叫了几声:"哎呦,好疼!"

"疼吗?"叶笑笑心里一急,忙凑过脸,张嘴对着尚景文脸颊的伤口处温柔地吹气,想减轻下他的疼痛感。

温热的气息喷在尚景文的俊脸上,他的心蓦地被搅了下似的,顿时浑身酥麻起来,当然更清楚地能感觉腹内一团灼热的火焰,就这样猛地被点燃,然后源源不断的火焰顺着四肢,流向全身,而他的俊脸,不自觉被烧得通红,滚烫。

叶笑笑不明所以,但看着尚景文白皙的俊脸,就这样烧红起来,还以为她下手太重,或者尚景文对药物酒精过敏,忙紧张地问:"你没事吧?"

"我没事,没事。"尚景文觉察出自己的窘态,忙摇了摇头,伸手主动抓过冰袋,往自己的伤口处贴去,"嘶……"这次确实真被冰得忍不住龇牙咧嘴地叫了下,随即憨厚地嘿嘿笑了两声:"叶笑笑,谢谢你!"

"不客气。"叶笑笑默默地收拾急救箱,起身的时候丢了句,"时间不早了,门在那边,尚先生,您自便。"

"你在赶我走?"尚景文不可思议道。

"你明白就好。"

叶笑笑直白的接话,将尚景文生生地呛住,半晌后才讪讪道:"叶笑笑,你自己脸上是不是也要处理下?"说着伸手指了指她被甄诚打过巴掌的脸颊。

叶笑笑这才后知后觉地伸手摸了摸自己滚烫的脸颊,咬着唇,沉默不语,思绪却飘得很远。她现在都不敢相信,甄诚竟然真的动手打她!

"这个冰袋,你先用着吧。"尚景文走过去,将冰袋递给叶笑笑，见她沉默不语，也不伸手接，不由得轻叹了口气，将她拉着坐到了沙发里，自觉地将冰袋往她的脸上敷去。

冰袋敷在叶笑笑火辣辣疼痛的脸颊上，冰冰凉凉的触觉让她回神，惊诧地望着尚景文。

"怎么样？疼不疼？"尚景文坦然地对上叶笑笑的视线，关切地问。

"没事。"叶笑笑轻轻地摇了摇头，看着尚景文，看着他小心翼翼地拿着冰袋，满脸的关切。她的心里，有块柔软的角落，被填上了一种叫做感动的东西，不知不觉就觉得自己的鼻子酸酸的，眼中有股湿润，不停在打着圈，好像一不小心，就要肆意流出来。

甄诚，曾经也把叶笑笑护如珍宝，她只要一点不舒服，小毛小病，都会紧张得不知所措。可在分手之后，他却给了她一巴掌，还送了她两个字，贱人。

"你说，男人是不是都这样？喜欢一个女人的时候，愿意掏心掏肺地对她好，视如珍宝；不喜欢的时候，却弃如草芥，铁石心肠，什么样的狠手都能下？"叶笑笑似乎是在问着尚景文，但又似乎是在自言自语。

"叶笑笑，你还好吧？"尚景文不知道该怎么回答，因为对待不爱的女人，他虽然下不下狠手打，但是铁石心肠却是事实。就好比他对金巧琳，会不留情面地一次一次拒绝。

"挺好的。"叶笑笑朝着尚景文勾着嘴角自嘲地笑笑，"现在如果能陪我喝几杯，我想我会更好。"一醉或许能解千愁吧。

"陪你喝酒？"尚景文有些习惯不了叶笑笑的跳跃思维，"你确定？"

叶笑笑点点头："当然确定！"随即看着尚景文，"你该不会是不敢陪我喝吧？"

"我舍命陪你，不醉不归！"

"那走吧。"

尚景文看着叶笑笑出门，忙快步地跟了上去，两个人就近找了一家小酒吧，喊了一打啤酒，便热火朝天地开喝了。

"喂，你喝慢点。"尚景文瞅着叶笑笑喝得又急又猛，还被呛了下，忙伸手按住她再拿酒瓶的手，"咱们先聊会儿天呗。"

"谁要跟你聊天？"叶笑笑没好气地对尚景文翻了个白眼，"我只想喝酒。"说完，抓着酒瓶又猛地灌进嘴巴，液体顺着喉咙滑下肚，苦涩得无法言语。

尚景文默不作声地看着叶笑笑猛喝，清楚她有心求醉，便也不再多嘴地劝说，招手点了度数高的烈酒。

一杯接着一杯，叶笑笑从最开始觉得啤酒很苦，到最后喝白酒也觉察不出滚烫的烈，这才晃了晃昏沉的脑袋，看向已经是双重人影的尚景文，呐呐道："还有酒吗？"手胡乱地在桌子上乱摸找酒，而正在她手边的酒杯和酒瓶便被扫得满桌子乱滚。

尚景文扫了一眼桌子，探过身子，一把扶住身形不稳的叶笑笑，温润道："好了，你喝醉了。"

叶笑笑傻乎乎地对着尚景文咧嘴笑，"没有……我没有喝醉！"

"是么？"

"嗯，我没喝醉，真的！"叶笑笑大着舌头，迷茫地看着尚景文，拍了拍脑袋，含糊不清道："我没喝醉！只是看着这地，有点晕……"

尚景文嘴角抽了抽："好吧，你没醉，我们回家接着喝。"

"哦，好！"叶笑笑答话的同时从椅子上下来，脚底却因为不稳而直接跟跄地摔倒在地，挣扎地爬了几下，都没爬起来，索性抱着椅子脚，闭着眼睛就想睡了。

尚景文拧着俊眉从地上抱起手脚不听使唤的叶笑笑："喂，你别睡啊！"

"我不睡，我不睡。"叶笑笑闭着眼睛，乖巧地任由尚景文抱在怀，在他怀里还蹭了蹭，调了个舒适角度，嘴里含糊不清地嘟囔着回话。

"你都已经睡了！"尚景文撇着嘴角，口气颇为无奈。

叶笑笑酒精上头，顿时头疼欲裂，疲倦极了，眯着眼睛，沉沉地就想睡觉，呢喃道："嗯，我已经睡了，嘘！"

"这个醉鬼！"尚景文撇了撇嘴，认命地将叶笑笑抱出酒吧，在行人好奇眸光的注视下，尽职地把她抱回家，并妥善地安置到了叶笑笑的大床上。掀开被子的时候，尚景文看着叶笑笑身上的衣服，神色犹豫了下，手指还是灵巧地帮她解开了外套，随意地往床边一丢，帮叶笑笑拉上被子。他看着她那一脸醉酒的潮红，不动声色地叹了口气，转身准备离去。

叶笑笑突然一个激灵从床上坐起，睁着茫然的星眸，神色恍惚地一把拽着尚景文的手，低声道："你别走。"

尚景文愣了下，回转过身子，幽深的黑眸盯着叶笑笑看了半响，见她神色恍惚根本没焦点，不由得摇晃着她喊了几声："叶笑笑？叶笑笑？"

叶笑笑迷迷糊糊地被摇晃着，稍微清醒了点，但是眼神依旧没有焦距地看着尚景文，蒙眬地看着他的嘴一张一合，好像在说些什么。看着看着，尚景文模糊的影像跟甄诚重叠了起来，似乎是甄诚在焦急地喊着，"叶笑笑？"

叶笑笑拽过尚景文，猛地紧紧抱住了他，在他惊诧瞪眼时，果断地将唇凑了上去，狠狠地吻住了他。灵巧的舌更是迅速地在尚景文微愣之时，紧紧地纠缠住了他。

尚景文只觉得脑袋轰的一声，残存的理智瞬间消失得无形无踪，他反被动为主动，长臂一勾，喘息着拥紧了叶笑笑，转身把她压住，手指在她的身上开始不断地游走，点燃炙热的火源，激情在两人之间不断地升温，蔓延……尚景文迅速剥去了叶笑笑的外衣，大手又开始朝着叶笑笑裙子下探去。双腿间探入陌生的手，陌生的不适感让叶笑笑条件反射地推开了尚景文。

尚景文明显一怔，停止手里的动作，微眯着深邃的眼打量身下的人儿。

叶笑笑眼神迷离地盯着他看了一会儿，低下头看到自己光裸的身子，脑袋像被雷劈了似的，失控地惊叫起来："啊！"

尚景文被这惊天动地的尖叫给吓了一跳，无辜道："叶笑笑，你干吗？"

"你，你，你在干吗？"叶笑笑的醉酒被惊醒了大半，犹如受伤的小兔子，抱着被子，惊恐地朝着床边缩去，"你别过来！"

尚景文嘴角抽了抽，无语地看着叶笑笑，心里腹语道：又不是他故意占她便宜的，怎么用这样戒备的眼神看他！冤。

第三章 腹黑的暧昧

# 你是我最美的时光

"尚景文,你对我做了什么?"叶笑笑低头悄悄瞄了几眼自己的现状,被子底下的自己,就只剩下一条小内裤了,该死的尚景文,竟然趁她喝醉占她便宜,太无耻了。

"喂,这话该我问你,你刚对我做了什么,你不知道吗?"尚景文憋屈地反问。明明就是这妞勾引在先,这会儿扮无辜在后,搞得他好像是那种占便宜的色狼似的。

"喂,我警告你,你别过来!"叶笑笑毫不犹豫地抽起床头的抱枕,朝尚景文俊脸上砸去,"你再过来,我不客气了。"

尚景文接住抱枕,不动声色地叹了口气,摊摊手道:"叶笑笑,刚拉着不让我走,还强吻我的人,是你!"

"你胡说!"叶笑笑气急败坏地羞红了脸,大声打断。

"我没胡说。"尚景文朝着叶笑笑又欺近几步,挨着床沿道:"要说我想对你怎么,上次就那啥了。"说完又特别正气地补充了句:"我们又不是没睡一起过。"

喉咙口涌起一阵抑制不住的酸涩,叶笑笑张口哇的一声吐了出来。

"喂,你没事吧?"尚景文顾不得自己浑身被叶笑笑吐得狼狈不堪,忙伸手拍着她的后背安抚,又麻利地在床头给她抓了面纸擦嘴,"不能喝,就少喝点,你看你,都吐成这样了!"

"没事。"叶笑笑挥挥手,虚弱地回。

"可我有事。"尚景文皱眉看着自己的衣服,嫌恶地脱了下来,"叶笑笑,我要在你家洗澡。"说完,不等叶笑笑抗议拒绝,忙裸着半个身子,奔去洗手间。

叶笑笑看着一地狼藉,想去打扫收拾,但是四肢虚软无力，只能撇过脸，眼不见为净，心想着等尚景文洗澡出来，拜托他顺便打扫下。她抱着被子在床上发了会儿呆，尚景文就洗完澡出来了，他围了叶笑笑那粉色的浴巾，上半身身材比例恰到好处，胸前滴落着来不及擦干的水滴，毛巾擦着湿漉漉的头发，解释了句："我把衣服洗了，等下干了，我就走。"

"你能不能帮我收拾下？"叶笑笑厚着脸皮开口。

尚景文顺着叶笑笑的视线看向那片狼藉，拧着俊眉，硬着头皮点点头："好吧。"

叶笑笑眼睛酸涩地打了个哈欠，然后迷糊地看着尚景文光着半截身子，弯身帮她处理那堆狼藉，渐渐犯困，就迷迷糊糊地睡了下去，没一会儿便响起香甜的鼾声。

尚景文收拾完毕，看着叶笑笑睡得如此香沉，不由得打了个哈欠，于是毫不犹豫地拉开被子，爬上叶笑笑的床，将床头的灯关了，抱着她，进入了温柔乡。

第二天醒来的时候，叶笑笑看着一床的凌乱，以及还在沉睡的尚景文，毫不犹豫地一脚想将他给踹下床去。可不知是脚底虚弱无力，还是尚景文太沉，没踹下床，但把他给踹醒了。

尚景文揉着惺忪的睡眼，无辜地看着叶笑笑："女人，你想干吗？"

"你，你怎么睡在我床上？"叶笑笑气急败坏地指着尚景文破口大骂，"流氓，色狼！"

"喂，叶笑笑，你讲讲道理好不好？"尚景文憋屈道，"我什么都没做，你凭啥说我流氓，色狼啊？"

"你什么都没做?"叶笑笑气恼地磨牙,"我的衣服谁脱的?"

"我。"尚景文举手示意。

"那你还叫什么都没做?"

"这样都叫做的话,那我反正是色狼了,我必须要做多一点。"尚景文说完,猛地扑在了叶笑笑身上,将她压了个结结实实,"既然是流氓,那就做全套吧。"

"混蛋,你快起来。"叶笑笑动弹不得,气得俏脸通红。

"我不起来,我是色狼,我是流氓!"尚景文痞气地笑了笑。

"尚景文。"叶笑笑咬牙切齿地喊。

"在!"尚景文刚搭话,胯间便被挣扎不已的叶笑笑给踹了个正着,"嗷!"他吃疼得失声惊叫起来,从叶笑笑身上翻落到床边,怨念地看着她:"最毒妇人心啊,最毒妇人心!"

"切,自找的。"叶笑笑没好气地对尚景文翻了个白眼,语气虽然不好,可是她心里对尚景文稍稍有些动容,昨晚他虽然睡在叶笑笑床上,但是除了脱衣服外,确实没有发生什么,这个男人,不管他是好人,还是坏人,但是至少算是君子一枚。

"哼哼!"尚景文玩味地哼了两声,嘴角勾着浅淡的笑意,眸光灼热地盯着叶笑笑。

顺着他灼热的视线,叶笑笑低下头看了看自己,再一次失声惊叫起来:"啊!"她刚挣扎中,身上的被子早掉在一边,此时胸前正春光乍泄,忙快速地拽过被子,捂着自己,"看什么看?再看把你眼珠子给挖出来!"

"你给我看的呀,又不是我想看。"尚景文嬉皮笑脸道,"不看白不看!"

"不要脸!"叶笑笑猛地抽起枕头砸向尚景文。

"嗯,我不要脸。"尚景文接过枕头,回答得一本正经。

叶笑笑顿时词穷,你说,要遇到这么一个厚颜无耻的家伙,她还能说什么?当然,如果眼光可以杀人的话,尚景文早被叶笑笑给"射杀"无数回了。

"我们今天就这样窝在床上含情脉脉地对望吗?"在叶笑笑眸光怒瞪中,尚景文依旧保持风轻云淡的姿态问。

"窝你个头。我要起来了!"叶笑笑没好气地说完,然后伸手扯过被子,将自己裹得严严实实,可是她这么一扯,尚景文光溜溜的身子就跃入眼帘,叶笑笑忙捂着眼睛,将被子往他光裸的身上扔过去,这么一扔,她又觉察不对,胸口凉凉的,自己又春光乍泄了。

叶笑笑又手忙脚乱地将被子给扯回来,不停地在给他遮和给自己遮之间,走光着。

尚景文终于忍不住哈哈大笑了起来。

"笑什么笑?"叶笑笑恼怒道,"不要脸的家伙。"

尚景文嬉皮笑脸地撇撇嘴:"我早说了,我不要脸,你不用跟我强调第二遍的。"

"你转过身去,把眼睛闭起来!"叶笑笑受不了尚景文的俊脸上挂满痞气的笑意,恼怒道。

"为什么?"

"你说为什么?"叶笑笑磨了磨牙。

"好吧,我转身闭眼,一定不会偷看你换衣服的。"尚景

## 你是我最美的时光

文瞅着叶笑笑真要抓狂暴走,忙识相地说,"你慢慢穿,不着急。"

叶笑笑瞪着尚景文转身,才快速地抓过自己的衣服,胡乱地往自己身上套,一边还戒备地瞪着他,随时做好应对姿态来。

"好了没?"许久之后,尚景文才开口问。

"好了。"叶笑笑应了声,又用手捂着眼睛,对着尚景文的方向大声催促:"你也快点穿衣服。"她可受不了家里有这么一个半裸的男人,实在是太暧昧了。

"知道了。"尚景文捡起地上的裤子衣服,嘟囔着进了洗手间。

叶笑笑这才刚松了口气,清脆的门铃却响了起来,"谁呀?"叶笑笑快步走去开门,好奇地问。当看到金巧琳跟金荞麦两姐妹时,她的脑袋有点短路,"找谁呀?"叶笑笑不记得她跟金家姐妹什么时候关系好到可以相互串门的地步了。还有,她们是从哪里知道她住这里的呢?

"你是叶笑笑?"金巧琳上下打量了遍叶笑笑,语调清淡地问,眼神带着一些不屑。

叶笑笑没接话,眸光淡扫了一眼金巧琳后,又沉默地看向金荞麦。如果说,刘岩这个小三是叶笑笑跟甄诚之间的导火线,那么这个金荞麦必然是被点燃的炸弹,她的爆炸式出现,彻底粉碎了叶笑笑的爱情。

"喂,我姐在问你话呢!"金荞麦不耐烦地开口。

"我是叶笑笑,找我什么事?"

"你跟尚景文什么时候开始恋爱的?"金巧琳开门见山地问。

叶笑笑愣了下:"我没必要回答你吧!"

"叶笑笑,你跟尚景文不合适,我希望你不要纠缠他。"

"就是,叶笑笑你跟尚景文不合适,跟甄诚也不合适,还是早点找个门当户对适合的男人嫁了吧!"金荞麦接过金巧琳的话,善意道,"你不是我们的对手。"

叶笑笑深呼吸了一口气,气恼地猛地一把甩上了门。都什么人呐!上门挑衅来的?她适合谁,要嫁谁,还轮不到这对姐妹来说三道四吧?

"啊!我的鼻子!"金荞麦捂着鼻子,夸张地叫了起来,差点就被叶笑笑这么大力的甩门给撞歪。

"喂,你怎么关门了?"金巧琳对叶笑笑这样直白的拒客感到诧异。

"姐,这个女人就是个疯子。"金荞麦拉了拉金巧琳,"咱们走吧。"

"不行,我话还没说完呢!"眼瞅着叶笑笑真不打算搭理她们,金巧琳猛地开始按门铃。

再悦耳的门铃也经不起这样一阵接着一阵不要命地响,叶笑笑捂着耳朵,恨不得把自家门铃给拆了去。

"叶笑笑,怎么回事?"尚景文换好衣服,快步从洗手间出来,"是不是甄诚又来骚扰你了?"

"不是。"叶笑笑撇撇嘴,"是你前任!"

"啊?"尚景文准备开门跟甄诚PK的动作顿了下,"金巧琳来了?"

叶笑笑点点头:"还有金荞麦!"

尚景文嘴角抽了抽:"交给我吧!"拉开门,对着一个按门铃,一个准备挥手拍门的金家姐妹说:"你们俩干吗呢?"

"景文,你怎么在这?"金巧琳诧异地问。

"我在女朋友家过夜不正常吗?"尚景文淡定地扯谎,面不改色地反问,"倒是你们两个,找笑笑什么事?"

"我……我……"金巧琳吞吞吐吐说不出口,她是来劝叶笑笑跟尚景文分开的。

"景文哥,我跟姐来看看你女朋友。"金荞麦忙接话,乖巧地笑了笑,"顺便给她道个歉。"

"你做什么对不起她的事了?"尚景文一针见血地问。他亲眼目睹了叶笑笑抓奸的整个过程,事情始末清楚得很,就是看金荞麦是不是有那个脸,说得出口。

"我……"金荞麦被问得哑口无言。

"景文,你跟叶笑笑同居了?"金巧琳对尚景文的行踪了解得很,叶笑笑这个女朋友是"空降"的,让她不得不怀疑,尚景文是为了拒绝她而随便找的替身。今天跟金荞麦找上门,就是想弄清楚真假,当然,如果是真的,那她也一定会想尽办法去拆散。

而金荞麦来找叶笑笑,除了示威,就是在叶笑笑跟甄诚之间,再狠狠地补一刀,断绝他们之间任何和好的可能,因为她想要上位,成为甄诚的太太。

"景文,你是不是故意找叶笑笑来气我的?"金巧琳等不到尚景文回话,情急地一把拽着他的手臂,"你告诉我,你跟叶笑笑什么都没有,只是在气我。"

"我跟叶笑笑的事,跟你没有任何关系。"尚景文将手臂从金巧琳那抽了回来,淡漠地回答。

"景文,你知道的,跟我有关系。"金巧琳语气坚定,果断。

"跟你有什么关系?"

"景文,我爱你。"金巧琳直白地看着尚景文,含情脉脉道,"你知道,我不能失去你的。"

"对啊,爱我,不能失去我,却可以背着我跟别的男人上床,是吗?"尚景文的嘴角微微勾了下,痞气道,"金巧琳,你能不能不要再拿爱我的名义说事了?你不觉得有些可笑吗?"

金巧琳的俏脸瞬间变得苍白起来,神色忧伤地看着尚景文:"我真的知道错了,你一次改过的机会都不能给我吗?"

"不给!"尚景文不耐烦道,"金巧琳,请你以后不要再说爱我,喜欢我了行不行?"

金巧琳抽噎地哭泣起来,金荞麦忍不住插话:"景文哥,从小到大,我姐真的是爱惨你了,就只爱你一个!"缓了缓气:"她只不过寂寞,一时糊涂才犯错,你大人有大量,或许可以原谅一下下的……"

"我不会原谅。"尚景文淡漠地开口,鄙夷地看了一眼金荞麦,"我没你们想的那么有度量,也没那么豪放,能当着人家未婚妻的面,跟人家未婚夫搞一起……"

金荞麦被尚景文这样直白地批判,顿时俏脸无光,羞愤得想挖个地洞钻进去。

叶笑笑八卦听到这,心里明白了七七八八,尚景文确实跟她一样,被人戴了绿帽,还跟她作了同样的选择,分手,不原谅。

你是我最美的时光

　　这一刻，叶笑笑真心觉得，她跟尚景文有种同病相怜的感觉，同是天涯被戴绿帽的人哪！面对敌人的敌人，就是自己的战友这一说法，叶笑笑毫不犹豫地站到了尚景文的队伍里去。听着他刻薄、不留情面的话，一点也不觉得他不好，相反觉得尚景文很帅！

　　尚景文其实是个简单的人，平时对待兄弟也好，朋友也罢，只要是他认可的人，都肝胆相照，光明磊落，但是一旦触碰到他底线的，他就不会再给面子，腹黑起来也是没有底线的。如果金巧琳当时没有倒追他，并有让他心软到承认是女朋友，那么他对她，只会当成妹妹一样，偶尔小妹妹糊涂做错事，或者玩得疯狂一点，他也只会认为是年少轻狂，青春就该张牙舞爪的。但是这个身份一旦转变，金巧琳是他女朋友，那么他可以宠着，让着，哄着，但是却不能纵容她给自己戴绿帽。

　　尚景文既然选择分手，那么好合好散，该滚，就滚远点。磨磨叽叽的，越看越让人心烦。

　　"景文，虽然你一时半会儿不会原谅我。但是，我会一如既往地爱着你，直到真的看到你幸福了，才会默默地退出。"金巧琳深呼吸了一口气，含情脉脉地看着尚景文，"爱你的最高境界就是成全你。"她这么说，故意体现自己很大度，爱得很深切，也是为了打动尚景文才说的。

　　"你以为在演狗血的电视连续剧吗？"叶笑笑终于不淡定地走到尚景文的身边，将他往自己身后一拽，"我见过不要脸的，没见过你这样不要脸的。"

　　"你什么意思？"金巧琳被骂懵了，气呼呼地抬脸。

"字面的意思。"叶笑笑眸光冷冷地看着金巧琳,"我跟尚景文都同居了,你跑我家门口大言不惭地倒贴告白,还要我退出,你很不要脸!"

"我!"金巧琳被气得接不上话。

"你什么你?"叶笑笑挑眉,看着金巧琳,"刚才不是说了嘛,只要尚景文幸福了,你就退出,现在我告诉你,我们相亲相爱,很幸福。你可以有多远滚多远了。"本来就对这样死缠烂打的女人没好感,尤其还是撬了自己男朋友的小三的姐姐,再加上这姑娘本身又是耐不住寂寞一枝红杏出墙的货,叶笑笑实在没有办法给出好脸色。

叶笑笑这番正义地出现,别说金家两姐妹了,就连尚景文也愣住了,没想到叶笑笑竟然如此地爱憎分明!当然,回神过后,他也不傻,有着杆子,立马就嗖嗖地往上爬,从背后环住叶笑笑,亲昵地抱在一起,瞬间摆出一种情侣的亲昵姿态,尚景文的嘴角挑着清淡的笑意,看着金巧琳,不冷不热地插话:"叶笑笑的话,你听到了?"

"你不是才跟甄诚分手吗?"金荞麦不淡定地插话,距离叶笑笑酒店抓奸,不过几天的时间,她就跟尚景文如此高调地同居了?实在是速度堪比神九啊!

"我跟谁分手,我跟谁交往,跟你们俩没关系吧?"叶笑笑语调温和,却带着淡漠的疏远,尤其眼神带着几分不屑的高傲。

这让尚景文的心好像是被小猫爪子挠似的,带着一点心痒难耐,这妞,实在是太合他的胃口了,而且两个人的默契度,甚至不用眼神交流,都心有灵犀地能明白彼此的意思!

## 你是我最美的时光

"你们还不走？"叶笑笑不客气道，"好吧，既然你们想在我家门口站着，那干脆多站会儿，我们要出去了。"说完这话，果断地拉上自家的大门，又挽着尚景文，语调温和地说："陪我逛街吧。"

"哦，好！"尚景文回神，自然地伸手拉着叶笑笑，还不忘记礼貌地对愣在门口的金家姐妹挥了挥手："我们先走了，你们慢慢做门神。"说完，眼神带着几分犀利地补充了句："但是，别怪我没警告你们，这是第一次，也是最后一次，下次你们再来我女朋友家骚扰的话，后果自负！"

敏感的手心传来陌生的温度，让叶笑笑的心有些说不出来的慌乱，除了甄诚，她没有跟别的男人牵手过，所以手心灼热滚烫的温度，烧得她柔嫩的俏脸带着几分粉色的飞霜，羞恼得咬紧牙关，拼命地克制住自己想甩开的冲动，毕竟那金家两姐妹灼热的视线紧紧地跟随着她跟尚景文呢！如果就这样甩开他，这些个表演全部又白费了，可是不甩开，叶笑笑实在是有些说不出来的紧张，手心都开始不断地沁汗了。

那是一种无法用言语形容的慌乱，当然这种慌乱并没有持续太久，在进入了电梯，远离了金家姐妹视线后，尚景文自然地松开了叶笑笑，一本正经地抱着手臂，稳立在她身旁。

刚才尚景文牵着叶笑笑的手，与其说是牵着，不如说是他强硬地拽着，如果不是金家姐妹看着，如果不是为了配合演戏，尚景文不用怀疑，叶笑笑肯定会毫不犹豫地甩开他，而且不但是甩开，闹不好，这"小老虎"发怒起来，威力很凶猛。

尚景文是多么聪慧识相的人，所以在叶笑笑没有暴怒之前先松手,既是一种自保的方式,又合情合理,都不用找台阶费心地去解释。尚景文可不想急功近利,把叶笑笑给吓跑,这只小绵羊,需要时间跟耐心慢慢圈养的。

尚景文抽回手,让叶笑笑目光呆滞地看着自己空空的手心。他那灼热的温度,依旧停留在手心,他刚跟自己牵手,不过是为了合情合理的一种表演而已,可是自己却在那么一瞬间,那么慌乱,甚至还想多了脸红。叶笑笑心里有点鄙视自己,人家演戏又专业,又敬业,就你这种小菜鸟,啥都不会,还瞎紧张,肯定要露馅出破绽。

"你的脸怎么那么红?"尚景文看着微微垂着脑袋的叶笑笑,那俏脸上娇羞的表情,不用说肯定是因为他突然牵手造成的,可他却聪明地装傻若无其事地问。

"电梯太闷热了。"叶笑笑随意地扯了一个借口,还用手对着自己的俏脸扇了几下风,毫不犹豫地快走几步,拉开了她跟尚景文之间的距离道,"还有你靠得太近了。"

"哦,我还以为你脸红是因为我牵你手的缘故呢。"尚景文半真半假看着叶笑笑说。

"呵呵,怎么会呢!"叶笑笑尴尬地笑了笑,掩饰自己的窘迫,"我才不会因为你的牵手才脸红呢。我们不过是表演而已。"

"是嘛,那我们再牵一次试试。"尚景文一本正经地打断叶笑笑,说完他整个高大的身子,朝着她欺近,那双亮得惊人的眼睛闪了闪,语调温和地说:"反正,你跟我牵手不会脸红,我们多练习几次……"说着,尚景文指了指自己的俊脸:"我这个人脸皮薄,跟女生牵手,就容易脸红……让我试试,

113

多牵手几次，会不会好点！"

这话说得一本正经，让叶笑笑顿时傻眼："啊！"她都不知道该怎么说拒绝的话。

"来吧！"尚景文并没有直接来牵叶笑笑的手，而是礼貌地朝着她伸手，好像真的只是为了练习而牵手。

"我……我……我……"叶笑笑望着他，说话结结巴巴的，"我看还是没必要了！"

"我觉得很有必要！反正，你现在是我名义上的女朋友，我们牵手也正常，你就好心陪我练习练习！"尚景文的嘴角一勾，瞬间把话说得冠冕堂皇的。

叶笑笑顿时无语得嘴角抽搐了下："我什么时候是你名义上的女朋友了？"

"刚才啊！"尚景文笑嘻嘻地撇嘴，"在我前任面前，你主动承认了的。"

"那只是表演好不好？"叶笑笑不爽道，"我是为了配合你演戏，才故意那么说的。我才不是你女朋友！"

"好吧，我只是开开玩笑而已，你别当真嘛。"尚景文见好就收，忙收回了自己的手，嘴角带着盈盈的笑意，"你刚说了，要我陪你去逛街？你想买什么东西？"

"我刚只是随口说说的。"叶笑笑看着电梯开了，率先走了出去，"你别当真！"

"啊？不能当真？"尚景文摆出一副纯真无害的样子来，"可我已经当真了，怎么办？"

"凉拌，清蒸，红烧，白煮都行。"叶笑笑没好气地翻了翻白眼，转身对跟着她身后的尚景文，带着不耐烦，喝止住，

"还有,你能不能不要跟着我?"

"我没跟着你啊!"尚景文无辜地看着叶笑笑,"只不过事实是你走在前面,我走在后面而已。"

"你……"叶笑笑怒瞪了尚景文一会儿,瞅着他无辜地眨巴眨巴黝黯的黑眸,不由讪讪道:"好了,我懒得跟你磨嘴皮子。"她发现,论斗嘴,她根本就说不过尚景文,还不如实际行动远离他比较实在。

"我没跟你磨嘴皮子,在跟你说正经事呢。"尚景文一把拽住叶笑笑,将她扳过身子,正对自己,轻咳了下嗓子道:"你刚说,陪你逛街是随口说的,可我当真了,所以你要负责让我陪你逛街。"

"可我一点也不想逛街。"叶笑笑毫不犹豫地拒绝,心里腹语当然是:更不想跟你逛街。

"没关系,我也不想逛街。"尚景文笑着扯着嘴角笑笑道:"不逛街,你只要负责带我出去溜达溜达就行。"

"溜达溜达?"叶笑笑嘴角抽搐,"你当你是狗吗?"还需要她溜!

"叶笑笑,不带你这样人身攻击的!"尚景文嘴角抽搐,"溜达跟遛狗是有很大差别的好不好?"

"不好意思,小学语文没学好。"叶笑笑没啥诚意地道歉。

"我接受你的道歉,请我吃饭。"尚景文接得飞快。他明知道叶笑笑抗拒他,但还是这样厚颜无耻地缠着她,耐着性子主动示好。除了男人骨子里有这样征服的欲望,越是得不到的越是渴望着想去得到以外,其二,他权衡利弊过,与其被尚妈妈安排一场场的相亲盛宴,还得遭遇前任极品金巧琳的无故破坏骚扰,不如他真的拉着叶笑笑演戏。至少彪悍如女汉子的叶笑笑,面对金巧琳上门挑衅这样的事,她还能面不改色地应对,甚至把金家姐妹气得跳脚。

"好,不过要等我有空的时候。"叶笑笑委婉地答应,没有直接拒绝是因为那个同城网友见面会还要跟尚景文的酒店合作,只能硬着头皮保持友好。

"你什么时候有空?"尚景文问得干脆。

"我也不知道。"

"那我岂不是等得遥遥无期?"尚景文口气无奈道,"叶笑笑,你这明摆着给我空头支票啊!"

叶笑笑回了一个你知道就好的表情,嘴里虚伪道:"没有啊,我最近是真没什么时间嘛!"

"我就不相信,你一天24小时,一丁点的时间都挤不出来!"

叶笑笑嘴角抽了抽,时间嘛,挤挤还是有的,不过看为谁的,就尚景文的话,叶笑笑避还来不及呢!

"叶笑笑,从现在起,我就约你,不停地约你,直到你有时间赴约为止。"尚景文摆出一副痞气的姿态来,"我反正时间很多,你总不能次次都拒绝我吧?"

"好吧,我请你去吃饭。"叶笑笑真拿尚景文没办法,只能屈服道,"就当我赔礼道歉,不过请您以后千万跟我保持点距离。"

"我跟你现在就保持了一米的距离!"尚景文轻笑地说,他的嘴角勾着明媚的笑意,眉眼都弯弯的,那一脸纯真无害的模样,就好像是个孩子一样,尤其那双漂亮的黑眸,黝黯,深邃,明亮得有些闪眼。叶笑笑的心湖瞬间好像投入了一颗石子一般，泛起了阵阵的涟漪，她忙撇过俏脸，眼眸低垂着看着自己的脚尖，还没来得及张口接话，便被尚景文嘴里那句大言不惭的话给气得火冒三丈："放心吧，我们没合体的！"

"尚景文！"叶笑笑咬牙切齿地连名带姓地吼。

"在呢，在呢。"

"你能不能说话不要这样暧昧？"叶笑笑义正言辞道，"搞得我跟你好像有什么似的。"

"我们有什么啊？"尚景文眨巴了下黝黯深邃的眸子问得很无辜。

叶笑笑深呼吸了一口气，稳稳心神道："尚景文，之前的事，我们相互帮忙演戏就扯平了，以后我希望我们不要再有这些乱七八糟的交集了，这顿饭，就当是我们最后一次句号。"尚景文对叶笑笑是不是有意思，或者想怎么样，叶笑笑都不想去猜测。因为刚跟甄诚分手的她，实在没有心思去应付尚景文，也不想那么快桃花再开。

叶笑笑才失恋，需要一个缓和的过渡期，这期间，她不想跟任何男人有任何的一丝丝暧昧，只是想一个人安安静静地哀悼她那曾经的爱情。

"叶笑笑，我真心想跟你做朋友。"尚景文正色道，"你这最后的句号，有点不讲情理的冷酷了！"

"对不起，就算我冷酷好了。"叶笑笑面色淡淡地接话，"你这个朋友很好，只是，我高攀不起。"说完抬眼看着他委婉道："尚景文，我跟你本来就不属于同个世界的人，所以就算做朋友，也很牵强，还不如互不相欠做陌生人来得自在。"至少叶笑笑对那两晚同床共枕的乌龙事件不必耿耿于怀，还

第三章 腹黑的暧昧

117

## 你是我最美的时光

别说她连续两次跟尚景文假扮男女朋友，在别人面前表演恩爱的戏，实在是有些狗血荒唐，叶笑笑拒绝尚景文这个朋友，拒绝这一切的暧昧，只是为了终止这样的荒唐。

尚景文紧抿着性感的薄唇，半晌都没有开口说话，黝黯深邃的眸子紧紧地盯着叶笑笑。沉默顿时让气氛瞬间变得尴尬起来，叶笑笑紧紧地咬着自己的唇，同样保持沉默不作声，心里却莫名地打鼓，她有些说不清楚地心虚。

"就因为我们不是同个世界的人，所以相互好奇成为朋友，是一件再正常不过的事，叶笑笑你怕什么？"尚景文沉默了会儿，终于清淡地开口，"你失恋了，难道连所有异性的朋友，都要拒绝吗？"这一句明显就是带刺的激将，"再说，我们都已经认识，怎么可能再退回陌生人？"

"我……"叶笑笑哑口无言。

"你想说什么？"尚景文微微挑眉，见叶笑笑没有把话说下去，嘴角扯着温和的笑意追问。

叶笑笑突然语言贫乏，她总不能直白地说，本来做朋友也没什么，只是跟你之间太多乱七八糟的暧昧了，都纯洁地滚过两次床单了，万一再有个第三次，谁能保证不会出事？可是，叶笑笑脸皮再厚，她总归是个女生，这样的话还真的是开不了口。

"叶笑笑，跟我做朋友，没你想的那么可怕的！"尚景文无辜地眨巴着黑眸，看着叶笑笑，"保持最平常的心跟我交往就行。我不会给你压力的。"

大哥，你把话说得那么赤裸裸的暧昧，能让叶笑笑没压力吗？

"叶笑笑，我想跟你做朋友。"尚景文一本正经地看着她，"我真的没有别的恶意。"只是刚决定坑蒙拐骗把她拖着陪自己演戏而已，谁叫尚景文对她有点心动了呢！必须要行动啊。

"我没说你有恶意。"叶笑笑无奈地叹气，"算了，我们去吃饭吧。"为这个话题争论不休，真的是件超级没意思的事。以后叶笑笑看着尚景文识趣地乖乖躲远点就是。

惹不起，叶笑笑还是躲得起的。

"好。"尚景文发现，叶笑笑的思维有时候很跳跃，他有点跟不上她的节奏，但是却又对她下一秒的举动充满了期待和好奇。

"KFC没问题吧？"叶笑笑伸手朝着肯德基老爷爷指指，一本正经地问。

"啊？"尚景文的俊脸勉强扬起了一抹笑容，"你没开玩笑吧？"

叶笑笑不动声色地看着尚景文，见他那副拧着俊眉，不敢置信的样子，如果眉毛染成白色的话，真的可以跟门口KFC的老爷爷媲美。她隐忍着笑意说："如果你嫌弃的话，那就下次好了。"说到底，她就是不愿意跟尚景文一起吃饭。

"不嫌弃，不嫌弃。"尚景文忙欢快地接话，"KFC好啊，我都好久没去吃了，怪想念的。"随即扯出一口森森的白牙，对叶笑笑炫目地笑了笑，"叶笑笑，你总是那么特别。"

叶笑笑看着他那一副兴奋雀跃的样子，眉眼之间尽是得瑟的笑意，好像是想去吃KFC的那种小孩子一样，黑眸亮得愈发夺目。她顿时无语，她以为这位穿着一身名牌，开豪车

第三章　腹黑的暧昧

119

的家伙肯定会鄙视她,并且不屑地拒绝,哪知道他竟然比她还兴奋。

尚景文欢喜地拉着叶笑笑进了KFC,笑吟吟地拽着她点餐:"叶笑笑,你想吃什么,我请你。"

服务员小姐嘴角勾着笑意,侧目看着他们两个:"请问要点些什么?"

"我好想都来一份啊!"尚景文眸光闪闪发亮地盯着后排的宣传单。叶笑笑嘴角抽搐了下,"我随便点个饮料就行了。你自己看着办吧。"说完硬着头皮道,"我先去找座位。"然后快速地抓着包,奔去一个不起眼的角落里。

太丢人了,这尚景文好像几百年都没吃过肯德基的人,就差看着宣传单口水直流三千尺了。

尚景文没一会儿端着一堆吃的找了过来,把温热的牛奶给叶笑笑,"你喝牛奶吧,这里还有薯条,鸡翅。"他殷勤地把托盘里的东西往叶笑笑面前一一排摆出来,随即伸手抓过可乐,猛地吸了几口,看了看四周的环境才感慨道:"哎,都多少年没来这种地方约会了。"

"咳咳……"叶笑笑喝着牛奶,听着他的话,忍不住被呛得直咳嗽,恼怒地瞪尚景文,"胡说什么呢你。"

"哎呦,口误。"尚景文痞气地对叶笑笑笑了笑,见她还是瞪着自己不由得服软道,"你别那么介意嘛,我只是随口说说的。"求饶完后不忘记补充句:"我以前在学校的时候,跟姑娘约会都是在KFC嘛!"

叶笑笑顺过气,猛地一口气将牛奶喝了,然后黑溜溜的眸子盯着尚景文看:"我吃好了,你什么时候吃完?"

尚景文看着叶笑笑的架势,就等着他吃完了要准备闪人,不由得轻咳了下嗓子道,"我还没开吃呢,你等等。"说着,伸手去抓了一根薯条,还沾了下番茄酱,当然这一切都是慢动作。

叶笑笑就这样一眼不眨地看着尚景文,特慢特慢地才解决完一根薯条,嘴角抽了抽,照他这个吃法,要吃好几个小时也吃不完哪。叶笑笑犹豫了下,吞咽了下口水才含蓄道:"你是不是吃得太慢了点?"

"养生之道,要细嚼慢咽。"尚景文说得一本正经,随即看着叶笑笑,又气定神闲地丢了句,"叶笑笑,你刚喝奶就喝得太快了,对消化不好,要知道,以奶补奶,要慢慢来的。"说着,眼眸还不自觉地扫了一眼叶笑笑的胸口,"不过,你不需要补了。"

叶笑笑石化,神经反射地猛地一下子站起来,"我还有事,你慢慢吃。"说完恼怒地抓着自己的包包,就直接往外走去,该死的!她怎么遇到尚景文这么猥琐的男人,简直恨不得把他拎起来往死里抽。

"我错了。"尚景文一把拽着叶笑笑,另外一只手抓过桌子上的面纸,胡乱地擦了下嘴,"叶笑笑,我错了,我跟你开玩笑呢。这不是为了逗你笑嘛。"

叶笑笑不说话,冷冷地瞪了一眼尚景文紧紧拽着她的手腕,咬牙切齿道:"松开。"

"我松开可以,你别生气好不好?"尚景文小心翼翼地看着叶笑笑,"我真是跟你开玩笑,想让你笑个,可是你都不笑,算了,算了,我给你笑个好不好?"说完,尚景文还真的扯

第三章 腹黑的暧昧

121

着嘴角，对着叶笑笑展现出一个灿烂的笑意来。只见他的眼角微弯，眉毛上扬，一张俊美的脸，配着那黝黯星光的眸子，瞬间便恍如纯真的男孩，干净清澈得找不出丝毫杂质。叶笑笑怔怔地看着尚景文深邃的黑眸底部漾起一波接一波的拨动心弦的涟漪，她的心甚至有些克制不住地被怔了下，随即撇开视线，暗自鄙视自己的不淡定。

"叶笑笑，你别生气了。"尚景文像个耍赖的小孩子一样，伸手拉了拉叶笑笑的衣袖，"我给你赔不是，赔笑了，你还想怎么样？"他拧着俊眉，问得实在有些无辜。

这让叶笑笑再一次哭笑不得，跟他较真吧，显得自己小家子气，要不较真吧，这个男人，就那么轻易地把她的火气给挑拨了出来，"算了，我没生气。"叶笑笑最终无奈地叹息了一声，然后率先扯着步子往外走，"饭也吃了，我还有事，先走了。"

"我送你。"尚景文跟着叶笑笑快步走。

"不用了。"叶笑笑猛地顿住步子，不耐烦道，"我要去买女性用品，你还跟着我？"

尚景文傻眼："女性用品？"

叶笑笑硬着头皮点头："是啊，再见。"朝尚景文礼貌地挥挥手，转身便走。

尚景文摸了摸下巴，笑得无奈："其实我是妇女之友，陪你买女性用品也无所谓啦！"奈何叶笑笑跑得太快，听不到他的自言自语，否则又一次要被气得无话可说。

## 第四章　勇敢追求

叶笑笑刚回到家，季雨就给她打电话："喂，笑笑，你在不在忙？"

"你有什么事就直说吧。"叶笑笑将手机开成扩音，整个房间都回荡着季雨清爽干练的声音。

"凯悦酒店的BOSS约我们晚上吃饭，你有时间的吧？"季雨不太确定地问，随后道，"我可是已经答应了下来。"

"凯悦酒店的BOSS？谁啊？"叶笑笑脑海里立马浮现尚景文，祈祷千万不是他。

"童昊，还有尚景文。"季雨说完又补充道，"那个尚景文你应该见过。就是上次签约的时候跟陈经理一起来的。"

叶笑笑嘴角抽搐，果断地回拒："小雨，不好意思，我晚上有事不能去。"听到尚景文三个字，叶笑笑就肯定自己不会去。

"不行，你非得去。"季雨正色道，"因为晚上还要谈下详细的合作方案。你是这次案子的主要策划负责人，你得负责。"

叶笑笑嘴角抽搐："不是吃晚饭么？为什么还要谈详细的合作方案？"

"因为我觉得边吃边聊方案比较亲切。"季雨嘿嘿地笑了，

## 你是我最美的时光

"再说,凯悦的这两位BOSS都是年轻有为的青年才俊,能一起吃饭交个朋友。"

"敢情是你主动提议约的?"

"对啊!"季雨嘿嘿地笑了两声,"你要理解一个单身大龄剩女不愿错过任何一个适合的对象而创造的所有机会。"

"单身大龄剩女?"叶笑笑不苟同道,"小雨,你单身吗?我怎么觉得你身边桃花没断过!"就叶笑笑喝醉的那一天晚上,还有个暧昧对象追到酒吧呢!

"哎呦,那些个烂桃花都不算的。"季雨理直气壮地回,"姐姐其实很简单,就想用一辈子的桃花劫,换一个对的人,一个就够了!"

"那你现在看上的对的人是童昊,还是尚景文?"叶笑笑问得直接。

"我不知道。"季雨轻笑了一声,"所以我两个都约了,一起接触接触,比较下哪个更适合我一点。"

"你想法是不错。"叶笑笑中肯地评价,"可是,你约就约吧,两个三个都没事,何必拖我下水,要我作陪呢?"她对尚景文真的是避祸不及!

"人家羞涩嘛!"

"你羞涩?"叶笑笑无语,"拜托,你那脸皮练得厚度都堪比城墙了,你跟我说羞涩?真让我无语。"

"喂!叶笑笑,不带你这样损自己最佳死党的。"季雨不满地哼哼,"不跟你磨叽了,反正晚上6点,你给我准时到千味居。不然我跟你绝交!"说完猛地挂上了电话。

"喂,我……"叶笑笑话还没说完,对着电话嘟嘟声不满地撇了撇嘴,"该死的。"咒骂了句,讪讪地挂上电话。

叶笑笑碍于季雨绝交的威胁,只能踩着六点时间段,匆匆地赶去千味居。她心里安抚自己,淡定,反正有季雨在,她看上童昊跟尚景文了,要在这两者之间选一枚做自己的桃花对象,那叶笑笑她乖乖做摆设就好。

千味居是一座坐落在半山腰的食肆,生意异常火爆,菜肴都是农家的,限量虽然说不上,但是份数确实不多,是一般挑剔食客必选之宝地。

叶笑笑就当自己是纯属来蹭饭的"吃货"。她刚在千味居的门口下车,就遇到泊车出来的尚景文,尴尬地打了个照面,"嗨。"

"你怎么一个人打车来的?"尚景文拧着俊眉,"早说我就去接你了。"

"呵呵。"叶笑笑尴尬地应了声,还好手机响了起来,忙低下头从包里翻出手机来,一看季雨,忙接起来:"喂,小雨,我到了,你人呢?"

"笑笑,我这会儿临时有事过不去,你帮我先招待着。"季雨清脆的声音透过扩音大声地传了出来,叶笑笑忙按掉:"什么啊?你怎么会临时有事呢?"

"就是临时有事,哎呦,我跟你说不清楚,你先顶着,我忙完就过去。"季雨急躁地挂了电话。

叶笑笑无奈地叹了口气,看向尚景文,他也拧着眉在接电话:"嗯?你不过来了?好吧,我会处理的。回头见。"挂完电话,看着叶笑笑歉意道:"童昊有事不能来了。"

你是我最美的时光

"季雨也临时有事来不了。"叶笑笑看着尚景文,"要不然,我们也各自回去吧。"她可不想对着尚景文吃饭,真的会没胃口。

"既然都来了,就一起吃个晚饭吧!"尚景文笑得和善可亲,"难不成中午的KFC你真的要抵欠我的饭?"

"好吧。"

得到叶笑笑首肯,尚景文忙热切地将她迎进了食肆,一路招呼着她在一旁靠窗的位置坐下,"我们两个人就不用包厢了吧,这里的位置风景不错。"

"嗯。"瞅着尚景文这么热情,叶笑笑有些不自在,但是既然应下了,她也只能硬着头皮浑身僵硬地坐在了尚景文帮她拉开的椅子上,"谢谢。"

"我跟你不用这么客气!"尚景文在叶笑笑对面拉了把椅子坐下,随手往她面前递过菜单,笑着问,"你想吃什么,点吧。"

"不用了,还是你点吧。"叶笑笑把菜单朝着尚景文那边推回去,"放心吧,我什么都吃的。"

"真的?"尚景文微挑了下飞扬的俊眉,黝黯深邃的眼底掠过一道精光,却没有多说什么,埋头看着菜单,转头对着一旁站着的服务员开始点菜,"要个生态鸡炖萝卜,再要个炒青菜,菌汤……"一口气点了七八个农家菜。

叶笑笑心里暗自松了口气,还好尚景文点的都是一般的家常菜,要换做季雨的话,肯定要点这里的主打。叶笑笑知道这里的主打是兔肉,最火爆的也是烤兔腿,而叶笑笑虽然不是素食主义者,但平时除了鸡肉跟猪肉吃外,一般别的动物，类似鸭啊，鹅啊，兔子，羊啊，狗什么的肉都不吃的。当然，牛排的话，偶尔能硬着头皮吃一点，所以她随意地问，"听说这家兔肉挺出名的，你也不爱吃吗？"

尚景文是何等聪慧的人，那一个也字，瞬间便让他听出了话音，忙接着叶笑笑的话说，"是啊，我不爱吃兔肉的。"随即装模作样地继续问叶笑笑："难道，你不爱吃？"

叶笑笑点了点头："我不是不爱吃，而是根本不吃。"

"那你还说你随便，什么都能吃？"尚景文幽怨地看着叶笑笑，心里暗自庆幸他一般特色菜是在点完之后，必加的，这下他肯定是不会加了，挥挥手，礼貌地把服务生送下去。

"我是随便都吃的。"叶笑笑嘴硬地说，"就算我自己不吃，你吃，我看着也行的。我是不介意的。"叶笑笑不是那种自己不吃，就不允许同桌的人不吃的人，她最多自己不下筷而已。

"哦……这样啊。那你还有什么不喜欢吃的吗？"尚景文追着问，"我刚点的菜，你没什么忌口吧？"

"没吧，蔬菜，除了香菜，芹菜外，其他我都吃的。"叶笑笑随意地跟尚景文答话。毕竟沉默地吃饭太过压抑，还不如这样无关痛痒地唠话。

"那你还有什么是特别喜欢吃的没？"尚景文问。

"特别喜欢的啊？好像没有吧。"叶笑笑认真地想了想，"你呢？"

"我也是什么都能吃的。"就这样，两人不咸不淡地聊开了。没一会儿，菜也上来了。

叶笑笑随意地挑起青菜，啃完叶子把茎丢掷在盘里，埋头认真地吃着，故意忽略对面尚景文灼热的视线。

# 你是我最美的时光

尚景文看着叶笑笑的样子，嘴角挑着轻笑："这个就是你所谓的不挑食？青菜只吃叶子不吃茎？白菜也是只吃叶子，不吃茎？"

"呵呵。"叶笑笑带着尴尬笑了笑，好吧！她这个特点竟然又被尚景文给发现了，感觉有点丢脸，脸颊不自觉地飞起了两朵红霜："我一直都习惯这样吃了！"她根本没觉得这是一种挑食的行为。

"你啊。"尚景文笑着摇了摇头，宠溺道，"咱们不能浪费，你要是不吃的话，下次放我碗里，我吃的。"

"啊！"叶笑笑傻眼，就见尚景文从她碗里夹了茎过去，顺手把他碗里的叶子给叶笑笑夹了过来，耳边听着尚景文说："我们俩可真绝配，我就喜欢吃茎，不吃叶子，这下子，都不会浪费了。"然后在叶笑笑诧异中，就看着尚景文的筷子快速地从碗里到锅子里不停地翻飞挑挑拣拣，没一会儿叶笑笑面前的碗里堆满了叶子，而尚景文碗里则全是茎，叶笑笑彻底被雷得无语。她跟尚景文的关系，应该没有好到如此亲昵的地步吧？

"吃呀，别客气。"尚景文热切地招呼。

"好。"叶笑笑硬着头皮应了声，她已经被雷得里嫩外焦。

等尚景文吃到心满意足，才抬眼看着叶笑笑碗里几乎没动的叶子，不满地皱眉道："你怎么都不吃？"这也太浪费了。当然，浪费也不是主要的，主要是他辛苦地挑了半天的劳动成果，还有，事实上他也不爱吃茎的，却吃了一肚子茎。

"我吃饱了。"叶笑笑拿着面纸擦擦嘴，淡淡地说。

"好吧。"尚景文无奈地撇了撇嘴，"你吃饱就好！"

"那我埋单吧！"叶笑笑准备速战速决，早早远离尚景文。不知道为什么跟他在一起，有一种说不清楚的压迫感，让她莫名地心慌。

"喂，我还没吃完呢！"尚景文说完，又抓着筷子夹了口菜，"叶笑笑，你很赶时间吗？"

"也没那么赶。"

"那你急着埋单做啥？"尚景文不满道。他有那么可怕么？至于看到他就想跑吗？真是深深地伤他的自尊心哪！

叶笑笑咬了咬下唇，并没有接话。她总不能说，急着埋单就是不想单独跟尚某人相处吧！

"你不是很赶时间的话，一会儿等我吃完，我们去看个电影吧。"尚景文优雅地舀了勺鸡汤开口道。

"不了。"叶笑笑拒绝，"我一会儿回家还有事。"说完对上尚景文灼灼的眸光不由得心虚，忙将视线胡乱地撇开。但他看到门口相携着走进来的两位打扮得光彩照人的妇人时，顿时惊讶地张着嘴巴，因为其中一个谈笑风生的妇人，是叶笑笑所认识的人，她是甄诚的姑姑，甄飞吉。

甄飞吉勾着一位同样端庄秀美的妇人优雅地款步而来，看样子应该是她的"老姐妹"闺蜜之类，叶笑笑顿时有种心虚想躲的冲动。

虽然叶笑笑跟甄诚分手是因为他的劈腿在先，而她今天跟尚景文在一起吃饭，也纯属是工作餐，并不是什么见不得人的关系。但是不知道为什么，看到甄家的人，叶笑笑就感觉心虚得浑身在冒冷汗，好像自己红杏出墙被逮着似的感觉。

尚景文看出了叶笑笑的异常，忙侧过身子顺着她的目光

你是我最美的时光

看去门口,当他看到门口的人时,他也愣了下,不动声色地眨巴了下黑眸,然后悄悄地转过身子,优雅地在桌子上拿了一杯水,喝了几口稳了稳心神才看着叶笑笑道:"我们吃好了,是不是该走了?"

"嘘,等等。"叶笑笑忙比画了一个噤声的手势,对尚景文摇了摇头,正色道:"你别动,也不要出声。"说完将自己的身子悄悄地往里侧着缩进去,她的心里不住地祈祷,这个角落隐蔽点,老太太的眼神不好使,没戴隐形眼镜出门,千万不要看到她。

要不然,甄飞吉会误会是叶笑笑红杏出墙跟甄诚分手的,依照她那泼辣的性子,估计会去叶家大吵大闹一番。

"要不要给你拿个报纸,或者我脱件衣服把你脸遮一下?"尚景文眼瞅着叶笑笑整个脸都已经埋到桌子上了,不由得出声打趣。

"闭嘴。"叶笑笑恼怒地抬脸,狠狠地瞪了尚景文一眼,"你帮我挡着点。"

"为什么?"尚景文不明所以地问。

"没有为什么,你挡着我就行。"叶笑笑刚跟甄诚分手,叶家爸妈刚去甄家退亲,叶笑笑是没有胆子见素有"王熙凤"之称的甄家姑奶奶的。但是她能这样跟尚景文解释吗?当然不能!

"我好像挡不住,因为她们朝着这边走过来了。"尚景文淡淡地开口。他的话刚说完,一声和蔼可亲的女声便已经温和地打起招呼来了:"笑笑,你怎么也在这?"

叶笑笑听着甄飞吉那惊喜的嗓音响起,顿时无言以对,

130

躲不过去只能坐直了身子，对着甄飞吉挤出了一个最灿烂的笑容来，打招呼："阿姨，您也来了！"她感觉自己说这话的时候，差点牙齿咬到舌头，而她的笑容则是彻底僵硬的机械化。

甄飞吉看到叶笑笑没有丝毫的不悦，甚至端庄的脸上带着亲切，热情外加和善。她笑眯眯地拉着身边那个同样优雅的贵妇走了过来，介绍道："景瑟，这是我侄子的未婚妻叶笑笑。"转过脸，对着叶笑笑道："这是我的老姐妹，景瑟，你叫景阿姨就行。"

叶笑笑犹豫了下，忙乖巧地开口叫人："景阿姨好。"心里暗自猜测，就甄飞吉的态度和心情，以及介绍的方式，好像她并不知道叶笑笑跟甄诚已经分手了，也不知道叶家已经去甄家退亲了，也可能是甄家觉得脸面上无光，所以把这个消息给按了下来。甄飞吉常年居在国外，不知道似乎也说得过去。

既然甄家没有捅破，叶笑笑肯定不会在这个节骨眼上傻乎乎地跟甄飞吉说，她跟甄诚分手退婚了。眼下叶笑笑跟尚景文在吃饭，这样说的话，任何前男友的亲戚都会觉得叶笑笑跟甄诚分手是因为她找新欢了，在心里鄙视她不说，就甄飞吉这火爆的性子，当场发飙，翻脸不认人都极有可能。叶笑笑可不想场面失控，搞得大家都尴尬，所以，她尽可能的就是和稀泥，甄飞吉不知道，她就瞒着，能瞒多久是多久吧。

甄飞吉笑吟吟的眸光从叶笑笑身上看向她身边的尚景文时，秀眉微微拧了下，问："笑笑，这位是？"

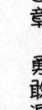

# 你是我最美的时光

叶笑笑起身给甄飞吉还有景瑟搬完椅子，回到座位时，瞅着甄飞吉跟景瑟的眼神都直勾勾地盯着尚景文，不由得感觉脑袋一热，在她们炯炯有神的盯视中，忙悄然地拉了拉尚景文的衣角。

尚景文对着背过身子对他悄然挤眉弄眼的叶笑笑勾着嘴角笑了笑，回了个"你放心"的眼神，叶笑笑这才坐正了身子，对着甄飞吉扬了个笑脸，讨好地倒水："阿姨，喝水。"

甄飞吉的视线从尚景文身上探究地转到叶笑笑身上，疑惑地问："笑笑，这位是？"她刚看到叶笑笑跟一男士对桌坐着，还以为是自家侄子，所以欢喜地拉着景瑟过来了，谁知道竟然不是。她虽觉得问出口尴尬，但是这位长相俊美的男子跟叶笑笑之间的互动，让她不得不为侄子的幸福"八卦"一番。

叶笑笑的脑袋轰地炸了下，忙稳了稳心神，指着尚景文对甄飞吉介绍道："阿姨，这位是我表哥。"

"表哥？"甄飞吉跟那位景瑟阿姨异口同声地质疑。

"是啊，表哥，跟甄阿姨打个招呼嘛！"叶笑笑对着尚景文扯着笑脸撒娇，桌子底下，忙狠狠地踩了一脚尚景文，示意他好好配合自己演戏。

尚景文被叶笑笑的高跟鞋踩得很疼，本来还想故意调侃她几下，但见她神色紧张，不由得放弃了逗她的念头，正色地看着甄飞吉打招呼道："甄阿姨您好，我是叶笑笑的表哥。"转过俊脸，对着景瑟同样温润地笑笑："景阿姨，您好！"

景瑟的嘴角抽了抽："好。"不动声色地端起叶笑笑倒的水，喝了几口，勉强稳住心神。

"甄阿姨,我表哥刚从乡下来。话不多,比较羞涩,您别介意。"叶笑笑瞅着甄飞吉大大咧咧地盯着尚景文看,生怕被她看出什么端倪来,只能硬着头皮扯谎。

甄飞吉没接话,眸光依旧火辣地看着尚景文,叶笑笑不淡定了,"阿姨,您这样一直看着我表哥,他会不好意思的。"叶笑笑真恨不得把尚景文藏到自己身后去,免得被甄飞吉看出什么破绽来。

甄飞吉嘴角带着隐隐的笑意,看着尚景文,对她解释:"笑笑,我只是觉得你这表哥好像很眼熟!"

"是吗?我表哥长了一张大众脸,很多人见过的人都会说眼熟。"叶笑笑只能继续胡扯,脸上配合地挂着温和无害的笑容,转移话题道:"阿姨,您什么时候回国的?"应该是刚回没多久,至少是没来得及跟甄家的人会面,不然,叶笑笑要面对的可能是她的"河东狮吼"。

"嗯,今天刚回来,就被老姐妹拖着过来吃饭。"甄飞吉笑吟吟地看了一眼景瑟,随即又看着叶笑笑问:"一会儿甄诚来接你吗?"叶笑笑的驾照刚考出来,并没有选好什么车,所以目前没有自己的车。而甄飞吉会这样问,是因为这个在半山腰的食肆,上来的时候方便,出去压根不好打车。

"他今天有事忙,不来接。"叶笑笑硬着头皮撒谎,"我自己回去。"说完又赔了个笑道:"阿姨,我们吃好了,要先走了。"她实在没有办法继续面不改色地忽悠了。撒了一个谎,便要用无数的谎来圆,还真的是劳心劳力。

"既然甄诚不来接,那你一会儿跟我一起回去吧。"甄飞吉提议,"我送你回家。"

"谢谢阿姨,可这太麻烦您了。"叶笑笑委婉地拒绝,"我打招车电话就行。"她现在恨不得立马在甄飞吉面前玩消失,才不要她送回家呢。

"不麻烦,就这么定了。"甄飞吉一锤定音道,"你再陪我坐着吃会儿,我们都好久没见了呢!"

"啊?"叶笑笑顿时拉了一张苦瓜脸,犹豫道:"阿姨,其实我表哥……"尚景文有车,叶笑笑她话还没说完,被尚景文在腰里不动声色地捏了一把,忙抬眼看着他,脑袋中忽然清明起来,表哥的车很拉风,要低调,便话头一转道:"阿姨,其实我怕我表哥不好意思。实在太麻烦您了。"

"你这孩子,跟我是一家人,你表哥也不是外人,有什么麻烦不麻烦的。"甄飞吉瞪了一眼叶笑笑,"咱们一家人,说什么两家话么!"

叶笑笑词穷,讪讪道:"那就谢谢阿姨了!"实在没办法推脱,只能硬着头皮笑纳了。

尚景文黑亮幽深的眸光看着景瑟,悄然眨了下眼,接着不动声色看着叶笑笑,见她拘谨地紧挨着自己坐着,嘴角勾起玩味的笑意。这丫头看着单纯无害,没想到,忽悠人的本事不小嘛,尤其在跟甄诚分手了,甄诚姑姑不知道的情况下,竟然能这样风轻云淡,睁着眼睛说瞎话。

当然,这只是尚景文眼里的叶笑笑。实际上的叶笑笑,紧张得手心都在冒汗,因为这个沙发卡座,本来就很小,她一个人坐着感觉挺舒坦的,可挨着尚景文一起坐了,她立马就感觉浑身不自在起来了。叶笑笑下意识地想挪一下,稍微跟尚景文拉远那么一点点的距离。

"笑笑。"甄飞吉笑着推过菜单,"给阿姨说说,这家有什么好吃的?"叶笑笑被惊得做贼心虚地吓了一跳,身子不自觉地朝尚景文靠过去,紧挨在一起了。

尚景文的鼻尖,顿时被叶笑笑身上的清凉芳香味给扑满,他不动声色地深呼吸了一口气,看着叶笑笑的俏脸散发着绯红,甚至连耳朵都窘迫得红了起来,他嘴角的笑意越发明朗,看来这丫头,还是有点心虚的嘛!表面上装得镇定,亏得尚景文刚才还佩服她呢。原来也是慌神的,哪像尚景文,那才叫真正的面不改色。尚景文淡定地想着,视线坦然地迎对上那景瑟阿姨探究的视线,嘴角勾着邪魅的笑意。

叶笑笑深呼吸了一口气,继续摆出讨人欢喜的笑脸来,接过菜单道:"阿姨,这家东西还不错,关键看您想吃什么。"随即看了眼满桌子的狼藉,忙招手让服务员过来,"快点撤下去。"转移了下注意力,心跳才稍微稳了稳,但是依旧跳得不在节奏上。叶笑笑心里觉得自己悲情!你说,她好端端的,招谁惹谁了?被死党忽悠出来赴饭局,结果被放鸽子,从蹭饭到请吃饭也就算了。临走前还要遇到前任的亲姑姑,这么一折腾,她都感觉自己小命都快玩完了。明明她都跟甄诚分手了,可还得赔笑伺候人家姑姑,得假装热恋不说,还要时刻警惕这个尚景文会不会随时拆台。万一这出了破绽,露了马脚,叶笑笑铁定吃不了兜着走了!

此刻她提心吊胆得恨不得直接挖坑把自己给活埋了。

"景瑟,你想吃什么?"甄飞吉接回叶笑笑递过的菜单,笑着转过脸问景瑟。

"今天我帮你接风的,当然以你为主,你想吃什么,我随

第四章 勇敢追求

便。"景瑟柔柔糯糯的声音,缓缓地,不紧不慢地看着甄飞吉开口,当然眼眸的余光,不时不动声色地悄然扫向叶笑笑,还有紧挨着她坐着的尚景文,嘴角带着一丝莫名的笑意。

叶笑笑紧紧地挨着尚景文,凑过身子,咬着他的耳朵低声说:"尚景文,拜托你,今天一定要陪我演戏。"

"陪你演戏没问题,但你得记着,你欠我一个人情,下次不许随便拒绝我。"尚景文挨过身子,同样压低了声音,似笑非笑地盯着叶笑笑开口,"相互帮忙,是中华民族的美德,你放心吧,我是个品德很好的人,绝对表演得让你满意。"

"好了,欠你就欠你。"叶笑笑瞅着甄飞吉把笑吟吟的目光看向她,和善地问:"笑笑,你想吃什么?"忙端正地坐好身子,挤出单纯温和的笑容道:"阿姨,我们吃饱了,你们想吃什么就吃什么好了。"她现在被迫坐在这,哪有什么胃口吃东西啊!

"那你表哥还要吃点什么?"甄飞吉客气地看着尚景文问。

"不用了,表哥也吃得很饱。"叶笑笑忙快速地接过甄飞吉的话:"阿姨,你们自己点吧,不用管我们的。当然,您要嫌弃我们俩碍事,那我们可以先走了的。"

"你这孩子,说的什么话。"甄飞吉笑吟吟地扫了叶笑笑一眼,"我都好久没看到你了,想你还来不及,怎么会嫌弃你碍事呢?"随即对着那位景瑟阿姨夸道:"我们家笑笑就是乖巧,讨人喜欢。"

叶笑笑只能尴尬地赔着笑意,她当然得要卖乖了,要被甄飞吉知道她踹了甄诚,还在这边假装恋爱忽悠她,那还不把她活剥了皮呀!尚景文则是唇角含笑,黝黯深邃的眸子淡扫叶笑笑那看似波澜不惊，实则见到生人就羞涩，不愿意开口的状态来。

点完菜，等的空当，甄飞吉突然开口问："笑笑，你表哥有女朋友了吗？"

景瑟端水的手微微顿了顿，也好奇地看了眼叶笑笑，顺着她的目光看向尚景文。

叶笑笑额头冒了三条黑线，讪讪地看向尚景文，见他一脸的淡漠，只能硬着头皮看向甄飞吉："阿姨，我不太清楚表哥的私生活呢！"特意在私生活三个字上咬重，提醒甄飞吉，这是尚景文的隐私。

"呵呵，你问问。"甄飞吉笑得很和善。

叶笑笑没办法，戳了戳尚景文："表哥，你有女朋友了没？"

尚景文抿了下唇，语调温和地看着甄飞吉回答："阿姨，我暂时没有女朋友。"说完看了一眼景瑟，缓了缓口气道："不过，我相信快有了。"

景瑟的眼神立马就变得温润起来，若有所思地看着尚景文。

"哦？你有目标了？"甄飞吉带着好奇问。

"算是吧。"尚景文嘴角含笑，礼貌地回答。

叶笑笑的俏脸刷的一下子红了起来，虽然尚景文没有指名道姓，但是叶笑笑不知道哪根神经搭错了，她就感觉尚景文那目标说的是自己。心里暗自呸了几声，叶笑笑，尚景文又没指名道姓说你，你敏感什么？

137

"哦,是什么样的姑娘呢?"甄飞吉饶有兴趣地问。

"是,"尚景文刚想答话,叶笑笑猛地一惊,手里的杯子就往尚景文那边倒去,一杯的茶水哗哗地流了出来,"对不起,对不起!"叶笑笑赶忙道歉,又胡乱地抓着面纸,给尚景文身上擦了起来,她当然是故意打断尚景文回答的。谁知道这家伙会冒出什么话来,万一要说她,或者说像她的姑娘,那叶笑笑不完蛋了!

尚景文无奈地看着叶笑笑手忙脚乱地给他身上胡乱地擦着,她侧过身子,还不忘记小声警告他:"喂,警告你,别乱说话,不然后果自负。"尚景文嘴角勾着轻快的笑意,同样口语回答:"我又不说你,你激动什么?"尚景文这话把叶笑笑弄得俏脸通红,所谓自作多情,难道就是说她的?其实,这也不能怪叶笑笑自作多情,而是归根究底她做贼心虚。

"机灵点。"叶笑笑丢了这话,又默默地坐回了原位。

经叶笑笑这么一打岔,菜也开始上了,甄飞吉招呼着景瑟开吃,暂停了这个话题。

"笑笑,你跟甄诚的婚礼定在什么时候?"正当叶笑笑准备松口气时,甄飞吉冷不防地又丢了个"炸弹式"问题来。

"咳咳咳……"叶笑笑正喝水,被吓得不轻,咳个不停。

"你怎么这么不小心?"尚景文忙侧过身,体贴地伸手帮叶笑笑拍了拍后背顺顺气,语气带着宠溺跟无奈,"慢点喝。看呛着了吧!"顿时让叶笑笑的心忍不住提捏了一把,因为尚景文的举动实在太过暧昧。

"就是,笑笑,你慢点别呛着。"甄飞吉慈爱地接过尚景文的话,关切地看着叶笑笑,但是那双慈爱的眼中,却带着几分叶笑笑不熟悉的犀利，毫不遮掩地扫向尚景文温柔地拍着叶笑笑后背的手上。这对表兄妹的举动有些不对劲！

叶笑笑忙端正坐好身子，挥手将尚景文的手给不动声色地扫到桌子上，顺手递了杯茶过去。

尚景文微挑了下俊眉道："谢谢，我不渴。"很不给面子地表示自己不想喝水，打断叶笑笑的好意。

叶笑笑窘迫，气恼地赏了尚景文一个大白眼，转过身才对甄飞吉跟景瑟赔起笑脸："对不起，我失态了！"

"没事，没事。"景瑟笑着打圆场，"咱们继续吃。"

甄飞吉夹了块肉，看着尚景文问："笑笑，你表哥多大了？"言语之间，少了刚开始的那种热切，凭借一个女人的直觉，这个表哥对叶笑笑，恐怕是不单纯！甄飞吉可不想看着自家侄子头顶戴绿帽，她要帮忙把这些个潜在的情敌给掐死在摇篮里。

"表哥今年28岁。"叶笑笑一板一眼地回答。

"你表哥干什么的？"甄飞吉决定先刺探下敌情。

表哥是干吗的？尚景文是做什么的？凯悦的BOSS之一。

可是，叶笑笑刚撒谎说表哥刚从乡下来的，此时便不能说这个工作，她张着嘴顿在那里，脑袋里飞快转着，要怎么回答这个问题，才不出纰漏？

尚景文张了张嘴，轻咳了下嗓子，表示他想开口说话。

叶笑笑瞪了他一眼，筷子飞快地在他眼前的碗里飘过，夹了一块肉在他碗里，借着这个动作，瞪着尚景文，不让他出声，然后才笑吟吟地转过俏脸，对甄飞吉回答："表哥才刚来，还没找工作呢。"叶笑笑急中生智地说完，瞅着尚景文似乎不满地又要张嘴,她又一瞪眼,"表哥,你刚不是要吵着吃这蒸肉嘛,怎么还不吃?"

"我。"尚景文为难地看了一眼碗里的肉,在叶笑笑嗖嗖的冷眼瞪视下,只能心不甘情不愿地夹了点,"好吧,听说这个蒸肉很好吃。"说完,看着那蒸肉,深呼吸了一口气,猛地一张嘴,大口吞咽了进去,甚至都没嚼,就囫囵吞了进去,然后抓过水杯,猛地喝了好几口。

对面的景瑟,竟把这一幕饶有趣味地看进了眼里,嘴角带着玩味的笑意,温和地开口问:"怎么样,这个蒸肉的味道不错吧?"

"嗯,还行,不错。"尚景文含糊不清地回答,"至少比某些人做的好吃多了。"

景瑟嘴角带笑,叶笑笑自动把某些人代入到自己身上,没好气地瞪了一眼尚景文,没有开口辩驳,心里却不爽地想:知道我做这个菜,每次都做得很失败,至于这样打击我么?

"笑笑,你表哥叫什么名字?"甄飞吉瞅着被打岔,又把她的话题给岔开了,不由得不快地继续问。

"我表哥叫……"

"飞吉,你怎么对叶笑笑的表哥这么上心?"叶笑笑没说完,景瑟已经快速打断了她,嘴角带着笑意,打趣道,"你莫不是想给叶笑笑的表哥介绍女朋友?"

"是啊,你怎么知道?"甄飞吉笑着回景瑟。

"你不会想把你女儿自荐出来吧?"景瑟继续打趣。

"哪能啊!"甄飞吉被拆穿心事,忙别扭地扯开话题,"我这不是看这小伙子人挺好的,挺对我眼缘的,想以后捞个红娘做做。"

叶笑笑瞅着景瑟跟甄飞吉笑着相互打趣，心里郁闷地想，这两个老太太今儿个怎么回事？话题绕来绕去，怎么就一直绕着尚景文这个危险分子打转呢？

还好，尚景文今天还算配合，总算是有惊无险地吃完了这顿饭，叶笑笑抢着埋完单，然后由甄飞吉将她跟表哥尚景文一起送回小区。

"阿姨，再见。"叶笑笑讨好地挥挥手，跟尚景文站在小区门口，目送着甄飞吉开车离开，这才长长地叹了口气，拍了拍笑得快要僵硬的嘴角。

"没有想到，你演戏技术挺好的嘛。"尚景文瞅了一眼叶笑笑，打趣道。

"你配合得也不错。"叶笑笑难得心情极好地回夸了一句尚景文。

"那有啥奖励不？"

"没有！"叶笑笑回答得毫不犹豫，"现在，咱们俩各回各家。拜拜。"转身快步地往自家奔去。

尚景文站在原地，气定神闲地朝叶笑笑挥了下手，笑吟吟地道别："拜拜。"青山绿水，来日方长，他的小绵羊圈养计划才刚刚开始，可不想把叶笑笑给吓跑。当然眼下更重要的事，他得要找景瑟聊天去。

"你来干吗？"叶笑笑一脸戒备地看着尚景文，她从公司走出来的时候，看到斜插着口袋的背影就觉得有些眼熟，等那个背影转过身的时候，叶笑笑便愣住！尚景文，他来舜宇

第四章 勇敢追求

干吗？公事，还是私事？还没等叶笑笑想好，尚景文已经带着痞气的笑容走过来对叶笑笑打招呼了："嗨！"

"我跟童昊在这附近办完事，我就随便溜达了下，看到你们公司，正考虑要不要进去找你跟季雨打个招呼，没有想到你正好就出来了，呵呵，叶笑笑，你说是不是很巧？"尚景文俊脸上挂着谄媚的笑，丝毫不介意叶笑笑的抗拒，自然地问："你现在下班了吧？"

"你想干吗？"叶笑笑戒备地问。

"没想干吗，就随便问问。"尚景文笑得温润，"刚才帮你提东西的是你的追求者吧？"啧啧两声："长得真寒碜！"

叶笑笑嘴角抽搐了下："人家没得罪你吧？"一个大男人，说话竟然这样毒舌。

"没得罪我！"尚景文风轻云淡说完，不忘酸溜溜地补充了一句，"我只是觉得他看上你，眼光有问题而已。"

叶笑笑听到那句眼光有问题，顿时气得直跳脚："什么叫眼光有问题？喜欢我哪里有问题？"她一个娇滴滴刚失恋的姑娘，有大把男士献殷勤才能重新燃回自信，这尚景文打击到她重拾魅力的自尊心了，她当然非常不满。

"他还真是喜欢你啊？"尚景文凑过脸皮笑肉不笑地确认。

"他喜欢不喜欢我，关你屁事！"叶笑笑没好气地赏赐了个大白眼给尚景文，"我要回家了，你挡着我道了。"说完，伸手毫不客气地去推开杵在她面前的家伙。

"叶笑笑，你真傻还是装傻？"尚景文被推了下，反手拽着叶笑笑将她扯住，"我在这跟你巧遇，自然是有事找你哇。"

"什么事？"叶笑笑摆出一副公事公办的态度来，"公事还是私事？"

"公事，私事都有！三言两语说不清楚的。"尚景文摆摆手提议，"我们要不找个地慢慢说？"

"公事的话，我们去办公室聊。"叶笑笑淡扫了一眼尚景文，"私事的话，我跟你没什么好说的。"

"那去办公室，先谈公事。"尚景文的俊脸上堆满了笑，"私事你会主动跟我谈的。"

"现在是下班时间了，你要谈公事，明天来找我吧。"

"叶笑笑，咱们能好好说话不？"尚景文深呼吸了一口气，眸光无奈地看着她，"好歹一回生，二回熟，咱们都这么熟的人了，你就非得把公私搞得这么分明？"

"尚景文，我跟你私事真没什么可聊。"叶笑笑拧眉，回得无奈。

"可是我有。"尚景文正色地盯着叶笑笑，"你不让我说完，我会憋死的。"

"好吧，你说。"叶笑笑妥协。

"你这副英勇就义的模样，害得我都不知道该从哪里开始说了！"尚景文细不可闻地叹了口气，"我得先酝酿下。"

叶笑笑嘴角抽搐："那你慢慢酝酿，我先走了。"

"哎，你别走嘛！"尚景文伸手一把拽着叶笑笑，"先陪我去超市买点东西吧！"在叶笑笑错愕中不给任何拒绝的机会道："走吧走吧，超市就在这边。"

等叶笑笑回过神来，她已经被尚景文拖着走向超市方向，忙抗议："尚景文，我才不陪你去超市呢！"

"叶笑笑，其实我说的私事就是要你陪我逛超市。"尚景

# 你是我最美的时光

文扬了下俊眉笑道:"我不知道第一次去拜访人家父母,该送什么东西好?你帮我参谋下呗!"

"我也不知道。"叶笑笑摆摆手,"你随便买就好。"

"可是,那是你爸妈!"尚景文轻咳了下嗓子,"你确定我随便买就好?"

"什么?"叶笑笑一脸黑线,气恼道,"你拜访我爸妈做什么?"

"我不告诉你!"尚景文越过叶笑笑推了一辆车,往超市里走去。

"喂,尚景文,你什么意思?"叶笑笑气呼呼地站在他面前,挡住他的推车问。

"我没什么意思啊!"尚景文眨巴着黑眸无辜地回答道。

"那你去拜访我爸妈做什么?"

尚景文看着叶笑笑犹如炸毛的小狮子,不由得嘴角勾起一抹淡笑来:"我不过是随口说说,你紧张什么?"

"你,你……"叶笑笑被气得哑口无言。

"当然,你要不陪我挑礼物,那我是真要去拜访你爸妈的。"尚景文笑得特别的灿烂,"当然,我去拜访你爸妈,只是试试你爸妈收到我随便的礼物会不会开心,没别的意思!"

"你!"叶笑笑气结,这个还真的是没别的意思。

"别你啊我啊了。"尚景文笑吟吟道,"既然都已经进了超市了,那就陪我好好挑礼物,就当是昨天陪你演戏的回报。"

"还不快走!"叶笑笑不耐烦地催问,"你要拜访的人家爸妈有没有特别的喜好?"

"没啥特别爱好吧!"尚景文不确定地回答,"你爸妈的话，有没有特别的爱好啊？"

"你拜访别人家的爸妈，跟我爸妈扯什么关系？"叶笑笑没好气地瞪了眼尚景文，"算了，你就随便拿几个礼盒得了。"说完动作麻利地在礼盒区抱了点脑白金跟太太口服液之类。

"你确定这些？"尚景文微拧了下俊眉，"会不会太没诚意？"

"诚意是看你表现的，而不是这些礼品。"叶笑笑赏了个大白眼给尚景文，"你要没诚意，你就算搬座金山去，人家也还是不喜欢你！"

"好吧，你说得很有道理。"尚景文认同地点点头，话锋一转，"再陪我采购点生活用品吧！"

叶笑笑瞪着尚景文，许久，在他无辜的黑眸下，败阵道："好吧。"

转到商品区时，尚景文扯着笑容对叶笑笑拜托："叶笑笑，给我选几条内裤呗！"

"什么？"

"帮我看着拿几条内裤啊！我都没换洗的内裤了！"尚景文坦荡地看着一脸惊诧的叶笑笑，笑得和善可亲。

"自己拿。"

"我推车呢！"尚景文一本正经，"叶笑笑，我说你别扭什么，我又没要你帮我比画着挑，只是要你随便拿几件而已！"

"好了，给你拿！"叶笑笑顺手在一旁的货架上拿了几条内裤胡乱地往推车里扔去。

"喂！"尚景文不满道，"你给我拿女士的干吗？"说着伸手拎起一条女式内裤，对叶笑笑道："哎呦，还是情侣套的呢！"

"你拿过来！"叶笑笑快步抢过，然后又丢了一条男士的内裤，"买好了没？"

"好了，我们走吧。"尚景文笑嘻嘻地推着车子去结账。

等尚景文跟叶笑笑提着大袋东西走出超市的时候，才发现变天了。雾蒙蒙的一片飘着小雨，叶笑笑拧眉看着天，她没带伞，怨念地看了眼尚景文，听他窃喜道："呀，看天好像要下大雨了。叶笑笑，我送你回去吧！"

"嗯，好吧！"叶笑笑犹豫了下，在落汤鸡跟尚景文送之间，选择了要他送。

"哎呦！"尚景文猛地拍了下自己脑袋，歉意地看着叶笑笑："我的车还在千味居那，今天没来得及去取呢！"他转了转眼珠，"我们打车先去取车吧！"顺便把晚饭在千味居解决，尚景文心里打着如意算盘。

"算了，你自己去取车吧，我到那边去打车！"叶笑笑笑着跟尚景文道别："再见哈！"她准备跟尚景文分道两路，谁知道脚刚跨出一步，就被尚景文给拉住了，"叶笑笑你别急着走呢！"

叶笑笑抿了抿嘴："尚景文，你又想干吗？"

"要走也跟我一起走嘛！"尚景文不容叶笑笑拒绝，拉着她往车站处走去，"我必须把你安全送到家，这是必须有的绅士风度。"

叶笑笑抽了抽手，尚景文拽太紧，所以没有抽出来，见他神色认真地拉着她去车站打车，只能任由他拽着，紧跟着他的步子走。因为老天爷说变就变,刚还雾蒙蒙飘着小雨的天,瞬间下起了大暴雨,那雨点又大又急,打在单薄的身上还真的是很疼。更加倒霉的是,下雨天打车赶路的人特别多,尚景文让叶笑笑提着东西在车站下避雨,而他大步跨入雨中,走在路口候车。

叶笑笑看着,心里有一点说不清楚的温暖跟感动,其实尚景文这人还挺好的。

等尚景文浑身湿透地打到车,将叶笑笑送回家,叶笑笑正准备拒绝尚景文胡搅蛮缠要去她家换衣服的提议,谁知道尚景文难得什么都没说,对着叶笑笑摆摆手,"叶笑笑,今天谢谢你啊!"

叶笑笑愣愣地问:"你不去我家换下衣服?"话说出口,恨不得把自己的舌头给咬了。

"呵呵,今天不去了,我还要去取车。"尚景文扯着一口白牙,灿烂一笑,"下次吧!"

"切。"叶笑笑没好气地哼了哼,转身便走!心里郁闷!搞什么嘛,好像她对尚景文有啥企图似的。

"叶笑笑,我要告诉你一件事。"尚景文摇下车窗,扯着嗓子对叶笑笑的背影道,"算了,下次说吧。"

叶笑笑莫名其妙地目送着出租车在她视线里疾驰出去,撇撇嘴道:"故弄玄虚!"

叶笑笑在自家门口拽着包包,刚找出钥匙准备插进去开门,门啪的一声开了,把她愣是吓了一跳,包包掉落在地上,东西乱七八糟地滚了出来。

第四章 勇敢追求

## 你是我最美的时光

季雨正拎了袋垃圾要出门,迎头撞上叶笑笑,看着她手忙脚乱地蹲着身子在捡散落一地的东西,忙开口:"笑笑,你做什么亏心事了?"说完,把手里的垃圾往门边一搁,然后把叶笑笑半拖半拽进了屋子,按倒在沙发上,似笑非笑地盯着她,"你不是比我早下班吗?为什么比我晚回家?说,是不是偷偷约会去了?"

"我哪有约会啊?下雨,堵车了!"叶笑笑拍了拍心口,稳了稳心神,看着季雨舒服地窝在她沙发上不说,还抱着她心爱的"阿狸",不由开口说:"小雨,你准备在我家住几天?"今天临下班前,季雨要了叶笑笑的备用钥匙跟她说,要在她家借住几天,叶笑笑被尚景文拖着去超市买东西,把这事给忘记了,一回家迎头撞上季雨拎着垃圾出门,有些惊诧而已。

"怎么,我才来,你就想着赶我走了?"季雨挑着秀眉看向叶笑笑,"笑笑,难道你真就这么嫌弃我?"

"去去去,谁嫌弃你啊!"叶笑笑娇嗔,"我是怕你那些个追求者,死缠烂打到我家来!"

"我最近跟桃花绝缘,压根就没有追求者。"季雨摆摆手,长叹口气,"哎,失败呀!"

"是吗?那天在酒吧追你出去的帅哥是谁?"叶笑笑撇了撇嘴,"还有,你别以为我不知道,昨天你把我跟尚景文忽悠去了千味居,而自己跟童昊则去了怡兰轩。"

"冤枉!"季雨大呼,"你以为我想跟童昊去怡兰轩吗?还不是尚景文不让我们去做灯泡,才把我们故意支开的!"

"啊?"叶笑笑愣住,"你开什么玩笑。"

"傻妞。"季雨坐正身子,伸手朝着叶笑笑额头上点了点,"尚景文在追你,你不会看不出来吧?"

叶笑笑没有由来地一阵心虚,打着哈哈装傻:"小雨,你胡说什么啊?"

"叶笑笑,你别跟我装傻!"季雨一脸不苟同地说,"你别忘记,我们初中就认识了,到现在厮混了八年,八年什么概念?就是你肚子里有几根花花肠子,我都能清楚地数得过来!"说完笑吟吟地看着叶笑笑:"跟姐坦白吧,跟尚景文到底是咋回事?"要不是为了追问这八卦,季雨才不会无缘无故地住叶笑笑这小窝来,毕竟大家都成年了,有隐私。

"好吧!我坦白!"叶笑笑瞅着季雨拿出八年的友谊来说事,忙举着手投降,其实她跟尚景文的事,不是不想跟季雨说,只是叶笑笑不知道,该从哪里开始说起。而且,叶笑笑的整个状态还围绕她跟甄诚分手,失恋的样子,压根就没把尚景文这人当棵菜。

叶笑笑跟尚景文的相识本来就很狗血,加上那两晚暧昧不明的同床共枕,让叶笑笑跟尚景文之间有了太多不得不说的事。于是她原原本本地将去酒店抓奸遇到尚景文开始说起,直到最近跟尚景文几次交集,最后叹了口气道:"事情就这样!"

"不是吧?你跟他真的没滚床单?"季雨不信地瞪大了黑眸看着叶笑笑,若不是认识这么多年,就是打死她也不相信,"你们都睡一起两晚啊!"要一晚上是意外,这两晚,让人很难想象。

"我也不是很相信,但事实就是如此!"叶笑笑撇了撇嘴,

第四章 勇敢追求

说得心有余悸,"我就想跟尚景文保持一点安全距离。"至少不要这样暧昧不明的。

"他是不是男人啊?都送到嘴边的肉,也不啃!"季雨摇了摇头鄙夷地说,被叶笑笑一瞪眼,终于又赔了一个笑,"我说,你们都这样暧昧了,干脆发展在一起得了。"

"我才不要呢!"叶笑笑快速地否定。

"为什么不要?"季雨问得好奇。

"没有为什么。"叶笑笑嘟了嘟嘴,"尚景文不是我的菜。"

"哎呦,那谁是你的菜?"季雨没好气地反问,"笑笑,你别告诉我,你心里没放下甄诚,我会鄙视你!"

"跟甄诚没关系。"叶笑笑淡淡地撇了撇嘴,"我只是自己没调整好心态!"叶笑笑感觉自己那么悲惨地失恋,都没好好地悲情一番,怎么就莫名其妙地又招惹桃花大仙眷顾,送来尚景文这妖孽。心里实在是有些接受不了自己那么快移情别恋。所以,叶笑笑坚决果断地不会对尚景文有任何一丝丝的心动。

"你要调整啥心态?"季雨从沙发里起来,快步走去冰箱拿取了一罐酸奶,"出轨爬墙被抓的又不是你。"

叶笑笑嘴角抽了抽。

"笑笑,有花堪折直须折,你别考虑太多乱七八糟的。"季雨丢过一罐酸奶,语重心长道,"我觉得尚景文这人不错。"

"哪里不错?"

"长得不错,工作不错,车也不错。"季雨笑着伸手比画,"最关键的是,人家对你有兴趣,正在死缠烂打地追你!"

季雨的话,就好像是魔咒似的在叶笑笑的脑海里翻来覆去地搅动着,她深夜醒来,心里百感交集。心似乎是为甄诚,为这段感情疼痛,又似乎是为尚景文这个妖孽而烦躁焦虑。她不停地深呼吸,却抑制不住那澎湃的思绪纷飞,终于忍不住抬手打开了床头的灯。

昏黄的光泽柔和地射出来,"笑笑,你干吗呢?"季雨惊醒起来,伸手捂着眼睛含糊不清地问。

"小雨,我跟尚景文真的没戏。"叶笑笑一本正经地说。

季雨打了个哈欠,伸出双手,捏了捏叶笑笑的脸颊,笑眯眯地说:"笑笑,你知道你现在这样子像什么么?"

叶笑笑看着她,"像什么?"

"此地无银三百两啊!"季雨哈哈地大笑了起来,"你半夜不睡,就告诉我你跟尚景文没戏?你无聊不无聊啊!"

"好吧,我睡觉了!"叶笑笑撇撇嘴,感觉她的强调好像是有那么点滑稽可笑。

第二天天刚亮季雨就出门了,叶笑笑迷迷糊糊地睡回笼觉,后来是被送快递的电话给吵醒的,叶笑笑睡眼蒙眬地开门签了快递。看着这个包裹有点莫名其妙,她没买过什么东西?难道季雨才住一晚就网购了?

尚景文的电话打了进来,"叶笑笑,我送的包裹收到没?"

"啊?你送的?"叶笑笑愣住,本来在拆包裹的手顿时停了,"你买了什么?"

"你打开看看不就知道了。"尚景文故作神秘。

"算了,我不看了。"叶笑笑切断电话,又回拨快递的电话,把尚景文寄的这个包裹给原封不动地寄了回去。叶笑笑

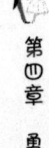

你是我最美的时光

不想跟尚景文有任何接触,真的一点也不想了。

包裹退回去半个小时不到,叶笑笑躺回床上继续迷迷糊糊地睡,再一次被门铃给吵醒了,她打着哈欠开门,看到尚景文愣住:"你怎么来了?"

"我给你寄的快递被你退回来,我只好亲自送上门了!"尚景文说完,对着叶笑笑递过一束鲜花,笑吟吟道:"祝你生日快乐!"见叶笑笑不接花,尚景文自觉地捧着花进了叶笑笑家,往茶几上一搁,整个人一屁股在她家沙发上落座,感慨道:"这屋子虽然小,但是看着真亲切。"

"今天不是我生日!"叶笑笑后知后觉地出声,抬眼看着尚景文舒服地坐着,"还有你,谁让你进来了?"说完,快步走了过去,猛地一把拽着尚景文:"你给我出去。"

"你能把我扔出去的话,你扔吧!"尚景文无赖地靠着沙发,"反正我是不出去。"

"尚景文,你怎么这样无赖跟不要脸?"叶笑笑气恼地瞪他。

"因为我觉得要追你,只能不要脸。"尚景文说得无比认真,"叶笑笑,其实我很爱惜我的脸的,但是为了你,我豁出去了!"

"你追我?"叶笑笑惊诧道,"你没吃错药吧?"虽然昨天季雨说过,尚景文在死缠烂打追求叶笑笑,但是他没亲口说出来,叶笑笑是扮鸵鸟的。这会儿他说出口了,让叶笑笑真的有些招架不住。

"我没病,不用吃药。"尚景文眨巴了下漂亮的黑眸看着叶笑笑道,"当然,你觉得我追你有病的话,那也只有你有药可以治。"

"尚景文，你有病就去找医生，你赖着我干吗？"叶笑笑本来心里就憋着火气，这会儿气急败坏道，"我不喜欢你。我们没戏。"

"你只是现在还不喜欢我，以后难说。"尚景文装出一副纯洁的模样，"我有的是时间，等你发现自己爱上我。"

尚景文这么说，把叶笑笑给气得跳脚，她毫不犹豫地伸脚，猛地一下顶在了他的胯间，"在我没有发怒之前，滚。"

"你这样还不叫发怒吗？"尚景文问得无辜，"叶笑笑，你要真把我踹坏了，你这辈子的幸福就没了！"

叶笑笑毫不犹豫地踹了上去，"啊！"尚景文侧身躲过，但是嘴里夸张地大叫："疼死了，要出人命了！"边说边灵活地跑。

叶笑笑真有种把尚景文拎起来往死里抽的冲动，但是她追着他满屋子乱跑，却始终打不到他，没一会儿就累得气喘吁吁的，只能气恼地抓起手边的抱枕、玩具之类朝着尚景文身上砸去，"尚景文，你再不滚，我报警了！"

"滚就滚嘛！"尚景文看着叶笑笑真气坏了，不由得风轻云淡地安抚，"你别气了，生气容易老的。"

"滚！"叶笑笑情绪完全失控了，"麻利地滚。"

"虽然我很想滚，但是我长这么大还没学过滚呢，要不然你给我示范一个先？"尚景文接过叶笑笑砸来的抱枕，嬉皮笑脸道。

"你不滚，我滚。"叶笑笑气急败坏地暴走。

尚景文瞅着玩过火了，忙追出去："哎，叶笑笑，你别暴

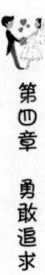

第四章 勇敢追求

走嘛！我有事跟你说。"门啪的一声，自动合上，尚景文拽住叶笑笑，"我刚才都是跟你开玩笑的。"

"你觉得很好玩，很好笑吗？"叶笑笑咬牙切齿。

"不好玩，不好笑。"尚景文忙配合地摇摇头，无辜道，"可是，要追你我没开玩笑。"

"你还说。"叶笑笑忙狠狠地踩了一脚尚景文，怒瞪他。

"哎，你别急，听我说嘛！"尚景文吃疼地拧了拧俊眉，"叶笑笑，我也不想追你的，可是我妈说了，要不把你带回家，就不要我这个儿子了。"

"我跟你妈扯什么关系了？"叶笑笑气恼道，"她爱要不要你呗。"

"我以前说过我妈很奇葩！"尚景文认真地看着叶笑笑，"当初只看到照片就认定我们在谈恋爱了，还别说，她见过你本人之后，对你满意得不行。"

"你妈见过我？"叶笑笑茫然。

"嗯。"尚景文点点头，丢了个炸弹出来，"景瑟是我妈！"

"什么？"叶笑笑生怕自己听错，问，"你说景瑟是你妈？"

尚景文点点头。

"那个在千味居跟我们一起吃饭的景瑟，是你妈？"叶笑笑不可置信地确认，看到尚景文点头后，她有种昏厥的冲动，"我一定是做梦没醒！"

"叶笑笑，这不是梦，这是真的。"尚景文摇了摇她，"我妈这几天寻思要去你家上门提亲呢！"

"什么？"叶笑笑惊诧，"上门提亲？"

"嗯，你别怀疑，我妈真的做得出来。"尚景文正色地点头，"现在有两个选择。一，你假扮我女朋友跟我回家；二，等我妈上门提亲，把咱们绑一块。"

"有第三种选择吗？"叶笑笑问得无力，如果景瑟是尚景文的妈的话，她丝毫不怀疑这老太太真的会奇葩到上门提亲，因为她竟然能够面不改色地跟尚景文假装第一次见面吃饭。

"如果你爱上我，那就是我们第三种选择。"尚景文半真半假道，"我们两情相悦的话，就皆大欢喜了。"

叶笑笑神情纠结地看了眼尚景文："你想多了。"随即深深地吸了口气，"这件事，我要好好想想。"说完，越过尚景文看着那紧闭的门，顿时更无语，"尚景文。"

"在呢，在呢。"

"我没带钥匙。"叶笑笑说得理所当然，"麻烦你去帮我开下门。"

"我怎么帮你开门？"尚景文无辜地看着叶笑笑，"我没你家钥匙。"

"从我隔壁家，爬过去就行。"叶笑笑补充道，"我窗户没关。"

"你确定你邻居会让我从他家爬墙过？"尚景文疑惑地看着叶笑笑。

"确定。"叶笑笑说着，转身准备去敲邻居家的门。

"叶笑笑，这样不好。"尚景文忙拉住她，"首先，这很不安全。其次爬你邻居墙不妥当。"

"你是不是不会爬？"叶笑笑轻轻地抽回手，随意地问。

"爬墙我当然会。"尚景文自信地说完，劝慰道，"但是安全出了问题就不好。"说完在叶笑笑开口前忙又说了句："我给你找人来开锁,很快的。"

"好吧。"叶笑笑无奈地点头。

在尚景文的死缠烂打中,不知不觉过去了几天,叶笑笑没有接到任何景瑟上门提亲的"炸雷"电话,便把这事给淡忘了下来。当然最主要忙的是,她策划的同城网友见面会,如火如荼地到了见面的日子。

凯悦VIP高级酒店,早就布置得富丽堂皇色彩缤纷,一走进设计独特的旋转大门,就有一条鲜红色的地毯,铺垫引导着走向那装修豪华的宴会厅。宾客云集的大厅中,俊男美女都穿着极其漂亮奢华的礼服,举着酒杯,来来回回地不断穿梭着,交谈着,欢笑着。如果不是叶笑笑亲自策划布置,她一定会误以为走错地方了,没有想到大家把这次见面会搞得这么正式,就好像是高端酒会似的,当然叶笑笑不知道的是,她所有策划好的计划,尚景文都给细致化了,并且发出了要求着正装的邀请函,此时看起来才这么有条不紊。

"欢迎我们的嘉宾金巧琳小姐出场。"舞台上的司仪简单致辞欢迎来宾之后,便开始了嘉宾表演活动,将观众的视线集中到了舞台又马上调动了全场嘉宾的热烈掌声。

叶笑笑默默地站在角落里,黑亮的星眸越过那热闹的宴会厅,看向那一早高高搭起的舞台。上面摆了一架雪白色的钢琴,化着精致妆容,好像掉入凡间精灵的那个,坐在钢琴前的优雅女子,金巧琳,尚景文的劈腿前任,一身剪裁合体的白色公主礼服,将她的气质衬托得清新出尘。大V字领的裁剪设计，将她柔嫩白皙的颈脖以及胸口大片的白润滑腻肌肤，性感地展现了出来，高腰的扣腰，闪钻设计，更是将她玲珑凹凸的身材，彻底地展现给了世人。她有着惊人的美丽，标准的瓜子脸，淡淡的柳眉分明仔细地修饰过，长长的睫毛忽闪忽闪的像两把小刷子，明亮的星眸，带着盈盈的流光波动，淡扫了一眼全场，毫不意外地成为全场的焦点，就好像是黑夜中最灿烂的星辰，能够将一切光芒给遮掩过去。她微微挑起嘴角，扯出一抹风情万种的笑意来，手打开琴盖，优雅地伸手抚上琴键，清雅的声音便在宴会大厅倾泻而出。人声鼎沸的宴会场，瞬间变得安静了下来。

叶笑笑不动声色地微叹了口气，本来这姑娘跟尚景文多般配的一对，男的英俊，女的秀美，彼此又相爱，多么完美的组合。可惜，这个世界诱惑太多，人心总有那么多空虚填不满的欲望，才会一步错，之后便开始步步错。

"看什么呢？这么认真？"尚景文嬉皮笑脸地挨过来，手肘顶了顶叶笑笑。

"看你前任。"叶笑笑回得干脆，"你看着这样醒目的她，心里会不会有一点后悔，放手太快？"如果尚景文愿意给金巧琳机会，这姑娘一定会推翻一切，跟他重头来过，毕竟金巧琳爱着尚景文。

"怎么可能会后悔？"尚景文撇撇嘴，"她再美，不适合自己，勉强在一起只会更痛苦，还不如果断放手，早一些邂逅适合自己的。"

"你就那么肯定，下一任必定适合自己？"

"适合不适合我不敢肯定，但是，一定是比前任有优势，我才会心动。"尚景文看着叶笑笑,"看人不能看外表,得看内涵!"说完笑笑:"我的下一任只要不给我戴绿帽子,我就觉得适合了。"

叶笑笑嘴角抽搐:"你这要求真没出息。"

"好吧,我就是这样没出息的人。"尚景文随意地耸了下肩膀。

叶笑笑撇撇嘴,转过脸眼尖地看见门口走来一个四五十岁的中年男子,矮胖,大肚,谢顶。但是这些不是重点,重点是,他手臂上勾着一个女子,而这个女子不是别人,正是叶笑笑所认识的,甄诚的小蜜刘岩。

那个打破叶笑笑幸福生活的刘岩,怂恿她去酒店抓奸的刘岩,此时就犹如交际花一样,端着酒杯满场子跑,嬉笑嫣然。那个中年男子不时凑过去,在她的脸上亲几口,在她的胸口蹭几下。叶笑笑的心开始沉重地往下坠,拿着酒杯的手更是隐隐发抖,她的爱情,她梦想中的婚礼,因为这个女人的出现,彻底毁灭。

"你怎么了?"尚景文觉察出叶笑笑情绪不对,忙关切地问。

"没什么。"叶笑笑只觉得心情特别烦躁,猛地喝了好几口酒,她抓狂地很想把刘岩跟那男人给丢出去,这是她策划的交友会,不是酒会啊!秀什么恩爱!

"说实话!"尚景文一把抢过叶笑笑手里的酒杯,"你别喝那么快。"

"我就想喝酒,你管我?"叶笑笑恼怒地瞪了眼尚景文,转身又去抓酒杯。

"喝醉了，我管你。"尚景文一把拉住叶笑笑的手，"你把自己放心交给我吧！"

手掌心里传来陌生的温度，让叶笑笑条件反射地缩回手，没好气地瞪了眼尚景文，又快速地转移开视线，"你管好自己吧！"说完便快步地在尚景文的视线里离去。

今晚的叶笑笑要不醉不归！

# 第五章　爱情明朗

　　清晨，第一缕阳光投过纱帘照射到叶笑笑的脸上，她感觉有些刺眼的不舒服。昨天有心求醉的她，喝了好多好多酒，这下宿醉后的头痛欲裂更是让她动都懒得动，懒洋洋翻个身，准备继续维持好眠，但马上感觉触感有些不对劲，忙惊讶地拉开被子："啊！"对上尚景文温柔笑意的双眸，叶笑笑忍不住失声尖叫。

　　"叶笑笑，早安。"

　　叶笑笑死死地闭上眼睛想装死，"幻觉，一定是幻觉。"她昨晚酒喝多了，肯定没醒，要不然尚景文怎么又跟她睡一起了？

　　"啊！混蛋，你咬我做什么？"叶笑笑从尚景文嘴里拉出被咬的手，揉着酸疼的手背，好深的一个牙印，不由得气恼地说："你属狗啊？"乱咬人。

　　"叶笑笑，这不是幻觉！"尚景文笑得和善可亲，"我们又睡一起了！"说完侧身撑着手，随意拨弄着叶笑笑的发丝："又睡一起了啊！"

　　叶笑笑看了看身上皱巴巴的衣服，又瞄了瞄尚景文赤裸的胸膛，往床边挪了一点点赔了个尴尬的笑脸，"尚景文，我们只是睡一起对不对？"只是抱着睡觉而已，没关系，她跟尚景文也不是第一次睡一起了，叶笑笑安抚自己道。

"你觉得只是睡一起吗？"尚景文不答反问。

"嗯？"叶笑笑拧眉，"你这话什么意思？"该不会还有什么不该发生的事吧？叶笑笑感觉自己的脑袋瞬间疼痛起来。

"字面的意思。"尚景文眸光灼灼地盯着叶笑笑，"你对昨晚的事，真的没印象吗？"说完摆出一副无害的模样来，"你是故意逃避责任的对不对？"

叶笑笑对昨晚的事，除了在酒店不断喝酒外，真没其他印象，可是听着尚景文的话，好像她跟他之间有什么不得不说的事。叶笑笑又挪了挪，就想离尚景文远一点，砰的一下，直接掉床下去了，刚揉着屁股准备站起来，下一秒，就被尚景文居高临下地压在地板上。

叶笑笑只觉得脑海中轰的一声，心头仿佛有什么东西炸裂开来似的。

"叶笑笑，要不要我让你重温下你昨晚对我做的事？"尚景文笑得十分灿烂，跟叶笑笑哭丧的脸形成了鲜明的对比。

"我昨晚对你做什么了？"

尚景文猛地低头，大力吻住了叶笑笑娇嫩的唇，用力地撬开她的唇齿，纠缠着她柔软的舌头，细细密密地啃吻了起来……

叶笑笑的脑袋轰的一声彻底炸开，任由着尚景文大肆在她嘴里掠夺而忘记反抗。

这个吻悠远而又缠绵，叶笑笑想起反抗的时候，尚景文已经意犹未尽地松开了她，正色控诉道："叶笑笑，你昨晚就是这样强吻我的。"

"我我……"叶笑笑俏脸烧得通红,"你胡说!"她肯定不会这样强吻尚景文的,"你在污蔑我!"

"叶笑笑,你竟然不承认?"尚景文不可思议地挂了一副受委屈的模样,"你为了逃避责任,竟然不承认!"

"我,我没逃避责任!"叶笑笑吞咽了下口水,"还有,你别靠我这么近。"说完,她伸手推了推尚景文,碰到他赤裸的胸膛,忙缩回手尴尬地闭上眼睛,这姿势让她有些底气不足,"你先起来,我们好好谈谈。"

"不,就这样谈,挺好的!"尚景文凑着叶笑笑的耳朵暧昧轻柔地说着,一阵暖和的气息略过她的耳垂,让叶笑笑敏感地一颤,"尚景文,那你想怎么样?"

"我还没想好。"尚景文撑着手,眉开眼笑地看着叶笑笑问道,"叶笑笑你会喜欢我么?"

"不会。"叶笑笑回答得斩钉截铁。她才刚失恋,甄诚给的伤害还没有完全恢复,怎么可能想着再恋爱。当然就算是再想开始桃花开,也不会选择尚景文这样的男人,跟自己完全不属于同一个世界的男人。

"真的不会?"尚景文欺近叶笑笑,伸手一把捏着她的下颌,将她的俏脸轻轻地抬起,跟自己对视上,温和地笑了笑,"我觉得,你在口是心非!"

两个人之间的距离,相隔1厘米的样子,彼此温热的气息,相互喷洒在彼此的脸上。叶笑笑的心跳骤然加速,怦怦犹如小鹿乱撞似的。她心虚地撇开视线,恼怒挥开尚景文的手。

"见过皮厚不要脸的,没见过你这样皮厚不要脸的。我不会喜欢你，永远不会喜欢！"

"可我越来越喜欢你了！"尚景文黝黯深邃的眸光怔怔地看着叶笑笑。

叶笑笑愣住，咬着唇没吱声，气氛尴尬而沉闷起来。

"小文文，妈来了！"随着推门的声音，接着一道清脆的女声惊叫响起，然后又啪的一声甩上了门，还伴随大声的道歉声："对不起，你们继续。"

叶笑笑跟尚景文不约而同地看向门，接着调回视线，相互对视了下。"啊！"叶笑笑意识到她跟尚景文的动作，要多暧昧便有多暧昧，她忍不住失控惊叫，气急败坏地伸手将赤身裸体的尚景文从身前狠狠地推开去。防备不及的尚景文被狠狠地推倒在地上，揉着被撞疼的屁股，一脸哀怨地看着紧紧护着自己的叶笑笑。

这时刚关上的大门，再次礼貌地响起了敲门声："笃笃笃……"

"你快点穿衣服。"叶笑笑怒瞪尚景文催促。

"知道了。"

叶笑笑瞪着尚景文胡乱地套好衣服，这时门就被推开了。她看着优雅款步进来的中年妇女，她有一头乌黑的头发，虽然岁月在她的眼角留下了浅浅的痕迹，但是化着精致的妆容，打扮得很时尚。叶笑笑不由得下意识地往门后再看去，因为看到景瑟的同时，叶笑笑真的害怕会看到甄飞吉。

景瑟看到叶笑笑的时候，慈爱的脸上堆满了和蔼的笑，心里暗想，这小子速度够快，这才没几天，就已经把叶笑笑给带回家了，并且刚才还那样……哎呦，想着景瑟的老脸便止不住地发热起来。

"妈,你怎么来了?"尚景文讨好地挂着笑意迎上去。

叶笑笑虽然之前听尚景文说过,景瑟是他那奇葩的妈,但是这会儿看到景瑟本人,再亲耳听到尚景文叫妈妈,心里的震惊还是很强烈。

"你先一边玩去!"景瑟一把不客气地推开尚景文,径直走过来拉着傻眼的叶笑笑,一屁股落座在床上,温和地打招呼,"叶笑笑,我们又见面了啊!"

叶笑笑知道她刚才跟尚景文的举动,在景瑟的眼里足够浮想联翩,她也没办法辩解,因为,她跟尚景文乱七八糟的关系压根就没办法去解释。

眼下叶笑笑被景瑟点名,又被亲切地拉着并排坐在床上,叶笑笑只能茫然地看向尚景文,又看向嘴角挂着和善微笑的景瑟,总觉得她的笑容里带着点狡黠的味道。叶笑笑礼貌地回了句:"景瑟阿姨你好。"如果不是被景瑟拉着手,叶笑笑真的很想就这样36计,走为上策!因为景瑟看她的眼神实在灼热,就好像是未来婆婆看儿媳妇的那种审视,让跟她见过一次面的叶笑笑,感觉浑身都不自在。

"叶笑笑,你跟文文是什么关系?"景瑟看着叶笑笑试探地问。

叶笑笑其实很想说,没什么关系,但她知道这样说,景瑟也不会相信,只能硬着头皮回了句:"朋友关系。"

尚景文一个箭步挨着她的身侧坐了下来,熟稔地搂着她,手里暗自在她肩膀上使力捏了下,脸上挂着灿烂的招牌笑容看着景瑟,多嘴地回了句:"妈,叶笑笑跟我是好朋友关系。"

景瑟淡扫了一眼尚景文，嘴角似笑非笑又不紧不慢地盯着叶笑笑开口问："叶笑笑，听说，你跟甄诚分手了？"刚问完，又觉得自己太过八卦，不由得扑哧一声轻笑了出来，拍了拍叶笑笑的肩膀，歉意道："阿姨没什么别的意思，只是随便聊聊。"

景瑟这带着歉意的笑，让叶笑笑还真招架不住，她对长辈一向温和有礼，所以叶笑笑迟疑了会儿，还是老实地点了点头："是啊。"

景瑟一听这话，整个脸瞬间犹如花开一般的灿烂起来："哎呦，没关系，旧的不去新的不来嘛。"

叶笑笑的嘴角抽搐了下。三个人沉默地坐了会儿，叶笑笑坐不住了："阿姨，我还有点急事，先走了。"说完就站起身子准备挪着步子快点闪人。

"叶笑笑，你有急事，让文文送你吧。"景瑟顺着话说。

叶笑笑忙摆摆手："阿姨，谢谢你的好意，不用了。"

"用的，用的，你别客气。"景瑟起来推着尚景文跟叶笑笑往外面走，交代道，"急事可不能耽误，儿子，你车开得麻利点哈。"

叶笑笑勉强对景瑟挤了一个笑脸来，可是这笑容很明显比哭还要难看。这对母子，怎么这么热情过头，而且还霸道强权主义，让叶笑笑招架不住啊！

直到上了尚景文的车，叶笑笑才轻轻地松了口气。

"去哪里办急事？"尚景文转过脸，看着叶笑笑问。

叶笑笑嘴角抽搐："谢谢，你把我送那边路口就可以了。"

"不行，我妈都特意交代我做你司机了，我得敬业。说吧，

第五章 爱情明朗

165

你是我最美的时光

你到底想去哪里?"尚景文说得一本正经。

"我……"

"你啥?要去哪?"

"我回家。"半晌之后,叶笑笑只能无力地哼了哼。她第一次觉得,遗传真的是一种可怕的现象,这景瑟跟尚景文基因实在相似,他们两个人都喜欢做事不考虑别人,有时候特别善良,善良得过头,让人无法去拒绝!当然,还有最最重要的一点就是,叶笑笑对景瑟也好,对尚景文也罢,都好像防御力特别低。当然,这不能说明叶笑笑的定力不够好,而是说明,敌人的能力比较强悍,叶笑笑跟他们两个是完全不在一个档次上的。

"你不是要去办急事吗?"尚景文明知故问。

叶笑笑这次是连回答都省略了,翻了翻白眼:"你到底送不送?不送我就下车。"

"送,送,当然送……"尚景文见好就收,忙专注地看着路面去开车。

叶笑笑一路上都没再跟尚景文开口说话,只是很无聊地把玩着车窗,按下来,又按上去,按下来,又按上去,没一会儿,就到了她家小区。尚景文的车刚停稳,叶笑笑便迫不及待下车,转过脸对着尚景文挥手说:"谢谢,再见。"心里补充了句:再也不见了!

刚回到家,季雨跷着腿大大咧咧地窝在客厅的沙发上,斜眼瞅了一眼叶笑笑,惊诧地说:"笑笑,你舍得回来了?"

叶笑笑一愣:"你昨晚住我家的?"撇了撇嘴,怨念道:"那你干吗不把我带回来？"

"尚景文昨晚抢着照顾你，我连表现机会都没有！"季雨一脸煞有其事地说，"我想你们男未婚，女未嫁，要酒后乱性，干柴烈火滚个床单正好也成全你桃花再开嘛！"

"季雨，麻烦你洗洗你那龌龊的脑子再跟我说话！"叶笑笑没好气地白了一眼季雨，这家伙，自己思想不纯洁，非得把人想得跟她一样的不纯洁！

"我思想哪里龌龊了？"季雨无辜地看着叶笑笑，突然变得正儿八经，"你做了都不龌龊，我说说，我想想，我就龌龊了？"

"我做什么了我？"叶笑笑哭笑不得地反问季雨。

"孤男寡女，干柴烈火，夜不归宿。"季雨一脸了然地看着叶笑笑，"笑笑，恭喜你终于成年了！"

叶笑笑抄起沙发上的一个抱枕就朝着她脸面上扔过去，没好气地说："季雨，拜托你别胡说八道好不好？"

季雨接住叶笑笑扔去的抱枕，嬉皮笑脸的："看你火气这么大，肯定是虚火太旺，看来那个尚景文不行啊！"

叶笑笑翻了翻白眼，一屁股坐进了沙发里，舒服地仰躺着，"以后你别跟我提尚景文这三个字，不然，我翻脸！"

"恼羞成怒呀？"季雨不怕死地扯了个鬼脸，"叶笑笑，我看好你们哦！"

"看好个P！"叶笑笑没好气地哼哼，从包里翻出手机，是叶妈妈给她打来的电话，要她周末晚上回家吃饭，叶笑笑应了下来。

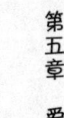

你是我最美的时光

　　叶笑笑接下来为同城网友见面会的后续工作忙了几天，终于到了周末。踩着饭点，叶笑笑匆匆地往家赶，可她刚在小区门口一脚跨下出租车，抬眼就看到尚景文双手抱着手臂，一脸灿烂地看着她打招呼："哎，好巧啊！"

　　尚景文怎么在这？叶笑笑的脑海里瞬间闪过N个问号，对他的出现虽然疑惑，但叶笑笑还是扯了一抹职业性的微笑，礼貌地打了下招呼，"嗯，挺巧！"说完就想优雅地绕过尚景文，快步回家。谁料到，不知是因为她自己心虚，还是因为什么外界原因，她那高跟鞋，一脚猛地一个踩空，身体不受控制地向前倒去。叶笑笑心里哀叹，不要这样衰吧？失声惊叫的时候，被一双手稳稳地托住了。

　　叶笑笑面对尚景文近在咫尺的俊脸，感觉他那温热的呼吸喷洒在自己的俏脸上，瞬间尴尬得恨不得挖个地洞把自己给活埋了。

　　"叶笑笑，虽然我们几天不见，但你看到我，也不用这样急着投怀送抱吧？"尚景文痞气地勾着嘴角，轻笑了下，"哎呦，搞得我真不好意思，多难为情啊！"

　　"投怀送抱？你做梦没醒吧？"叶笑笑没好气地回答。可能第一次遇到尚景文，她就有点张牙舞爪，所以每次在尚景文面前，她都维持不住乖巧的小绵羊角色，就如现在，她气急败坏地吼："尚景文，你放开我。"其实只有叶笑笑心里清楚，她对尚景文这张英朗俊逸的脸，没有过多的抵抗力。或许在内心深处的角落，她已经开始犹豫跟动摇，只是因为刚跟甄诚分手，她总觉得自己还在失恋状态，不想再去触及任何有关情感的事，也不想再去轻易地心动。所以对尚景文，叶笑笑并不是真的很讨厌，只是因为受过伤，所以不敢再去轻易让情感蔓延，害怕面对惨烈的结局。甄诚对叶笑笑的伤害，这一段爱情对叶笑笑的伤害，无疑是毁灭性的。因为，甄诚是叶笑笑用心付出的初恋，也处处抱着希望，可是最终却等来这样的结局。这样失败的初恋，是痛苦而又遗憾的，留下的伤痕，即使时间过去了很久很久，也还会留着疤，这样的疤痕，不是一时半会儿能好的。因为那是人生最初的悸动，爱得最真，最纯，也付出得最多，却伤害得也最深，最疼，最难以自拔！

所以，当尚景文越是靠近叶笑笑，只是会让叶笑笑躲得越远，因为叶笑笑想避免伤害，不再触碰爱情。所以不管是尚景文也好，还是任何一个男人，叶笑笑都不想在短期内有任何暧昧的情愫发生。

"我在做梦吗？你不正在我怀里嘛？"尚景文轻快地笑了笑，动作自然地伸手在叶笑笑的脸颊上捏了捏，调笑道，"而且，这感觉挺真实呀。"

叶笑笑恼怒地挥开尚景文的手，猛地将他推远了些，站稳了身子看着尚景文，"尚景文，你又想干吗？"本以为他消停几天，不会再纠缠着自己了，谁知道他候到叶笑笑回老家了，这家伙简直就是妖孽啊！

"想追你啊。"尚景文大大咧咧地说，"我一开始就跟你说了嘛！"

"尚景文，我也跟你说清楚了，我们没戏。"

"我知道。"尚景文点点头，"可我妈觉得有戏。"说完挑眉看向叶笑笑："你见识过我妈的奇葩！"

# 你是我最美的时光

"什么意思？"叶笑笑茫然地看着尚景文，心里警觉起来：这会儿时间扯景瑟出来干吗？

"我妈上门提亲了。"尚景文说得风轻云淡。

"什么？"叶笑笑拢了拢手臂，"尚景文，这笑话可真冷，一点也不好笑。"

"我没跟你开玩笑。"尚景文撇了撇嘴，"不信你自己回家看吧！"

叶笑笑不再理会尚景文，转身快速地奔上楼，心里忐忑地推开家门，看到稳坐在沙发上满脸温和笑意的景瑟，顿时懵了，结结巴巴喊了一声："阿姨您好。"

"笑笑，你回来了？"景瑟和蔼可亲地看着叶笑笑，亲切地打招呼，"笑笑，来坐我身边。"

叶笑笑吞了吞口水，迎着叶家两位家长疑惑的眸光，终于忍不住问景瑟："阿姨，您怎么来了？"千万不要是尚景文那家伙说的提亲啊！

"我路过这里，正好过来瞅瞅你嘛！"景瑟一脸慈爱温和地看着叶笑笑，"你看看，这些血燕、阿胶，我特意挑给你补身子的。"

"阿姨，您太客气了！"叶笑笑嘴角抽搐，她真不知道她什么时候跟景瑟的感情变得这么要好了。

"不客气，应该的。"景瑟乐呵呵地说。

叶爸爸和叶妈妈的眼睛里挂满了问号，碍于景瑟在场，也不好多问什么，只能神色尴尬地笑着，转过脸犀利地瞪着叶笑笑，眼神问，这个景瑟到底是谁，到底怎么回事？

叶笑笑也想知道啊！可是，她问不出口，只能心虚地赔着笑，乖巧地保持了沉默。心里不住地祈祷，千万不要是上门提亲的。

"笑笑，你准备跟我们家文文什么时候正式见见家长？"

"见家长？"叶笑笑心里突然有一种不祥的预感，机灵地解释，"阿姨，我想你弄错了，我跟尚景文并不是你想的那样！"

"你这孩子，我知道你羞涩，不想承认，可我那天都看到你们脱光衣服在一起……"景瑟说到这，故意一脸欲言又止，"你们既然都发展成那样了，我觉得双方家长见见，谈谈你们的事，也差不多是时候了。"

叶妈妈终于不淡定地插话："笑笑，你跟尚景文什么时候开始谈恋爱的？"还关系好到脱光衣服了，还被人家尚景文的母亲给撞见了，这真是让人脸红。

"妈，我没有。"叶笑笑急忙解释，"我没跟尚景文谈恋爱。"

"你没谈就那什么了？"叶爸爸更不淡定了。

"不是。"叶笑笑真急了，焦急打断，"你们听我解释呢！我跟他只是睡一起。"话说到这，恨不得把自己的舌头给咬断了。

"笑笑，你别说了！"叶爸爸打断，"我们懂了。"

"爸，不是你们想的那样，我们只是……"

"笑笑，你别解释了！"叶妈妈的老脸羞红，瞪着叶笑笑打断她道，"这件事我们家长会处理。"

"你们处理？"叶笑笑傻眼，还没来得及问出口，你们怎么个处理法，就听到叶爸爸清淡地开口，"既然男方母亲上门来问，什么时候正式见见，那就算是提亲了。"

"对啊，我就是来上门提亲的。"景瑟认同地点点头，"我觉得孩子不小了，该办的事，咱们得要合计办办。"说完从包里把尚景文从小到大的履历给叶爸爸、叶妈妈人手一份，"这是我家景文的资料，你们先看看，一会儿我把他喊过来认认门。"

叶爸爸叶妈妈接过资料，顿时愣住。如果甄家是豪门的话，那这尚家，可是豪门中的豪门，权贵中的权贵！

叶爸爸、叶妈妈相视两眼，不知道该接什么话。

景瑟倒是自来熟，拉着叶笑笑道："笑笑，我很喜欢你，我家景文也很喜欢你，我希望你们两个能早点结婚。"

别说是叶笑笑了，就连叶爸爸、叶妈妈也彻底被景瑟的雷厉风行给惊住，这尚景文的母亲，还真是一朵奇葩，竟然这么急切地催婚？

"那个，那个……"叶爸爸说话都结巴了。

"亲家，你喊我景瑟就好。"景瑟温和地笑笑，丝毫没有豪门权贵的架子。

叶笑笑一听急了："景瑟阿姨，您真的误会了，我跟尚景文没有谈恋爱的。"

"没谈恋爱，你们住一块算什么？"景瑟拧着眉，不解地问。

叶妈妈一听这话，狠狠地扫了眼叶笑笑："你先回屋去，这事我们来处理。"

"妈！"叶笑笑喊。

"快点进去。"叶妈妈不耐烦。

"我们会帮你谈的。"叶爸爸也赶她进去。

"笑笑,你放心,我们不会亏待你的。"景瑟和善地笑笑。很显然,三个长辈已经统一战线,不想再听叶笑笑的任何解释。

叶笑笑怨念地回了自己房间,给尚景文打电话:"你妈提亲了,你说怎么办?"

"凉拌。"尚景文回答得漫不经心。

"尚景文,他们会逼我们结婚的。"叶笑笑咬牙切齿地吼。

"那就结婚吧!"尚景文回答得顺口,"叶笑笑,你也老大不小了,嫁谁都是嫁,还不如嫁我呢!"

"可我不喜欢你,不想跟你结婚。"

"时间长了,你会慢慢喜欢我的。"尚景文自信地说。

"尚景文,这不是重点。"叶笑笑感觉她跟尚景文存在沟通障碍,"我跟你明明什么都没有,为什么要绑着结婚?"

"因为什么都没有,绑着结婚了,该发生的都会发生,你放心吧,我会让你幸福的。"

"尚景文,你去死吧!"叶笑笑终于抓狂地挂断了电话。

没一会儿,尚景文的电话打进来:"叶笑笑,上次你陪我买的礼物,你觉得你家长会喜欢吗?"

"喜欢你个头。"叶笑笑暴怒地再一次挂断电话。

这天的事,后来在尚景文提着东西上门拜访,双方家长确定订婚日期后,圆满地落幕。当然,叶笑笑这个当事人所有抗议都无效,并且是一丁点发言权都没有,就被安排婚事了。

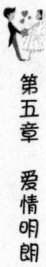

## 你是我最美的时光

"笑笑，你跟尚景文真的要订婚？"季雨的电话第一时间打了过来。

"定毛线。"叶笑笑忍不住爆粗道，"我决定出去旅游，躲躲。"

"你这算逃婚吗？"季雨惊诧地问。

"不算吧！只是离家出走抗议。"叶笑笑一本正经地回答，"等我爸妈意识到错了，喊我回家了，那这订婚也就作废了。"

"万一，你爸妈意识不到错呢？"季雨问得小心翼翼，"而且吧，我觉得你跟尚景文是一段好姻缘嘛！"

"你是不是我姐妹？"叶笑笑不满道，"你这胳膊肘到底往哪拐呢？"

"好吧，我错了。"季雨没诚意地道歉，"你准备去哪里旅游？"

"明天我定了车票去青岛，你把你身份证借我。"

"你身份证呢？"

"被我爸妈拿去买房还没还我，我要突然要的话，他们肯定要怀疑。"叶笑笑撇了撇嘴，"反正我跟你有点像，先借我用几天。"

"这都行？"

"是啊，你明天早上8点之前把身份证给我送来，我报了青旅那个团，在家乐福那坐车。"叶笑笑正色地关照，"我现在去收拾东西。"

## 第六章 逃不出的爱

该死的季雨,怎么电话关机了?车都快要开了,人竟然还没到,叶笑笑恼怒地挂断电话,心里焦急得不行。因为,她没身份证。

豪华空调车在导游上车后,便缓缓启动,接着响起一阵音乐:"大家好,欢迎大家参加我们这次青岛海滨完美假日之旅,我是你们的这次旅程的导游,我叫小陆!大家有什么问题都可以找我,希望,大家都能满意而归!"

"等等。"叶笑笑举手喊了声,她可没有身份证,要去青岛就完蛋了。

导游忙看向她:"小姐,怎么了?"

"我。"叶笑笑神色纠结了下。

"等等。"随着停车开门,尚景文气喘吁吁地跑上车,"对不起,迟到了。"道完歉,快步地走向叶笑笑的方位,"喏,给你身份证。"

叶笑笑傻眼地接过身份证,看着尚景文大大咧咧地在她身边落座,不由得气恼地开口:"尚景文,怎么回事?"

"什么怎么回事?"尚景文装傻。

"你说呢。"叶笑笑已经开始磨牙,恨不得将尚景文生

## 你是我最美的时光

吞活剥。

"我不知道你说的什么事。"

"身份证。"叶笑笑扬了扬手里自己的身份证,"为什么我的身份证会在你这?"而且她明明是借季雨的身份证,要季雨送的。现在不用说,她肯定是被季雨给卖了。

"哦,我听说你问季雨在借,就帮你问你爸妈拿了。"尚景文灿烂地笑了笑,"这个身份证呀,还是用自己的好,别人的不可以乱借哦。"

"你怎么知道我这班车?"叶笑笑问得干脆。

"问旅行社查的。"尚景文并没有出卖季雨,嬉皮笑脸。

"你怎么知道我去旅行?"

"猜的。"尚景文赔笑。

"你继续掰。"

"叶笑笑,就许你抗议离家出走,不许我也离家出走啊?"尚景文无辜地撇了撇嘴,"虽然,我承认我对你有好感很喜欢,但是我并不想那么快被迫告别单身,被逼着结婚。"

"那你昨天怎么不说?"

"因为不能忤逆长辈们的好意。"尚景文回答得理直气壮,"你看我妈,你妈,谈起我们的婚事,多么眉飞色舞,乐得合不拢嘴,你忍心去让她们不开心,给她们泼冷水吗?"

叶笑笑嘴角抽了抽,看着尚景文幽深的黑眸流光四溢,不由讪讪道,"不管怎么说,我是不会跟你订婚,结婚的。"

"为什么呀?"

"我们不合适。"叶笑笑深呼吸了一口气,"我高攀不起你。"

"没关系，我让你攀的。"尚景文满不在乎道，"我不介意你高攀的。"

"就算你不介意，我也不要。"叶笑笑毫不犹豫道，"尚景文，婚姻不是儿戏，我不想跟你这么随随便便，糊里糊涂地将就。"

"我没跟你随便，也没跟你将就。"尚景文黝黯深邃的眸子微闪烁了下，突然一本正经地说："我知道你不想结婚。"随即扯着嘴角补充了句："不管是我，还是别人，短期内，你是不想结婚的。"

叶笑笑被尚景文说中心事也不担心，抬眼看着他："那又怎么样？"

"没怎么样。"尚景文笑着开口，"叶笑笑，我觉得我们来谈个约定好不好？"

"你想说什么约定？"

"我们不谈情，不谈爱，就搭伴出去旅游好不好？"尚景文魅惑道，"让感情顺其自然发展，回来后如果你还是抗拒我，我去主动解除婚约，如果你对我有一点点不一样的感情，那么我们就试试在一起？"

"这……"叶笑笑犹豫，不谈情，不谈爱，就单纯的一次旅行，会这样简单吗？

"叶笑笑，你该不会是怕跟我一起旅行就爱上我吧？"尚景文伸手亲昵地捏了一把她的俏鼻，风轻云淡地说，"如果你爱上我，那就是皆大欢喜的结局，如果依旧不爱我，那你就解脱了，我不会再对你死缠烂打。"

"你确定不会对我死缠烂打？"叶笑笑不确定地问。

第六章 逃不出的爱

你是我最美的时光

"当然。"尚景文正色点点头,"大丈夫一言既出,驷马难追。"他一定会想尽办法让叶笑笑爱上他的!

"如果你对我死缠烂打呢?"

"脚长在你身上,你不会立马回来啊?"尚景文宠溺地看着叶笑笑,"你想躲我,多的是办法。"说完叹息了一声补充道:"我们的相识有些狗血,我只是想试试,我们在正常的接触交往中,是不是能对彼此产生火花!如果不能,那说明我对你不是真爱的,我一定会放弃你的。"

叶笑笑微微眯了下黑眸,认真地思考了下,点点头:"我同意。"

尚景文心里窃喜,这拐骗小绵羊第一步总算有惊无险地成功了。

"希望我们这次旅程愉快。"尚景文笑吟吟地跟叶笑笑握了握手。

叶笑笑松开手,不准备搭理尚景文,侧身靠着窗户坐了坐,尚景文也识相地环着手臂靠着座位开始小寐。

叶笑笑悄然扫着他那俊美的脸蛋,思绪顿时纷飞。从十七岁到二十五岁,她的生命里一直只有甄诚这么一个人物,其他的男人就算有对她好的,她都从来没有认真地看过。可是没有想到,在她准备回来跟甄诚走入婚姻的前刻,却发现了这样狗血的事,让她这么多年心心念念的生活,彻底被打乱了。更始料不及的是尚景文,他对叶笑笑的死缠烂打,让叶笑笑对甄诚这段感情都没好好地哀悼。

叶笑笑总觉得自己该是伤心的,该是撕心裂肺难过的,毕竟她跟甄诚的八年,不是苍白的八年。可似乎在分开以后,八年的日子,将近三千个日夜,也就这样了。叶笑笑发现,她能留住,记住的太少,记不住的太多了。

原来,时光真的是一把磨洗岁月的尖刀,不知不觉中,回忆就会被雕刻得面目全非。原来,叶笑笑还没有任何的准备,却已经跟甄诚分道扬镳,成了最熟悉的陌生人。

这一切,速度快得让人始料不及,甚至叶笑笑连做梦都不敢相信。但是事实就是这样,短短的几天,她的生活发生了翻天覆地的变化,她甚至跟尚景文牵扯出了一段不明不白的暧昧,还遭遇了景瑟上门提亲这样的囧事。

有人说过,忘记一段感情最好的办法,除了时间,就是新欢。

现在虽然时间不够长,尚景文这新欢不够好,但是至少让叶笑笑在忘记甄诚这号人物。相信用不了太多的时间,叶笑笑一定能够放下甄诚,放下这失败初恋的伤痛,重新勇敢地开启真的恋爱。

但是,叶笑笑一想到,她跟甄诚曾经是那么的相爱,最后却要忘记得那么干净,她的心便有些克制不住地难过起来。她闭上眼睛,深深地呼吸了口气,努力地让自己不要去想这些事。

"叶笑笑,咱们是出来旅行的,你别苦着一张脸,搞得我好像虐待了你似的。"尚景文从口袋里抽了一张面纸递给她,"把眼泪擦擦。"

叶笑笑没有说话,接过面纸,再一次把俏脸扭向窗外,想化解刚一瞬间她鼻头的酸涩跟失控的眼泪。是的,她还是会为这段感情不争气地流泪。

## 你是我最美的时光

"叶笑笑,你是不是很讨厌我?"尚景文带着恼怒扳过叶笑笑朝车窗外的脸,紧盯着她的双眸,有些迟疑地问。

"不算讨厌你。"叶笑笑虚弱地笑了笑,虽然她肯定自己不喜欢尚景文,但是也没到讨厌的地步,"但是也不喜欢你。"

"叶笑笑,既然我们一同出来了,那我们按照平常心走好不好?"尚景文正色看着她,"把原来的那些偏见,通通抛弃好不好?"

叶笑笑沉默地点点头。就当失恋后,很普通的一场旅行,把尚景文只是当做一个很普通,很普通的朋友。

到青岛的时候,已经是傍晚了。

导游简单介绍了下之后五天的具体安排。第一天游览五四广场、音乐广场,并且乘船出海,晚上自由活动;第二天车游万国建筑博览八大关、东海路雕塑街、海滨标志性景点栈桥,自由选择去极地海洋馆;第三天车赴海岸明珠城市、日照游览灯塔景区,并且去海滨生态浴场自由漫步戏水;第四天车赴蓬莱八仙渡景区;第五天就没悬念了,上午自由活动,中午便是回归的旅程!导游介绍完,车也在酒店的停车区停好了。

导游微笑着组织着大家下车,入住酒店,好好休息。

叶笑笑跟尚景文相视看了两眼,异口同声道:"我们自己玩吧!"跟团的行程太紧,不适合他们俩。提出自由行后,跟导游告别,尚景文跟叶笑笑便拖着行李,打车去了崂山附近一个海边别墅的酒店。它属于独栋别墅,位于青岛市核心海岸景区"海滨雕塑园",毗邻石老人海水浴场、青岛国际啤酒城和极地海洋世界。隔窗临海,地中海乡村风格。

办理入住登记的时候,叶笑笑神色焦急地翻遍包包却找不到钱包,忙看向尚景文,"糟糕,我钱包好像没带。"

尚景文嘴角抽了抽,"我的钱包好像掉出租车上了。"他一定不会承认是自己故意丢的。他本意是想赖着叶笑笑蹭吃蹭喝,谁料到这丫头更绝,竟然压根没带钱包出门!

"啊?"叶笑笑傻眼,"你钱包丢了?"不是吧,一个没带钱包,一个钱包丢了,这两人准备在青岛乞讨吗?

"我身上就这么点钱了。"尚景文将衣服口袋掏了个底翻天,好不容易凑出1000块钱,"咱们先开个房间将就住下,我去打电话找找我的钱包。"

叶笑笑心里憋屈,但是她自己马大哈没带钱包,她此时身无分文,也就没了发言的权利。再加上尚景文确实钱包丢了,正焦急地四处打电话,她要对开一个房间提异议的话,似乎有点过分。

"这房间还可以。听说是海景房!"尚景文拖着行李快步进屋,插上了电卡,心里爽得不行,老天爷都在帮他啊,叶笑笑这个小迷糊,竟然没带钱包!

"是吗?"叶笑笑放下包包,忙朝着窗户走去,一把拉开窗帘,看着那蔚蓝的大海,瞬间有种"面朝大海,春暖花开"的感觉。她第一时间就喜欢上了这里,因为喜欢,一扫之前忘带钱包的囧事,也忘记她即将跟尚景文再同住一屋的事。

简单地收拾了下行李,也到了吃晚饭的时间,尚景文带着叶笑笑看着路口那豪华的海鲜饭店,吞咽了下口水,挑了

## 你是我最美的时光

一个路边摊坐下点东西。

叶笑笑看着尚景文拧着俊眉,非常艰难地在繁杂的环境里吃东西时,心里暗自觉得好笑。随后,她恶作剧似的又带着尚景文在附近的小摊上,寻找各种稀奇古怪的小吃,直到尚景文实在吃不下去求饶了,两个人才漫步回了酒店。

叶笑笑看着狭小的房间里那一张大圆床格外醒目,整个秀眉拧得都快成麻花了。犹豫后,终于咬着唇跟尚景文开口:"那什么,你先去洗澡吧。"她需要淡定一会儿。

尚景文客气地看着叶笑笑,谦让道:"不用,你先去吧。"

叶笑笑为难地看了一眼洗手间,讪讪地对尚景文笑了笑:"还是你先去吧。"

"确定要我先去?"尚景文挑了下飞扬的剑眉,笑嘻嘻地看着叶笑笑。

"嗯。去吧去吧。"叶笑笑咬着自己的唇,忙不迭地催促。

等尚景文洗好,叶笑笑抓过自己的换洗衣服,就往浴室走去。这个浴室的门,是磨砂玻璃设计的,虽然看不清楚,但叶笑笑光是想想,就知道她的身影曲线还是能一览无遗地暴露在尚景文的视线里。她满脸通红,小心翼翼地蹲着身子,尽可能缩成一团,胡乱地用最快的速度冲洗了下自己,然后用大浴巾将自己包裹得严严实实。麻利做完这一切,叶笑笑伸手拍了拍自己的俏脸,那温度已经烫得有点吓人了,她深呼吸了一口气,安抚自己淡定,反正她跟尚景文也不是第一次睡在一个房间的同张床上了。可之前几次,她都是醉酒没意识的,这一次让清醒的叶笑笑心情烦乱得不行,就算不停地深呼吸,还是感觉自己有点呼吸不顺畅的感觉。刷完牙,洗完脸，顺便把衣服也洗干净晾好了，叶笑笑这才磨磨蹭蹭地从洗手间里出来。看着床上尚景文已经乖巧地睡在一边，打着轻鼾，显然已经进入了香甜的梦乡，她的窘迫感才稍微有所缓减，轻手轻脚慢慢地爬上床的另外一侧，轻轻地拉过被子，将自己裹严实，然后侧过脸，睁着黑眸，神经敏感地瞅着尚景文，心跳蓦然加快，生怕他有什么过格的举动。等了半响，尚景文乖巧地睡着，他的俊脸美得犹如雕刻一般，此时流光四溢的深邃黑眸紧紧地闭着，但是犹如扇子似的长长微卷的睫毛，弯弯向上翘着，高挺俊朗的鼻梁，性感的唇，坚毅的下巴。叶笑笑犹豫了下，犹如被这张俊颜蛊惑了似的，下意识地伸手轻轻地抚摸了上去，一点一点地沿着他俊朗的轮廓，细细地感受着那温润而细腻的触觉。而两个人近在咫尺，叶笑笑甚至能感觉到那温热的气息，洒在自己柔嫩的脸颊上，更是让她的心不断怦怦跳跃着，感觉快要控制不住地跃出胸口了。对待俊美如斯的尚景文，叶笑笑内心深处或许是有好感的，只是她不敢去面对这颗脆弱的心，因为害怕受伤害。

想到伤害，叶笑笑的神色便恍惚起来，透过尚景文，她毫不意外地想到甄诚，回忆无时无刻不在脑海中闪现，回忆一次一次不断地让叶笑笑的心无法平静下来。其实她一直是不甘心的，一直想不明白，为什么明明那么相爱的两个人，说分开就分开了，说陌路就真的陌路了。陌路以后，再也找不到相拥的理由。

叶笑笑的俏眉微微地拧着，带着莫名的忧伤。爱情，回忆，总能让一个女人溃不成军。在如此煽情的深夜里，她突然感到前所未有的阴郁。

## 你是我最美的时光

尚景文蓦地睁开幽深的眸子,看向叶笑笑,薄唇轻启,嘴角挑动着温和的笑意:"叶笑笑,你这算是在调戏我吗?"叶笑笑白嫩的手,正轻捏着尚景文俊美的下颌处。

叶笑笑被抓包,顿时窘迫得红脸,忙尴尬地缩回按在尚景文俊脸上的手,结结巴巴地解释,"我是想看看你睡着了没有。"万一没睡着,叶笑笑可要随时随地地准备防狼的行动呢!

"嗯?"尚景文嘴角轻挑,淡淡地应声,在这样的深夜里,听着让人觉得格外性感,"看过之后呢?"看着叶笑笑俏脸上那明显可疑的红晕,尚景文故意不拆穿。这年头爱美之心人皆有之,叶笑笑抚摸他的皮囊,看上他俊美的脸蛋,尚景文心里别提有多自豪了,至少叶笑笑对他这身板感兴趣,那他定会努力地发扬光大。

男女之间的爱情,通常就是从相互的兴趣、好感而产生的呢!尚景文想到这,嘴角的笑意越发明媚,调侃道:"叶笑笑,你该不会是看到我这么帅,激动得睡不着了吧?"

"你才激动得睡不着呢!"叶笑笑没好气地赏了尚景文一个大白眼,随即背过身子,"我要睡了。"

"生气了?"尚景文试探地问。

"没生气。"叶笑笑气呼呼地回答。

"那你干吗转身?"尚景文不依不饶,"听过背靠背的鬼故事吗?"

"尚景文,大半夜的你不说话会死啊?"叶笑笑拉着被子裹了裹身子,背对着尚景文,义正言辞地丢了句警告:"尚景文,你不想被我踹下去的话,最好老实一点!"她忌讳半夜听到这些东西。

尚景文眼睁睁地看着叶笑笑弓着身子缩到床边沿,将两个人之间的距离生生地拉成了楚汉河界,不由得又好气又好笑,温和地丢了一句:"我一向都很老实的,再说就你,前平,后平,都赶上搓衣板的身材,我才没兴趣呢。"

"你……"叶笑笑恼怒地磨了磨牙,"你才搓衣板呢,你全家都搓衣板。"

"好吧,我全家搓衣板。"尚景文接着说,"搓衣板也是你传染的。"

"你!"叶笑笑气结,"睡觉了!再说话,你就出去!"警告完,叶笑笑懒得搭理尚景文,紧紧地闭上眼睛,心里却带着强烈的戒备,密切地听着床另一边尚景文的举动。听着他轻浅的呼吸声渐渐沉稳了下来,叶笑笑打了个哈欠,渐渐支持不住疲倦的眼皮打架,然后也昏昏沉沉地进入了梦乡。

第二天清晨,叶笑笑在尚景文的怀里醒过来,"啊……"她失控地惊叫了起来。

尚景文忙一手捂着耳朵,一手捂着叶笑笑的嘴巴,无奈道:"姑奶奶,你叫什么呢?我们又不是第一次睡了!"那话说得要多暧昧,便有多暧昧。

叶笑笑没好气地挥开尚景文搁在她嘴上的"爪子"气呼呼地质问:"你怎么抱着我睡了?"混蛋,被他吃了一晚上的豆腐,叶笑笑当然是怒了。

"拜托,明明是你抱着我的好不好?"尚景文无辜地看着叶笑笑,努了努嘴:"你自己看,你靠过来的!"随即又无辜道:"明明就是你吃了我的豆腐,你竟然还摆出这么理直气壮的样子来?"呼吸了一口气,不等叶笑笑开口又再次说话道:"就算你不想负责,也不能这样嘛!"

"尚景文,你是不是男人?"叶笑笑无语,"开口闭口都负责不负责,你当你黄花大姑娘呢!"

"我是不是男人,你要不要试试?"尚景文邪气地挑着嘴角轻快地笑,"你不让我负责,那负责的台词只能我说了。"他丢了一个怨念的眼神,"要不然你以为我乐意装柔弱呀?"

"柔弱你妹!"叶笑笑没好气地爆粗口,"我要起来了,你给我让开。"说罢,面不改色地从尚景文身上跨了过去,然后就好像兔子被人踩了小尾巴似的,用最快速度奔去洗手间。

"叶笑笑,你刚差点踩着我兄弟,下次注意啊!踩到得负责!"尚景文看着叶笑笑的落荒而逃,想不笑都不行!

叶笑笑收拾妥当后,跟尚景文开始谈判。她要各玩各,尚景文拗不过她,给了她身上全部家当,仅有的300块钱,然后目送着叶笑笑欢天喜地地出门,他又倒回床上继续补眠。昨晚叶笑笑睡在他身边,他一晚上可真的是心猿意马,都没好好睡着,此刻困得不行。

叶笑笑一个人出来,她想去的地方是崂山。

素有"海上名山第一"的崂山位于黄海之滨,主峰1133米,它拔海而立,山海相连,雄山险峡,水秀云奇,自古被称为"神仙窟宅""灵异之府"。《齐记》中亦有"泰山虽云高,不如东海崂"的记载。昔日秦皇汉武帝登临此山寻仙,唐明皇也曾派人进山炼药,历代文人名士都在此留下游踪,号称"道教全真天下第二丛林"。盛时有九宫、八观、七十二庵,崂山道士更是闻名遐迩。

山上奇石怪洞,清泉流瀑,峰回路转,叶笑笑下山的时候,累得快趴了,但是心情却带着轻快的明朗。在这样的大自然深呼吸中,那些不愉快的阴郁似乎都烟消云散了。

晴朗的天,说变就变,而且在这样潮湿的滨海城市,这个雨瞬间就猛烈地倾泻了下来。叶笑笑回到酒店的时候,彻底湿透了,急忙奔去洗手间,却撞见尚景文正在洗澡,失声惊叫地捂住了自己的眼:"对不起,我什么都没看到。"快步退出来,拍了拍瞬间烧红的俏脸,恨不得挖个地洞去。

尚景文马上就围着浴巾出来,拧眉看着叶笑笑浑身湿透了坐在椅子上发呆,催促道:"叶笑笑,你快去洗澡。"

"哦,好。"叶笑笑抓了换洗的衣服,快步地跑去洗手间。

尚景文盯着叶笑笑不停振动的手机看了半晌,终于按耐不住地接了她的电话:"喂,您好!"

甄诚愣了下:"你谁?"

"叶笑笑的男朋友。"尚景文面不改色地回答,"你又是哪位?"

甄诚猛地一下挂断了电话,尚景文若有所思地盯着电话看了半晌,最终悄然地放回原位。

叶笑笑收拾妥当出来,看尚景文安静地躺在床上看新闻联播,不由得出声:"尚景文,你饿不饿?"

"你说呢。"尚景文委屈地撇撇嘴,"你带着钱出去,也不记得给我买点吃的,真是没良心。"

"对不起啊!"叶笑笑真诚地道歉,"刚才下雨了,我赶着回来,就没想到,我们现在出去吃吧。"

# 你是我最美的时光

"走吧!"尚景文从床上麻利地起身,自然地拉着叶笑笑,"虽然吃不起大餐,但是今天可不许逼我吃那些乱七八糟的东西了。"

"那些小吃很好吃好不好!"叶笑笑认真地强调。

"电梯来了!"尚景文不好那些小吃,所以不回答叶笑笑,径直将她拉进了电梯,"反正再好吃,我也不要吃。你就算只给我一碗白饭,我都会吃得很开心。"

叶笑笑看着尚景文难得卑微商量的口气,大发善心地点点头:"好吧,今天不吃小吃。"这话刚说完,她便对上了一个似曾相识的熟人。

"叶笑笑,是你吗?"那男的很俊逸,1米8左右,斯文白净,眼睛大大的,深邃而透彻,嘴角挂了抹浅浅的微笑,让人不由得感觉温暖。

叶笑笑看着这一张好像熟悉,但是却又很陌生的俊脸,俏眉甚至都微微拧了起来。记忆里稚嫩青涩的俊脸,跟这张俊朗的脸重叠了起来,交错着年少的时光,她不确定道:"尚衣玛?是你吗?"

"你还记得我呀?"尚衣玛欢喜地笑了,"我差点都不敢叫你呢!"

叶笑笑跟尚衣玛,是儿时的邻居,尚衣玛幼年一直跟着母亲生活,叶家对他们母子两个很照顾,叶笑笑比尚衣玛大,小时候要尚衣玛叫姐姐,他总是叫她笑笑。

叶笑笑跟尚衣玛一直是同班同学,还是同桌,直到上初中,尚衣玛跟她妈妈却在某一天突然搬走了。那时的叶笑笑心里很舍不得,伤心了很久。

为什么，她那么要好的朋友要搬家，却一点都不告诉她呢？叶笑笑难过很久，就好像自己什么心爱的玩具丢失了，抑或她习惯了很久的东西，总之就这样莫名其妙地没了，让她心里疼痛不已，难受不已。

直到很久很久之后，叶笑笑渐渐长大，青春期渐渐成熟，才慢慢释然。对待这个儿时的玩伴，除了怀念，也就没有那么多伤感了。人在长大，在得到，在失去，都是平衡的。

可当阔别了这么多年，还是能够相逢，还是能够在一起问好，不得不说，缘分有时候还是很奇妙的。

"笑笑。"尚衣玛扬手，在叶笑笑眼前晃悠了下，扯着嘴角灿烂微笑，露出一排森森的白牙，他的眼睛亮闪闪毫不遮掩地散发出重逢的喜悦，"你是来青岛旅游的吗？"

"是啊。"叶笑笑点点头。

"咳咳！"尚景文受不了他被无视，不由得咳着嗓子，表示存在感。

"这位是？"尚衣玛看着尚景文问叶笑笑。

"哦，我朋友尚景文。"叶笑笑后知后觉地给他们俩介绍，"这位是尚衣玛。"说完笑吟吟道："你们俩竟然都姓尚！"好像发现什么有趣的事似的。

"您好。"两个大男人礼貌地握了握手，态度彼此淡漠。

"刚听你们说要去吃饭的？"尚衣玛试探地问，"要不然一起吃吧？"

"好！"

"不用了。"

叶笑笑瞪着尚景文，她好不容易遇到童年玩伴，一起吃个饭叙旧怎么了？她语气带着商量，"尚景文，我们跟尚衣玛一起吃晚饭吧。"

尚景文淡淡地撇开视线，"不要。"回答得一点都没商量的余地。

尚衣玛有些尴尬："笑笑……"

"我们一起吃晚饭，尚景文让他自己吃吧。"叶笑笑毫不犹豫地作出决定。

尚景文的俊脸顿时就变色，阴郁地瞪了她一眼，紧抿着唇不发一语。

电梯到了1楼大厅，叶笑笑无视尚景文的恼怒，径直拉过尚衣玛："你知道这边有什么好吃的吗？"

"真的不用管你朋友？"尚衣玛问得小心翼翼。

"不用管他的。"叶笑笑赌着气，快步拉着尚衣玛出了酒店。

尚景文高大伟岸的身子伫立在电梯旁许久，最终叹息了一声，又折回了楼上的房间。

## 第七章　误会重重

叶笑笑跟尚衣玛找了一家特色店，边吃边回忆，聊得十分愉快。

"你还记得你小时候爬树特别快吗？"尚衣玛笑着跟叶笑笑干了一杯，"当时很多人都说你比猴子还厉害。"

"我现在也能爬。"叶笑笑笑着接话，"上次去北京住我朋友家，结果泡吧回去晚了，他们小区关门了，我没办法，看着两米高的墙，脱了十厘米的高跟鞋就爬了。"

"不是吧？你现在还干这种事？"尚衣玛不可思议，"你简直颠覆在我心中女神的形象啊。"

"错，我不是女神，我是彪悍的女汉子，哈哈。"叶笑笑笑得爽朗，"还记得我第一次去逛颐和园的时候，穿着高跟鞋，走不动了，我就直接脱鞋光脚逛完的。"缓了缓气，"我所有朋友都说，江南女孩应该温柔婉约的，可是我颠覆了他们对江南姑娘的看法！"

"确实彪悍得有些过头。"尚衣玛中肯地评价，"不过这样的你，才是最真实的你。"

"是啊，来喝一杯。"叶笑笑再次端起啤酒。青岛的啤酒是桶装的那种，喝起来很带劲。手机却响了起来，她看了一眼是尚景文来电，想都没想，直接挂断。

叶笑笑是生气的，生尚景文气，她好不容易遇到儿时玩伴，一起吃个晚饭多么天经地义的事！可尚景文不给面子地拒绝了，叶笑笑都低声下气商量了，他还是拒绝，实在是太不体谅人了。

尚景文的电话不死心地又打进来。

叶笑笑拧着秀眉继续挂断。

三次之后，尚衣玛忍不住开口了："笑笑，你还是接下电话吧，人家找你找得那么急。"

叶笑笑这才勉为其难，语气不善地接了尚景文电话："什么事？"

"你什么时候结束？"尚景文隐忍着心里的火气，憋屈地问。

"还早。"叶笑笑不耐烦地回。

"你是准备饿死我吗？"尚景文的声音冷了几分。

"你要饿死，我会给你买花圈的。"叶笑笑赌气地说完，气呼呼地挂断了电话。将手机收回口袋里，忽略了那个低电压的标示。

听着电话那头的嘟嘟声，尚景文烦躁地点燃一支烟，走了两步来到窗前。雨淅淅沥沥地下着，他的视线看向不远处的大海，甚至都能感觉到，雨水拍打着海面的声音，他的心脏带着压抑愤怒地跳动着。

尚衣玛，为什么是尚衣玛！尚景文同父异母的弟弟，他自己都不知道有哥哥的存在和尚家的后台。可是尚景文却清清楚楚地知道，这是尚爸爸欠的债，要尚景文背负还的债，这是尚家隐藏的秘密。

想到尚衣玛跟叶笑笑亲密的谈笑，尚景文感觉自己一刻也坐不下去，他飞快地出门想要去找回叶笑笑，等他在雨里走了一段路，浑身湿透了才想起，他没问叶笑笑在哪里吃饭，而他这样不理智地找过去，是找不到人的！于是，尚景文厚着脸皮再打电话过去想问，"对不起，您拨打的电话已关机。"机械化的女音传了过来，把尚景文气得想摔手机，深呼吸了一口气，将手机收回口袋，转身往一旁的小酒吧走去。

青岛这片地方，多的是小有情调的酒吧，尚景文要了烈酒，便开始不爽地闷头开喝，为叶笑笑，为尚衣玛，也为自己。

"笑笑，你这样说，你朋友不会真生气吧！"尚衣玛见叶笑笑收完手机，气呼呼地猛吃菜，不由得关切地开口。

"生气，就让他生气好了。"叶笑笑口不择言，"就让他饿死算了。"说完这话，后知后觉地拍了下自己的脑袋，今天出门，尚景文把仅有的300块全部给叶笑笑了，他根本就没钱吃晚饭！叶笑笑的心里顿时愧疚起来，她有点过分了。想着掏出手机给尚景文道歉，却发现自动关机了，无奈地撇撇嘴，"尚衣玛，我发现我做错一件事了。"

"怎么了？"尚衣玛不明所以地问。

"我不该对我朋友发火的。"叶笑笑歉意道，"还有，我准备回去了。"她可不能真把尚景文这大少爷给饿坏。

"这还没吃完呢？"尚衣玛看着一桌子的菜肴，茫然道。

"嗯，帮我打包吧！"叶笑笑尴尬地看着尚衣玛，"本来

## 你是我最美的时光

这顿饭该我请你的,可是这次我出门没带钱包,先欠着吧!你什么时候来S市,我一定好好招待你。"

"你还在S市?"尚衣玛问。

叶笑笑点点头:"是啊,你呢?"

"我也在。"尚衣玛递过手机,"你留个号码给我,回去联系。"

叶笑笑忙把自己手机号码拨了上去:"这是我号码。"

"嗯,我存下来了。"尚衣玛存好号码,服务员也打完包了,这才意犹未尽地冒雨送叶笑笑回了酒店。

叶笑笑看着尚衣玛问:"你住在哪间?"她想晚些时候也好登门拜访。

"我没住这里的。"尚衣玛扯着嘴角笑笑,"我是来拜访朋友的。"

"啊,那你浑身都湿了。"叶笑笑歉意地看着他,"要不,你到房间里先吹吹头发吧。"

"好!"尚衣玛点点头,跟着叶笑笑进了房间,打量了一圈道,"你跟尚景文住一起?"

叶笑笑心里一怔,"是啊。"放下外卖,里外扫了一圈,没看到尚景文,她忙从口袋里掏出手机,一看没电了,心里暗叫不好,忙抓了充电器充上。

"你跟尚景文关系挺好的。"尚衣玛浅笑着。

"嗯。"叶笑笑胡乱应答,她能说不好吗?不好怎么可能会住一个房间,睡一张床?充了会儿电,叶笑笑忙给尚景文打电话,电话响了很多下才被接起,尚景文含糊不清地嘟囔:"喂。"

"尚景文，你在哪里？"叶笑笑嫌恶地拧着秀眉，稍稍拿远了一些手机，被里面喧杂的声音给震着了。

"我在喝酒。"尚景文打了一个酒嗝。

"什么时候回来？我给你带吃的了。"叶笑笑说完叹息了声，"算了！你在哪个酒吧？我去接你。"这家伙身上没带钱，叶笑笑只能去付钱失物招领。

尚衣玛不动声色地竖着耳朵听着，他想要多了解叶笑笑一些，填补这空白的十几年光阴。

"不用你接。"尚景文赌气道，"我还没喝够。"

"喝什么喝？"叶笑笑气得磨牙，"你都没带钱！"亏得叶笑笑想到尚景文没钱，内疚地给他打包带了一堆吃的回来，谁知道这家伙竟然这么不识相。

"我有钱。"尚景文理直气壮地吼，"喝酒的钱，还是有的！"

"你哪来的钱？"叶笑笑心里劝告自己：算了，不跟一个酒鬼一般见识。

"我把手表当了。"尚景文说完沾沾自喜地笑了起来，"换了一打啤酒。"

"尚景文，你有病是吧？"叶笑笑暴怒，他的表可是限量版，别说换一打啤酒，就是换一个小酒吧都没问题。磨了磨牙，她深呼吸一口气问："告诉我，你在哪里，手表当在哪里了？"这孩子败家也不能败得这么二啊！

尚景文虽然有几分醉意，但听叶笑笑发怒，心虚地回了句："没病。"

"没病你把手表当了，就为了去喝酒？你怎么不喝死算了。"叶笑笑气急败坏地吼,"尚景文,告诉我,手表当哪里了?"

尚衣玛同情地看了眼叶笑笑,真没看出来尚景文是那样没能耐的人,而且还是酒鬼,为了喝酒连手表都能当,顿时他对叶笑笑充满了怜惜之情。如果叶笑笑跟着自己的话,或许一切都不一样了吧。

"好了,我告诉你,我当给酒店老板了。"

"你给我快点回来。"叶笑笑无奈地叹了口气,挂了电话,看着尚衣玛为难地开口:"你能不能先借我两千块?"她不但要赎表,而且还要再开个房间,坚决不想跟尚景文住一起了。

"没问题。"尚衣玛忙从钱包里数了两千给叶笑笑,"这些够吗?不够我再给你拿点。"

"不用了,够了。"叶笑笑接过钱,"我回去会第一时间还你的,你把你卡号发我。"

"不用,也没那么急的。"叶笑笑不知道尚衣玛心里对她充满了同情,他放下吹风机的时候,悄然转身在床头又把身上仅有的五千块也一起放下了,"我还有事,先走了。"

"一起出去。"叶笑笑跟尚衣玛一起出门,走到大厅,"我先去找老板,就不送你了。"告别完,她便急着去赎回尚景文的手表。

尚衣玛走出酒店时深深地叹了口气。

酒店老板是个不错的人,叶笑笑用两百块钱就赎回了尚景文的手表。她看着手表,轻轻地叹息了一声,然后悄悄地收进了自己的包里。这个手表在尚景文手里,估计下次还是两百块就当出去了。所谓二,就说尚景文这样没脑子的家伙!

叶笑笑回到房间,一眼就扫到了尚衣玛留在床头柜的那叠钱,她心里,顿时有种说不出来的感触。

尚景文没一会儿便回来敲门,叶笑笑刚开门,他便带着浑身的酒气,快步地冲进屋,连鞋都没脱,直接倒头就睡在了床上。叶笑笑拧眉看着他一气呵成的动作,嫌恶地闻着狭小的空间里飘散的浓烈酒味,她不爽地暗暗攥了攥拳头。见尚景文醉了,本来想重新开房的念头也就此打住。他曾经照顾醉酒的自己,此时丢下他有些不仁不义。

喝得昏昏沉沉的尚景文,手里紧紧地抱了一个枕头,身子蜷缩成一圈,在床上呼呼地睡着。

"喂!"叶笑笑走过去,拍了拍他,"尚景文,你醒醒。"

尚景文翻过身子,喝酒过后的燥热让他麻利把衣服扣子解开,露出胸口肌肉,眼神慵懒迷离地看着叶笑笑,口齿不清地嘟囔:"干吗呀?"

叶笑笑深深地呼吸了一口气:"脱鞋,洗澡!"完全是命令的口吻。她可不想跟一个鞋都不脱,澡都不洗的家伙,睡在一张床上。光是想想,就是一件让人无法忍受的事。

"嗯,你帮我脱。"尚景文含糊不清地说。

"什么?"叶笑笑拔尖了音调,"尚景文,你没搞错吧?"竟然要叶笑笑帮他脱鞋,简直岂有此理!

"嗯,我自己脱。"尚景文醉眼蒙眬地说完,胡乱翻了个身,脚麻利地蹬掉了鞋子,手胡乱地扯着衣服。叶笑笑冷眼瞪着那一只鞋子蹬在床上,一只在地上,心里那个怒。她一把扯开尚景文身上盖着的床单,然后猛地一把扣着他的肩膀:

你是我最美的时光

"尚景文,你给我起来去洗澡。"她试图将这个醉汉拖起来,可是她却无奈地发现,尚景文不但纹丝不动,甚至大手一挥,动作熟练地一把将她捞进了怀里,利索地一个翻身将她整个人压得那个叫结结实实。

叶笑笑被尚景文压得动弹不得,不禁傻眼,她真没有料想到,喝醉了酒,意识迷糊的尚景文,竟还能够想着吃她豆腐。怒瞪着他的爪子在自己胸前胡乱放着,叶笑笑忍了,可是,他竟然还不满足地蹭了蹭,摆了个他自认为舒服的角度,顿时把叶笑笑给羞得俏脸通红,她毫不犹豫地猛地抬脚,朝尚景文踹去。好吧,叶笑笑此时就像是一头抓狂的小狮子,所以用了一种极为粗暴的办法,将尚景文毫不犹豫地踢开,又补踹了一脚,直到踹下床。

沉重的落地声音,让叶笑笑的心跟着颤了颤,但是随即自我安慰了起来,不是她野蛮、粗鲁,而是尚景文自找的。谁叫他的爪子,放在了不该放的位置。

尚景文龇牙咧嘴地揉着眼睛,不满地瞪着叶笑笑:"你干吗踹我?"

叶笑笑估摸着尚景文这酒该半醒了,于是理直气壮地说:"谁叫你不洗澡就上床的?"上就上了吧,竟然还吃她的豆腐,不给他点颜色看看,他肯定还要得寸进尺的。

尚景文的脸龇牙咧嘴地扭曲,然后无可奈何地拧眉,最后在叶笑笑逼迫的视线中快速地朝洗手间奔去。

叶笑笑刚松了一口气,却听到卫生间传来哇的一声。她的心里跟着不淡定了,忙快速奔下床,依在卫生间门口,看着尚景文抱着马桶,在那边吐得撕心裂肺。吐着,吐着,尚景文的声音小了，竟然抱着马桶昏昏沉沉地合眼睡着了。

叶笑笑无语得嘴角抽搐，她真不想管尚景文，可是看着他这样抱着马桶在睡，心里顿时过意不去。只能捏着鼻子，走进了狭小的洗手间，里面一股浓烈弥散开来的酸臭味直冲向叶笑笑的鼻尖，那一瞬，叶笑笑觉得自己都快要吐了。

捏着鼻子憋了一口气，她才松开手，拖拽着尚景文，将他艰难地进行搬移，"你别睡厕所啊！回床上去！"当她好不容易将尚景文搬上床了，累得整个人都快虚脱了。尚景文倒是带着香甜的鼾声，沉沉地进入了梦乡。而叶笑笑，认命地看了看那狭小的洗手间，还有被尚景文吐得乱七八糟的地面，不由得忍住恶心的反胃，可怜巴巴地收拾起来。

这打扫完，叶笑笑也累得直打哈欠，小心翼翼地爬上床，迷迷糊糊地睡了下去。这一觉，她睡得香沉，甚至连梦都来不及做。直到她昏昏沉沉中感觉她身上，好像是被什么压住了似的，沉重得有些呼不过气，才迷糊地惊醒，鬼压身？这个词刚在叶笑笑的脑海里闪现，她便敏感地感觉腰间传来的灼热温度，叶笑笑刚想张嘴大叫，可是嘴却被结结实实地吻住了，一条灵巧的舌还纠缠着她的不断地缠绵，叶笑笑机警地回神，毫不犹豫地张嘴，狠狠地咬了上去。

尚景文忙松开叶笑笑，伸手抹了一把唇角的血，俊眉紧紧地拧了起来，敏感的鼻尖都是淡淡的血腥味，该死的，她竟然咬他！

叶笑笑稳了稳心神，怒瞪着他："尚景文，你想干吗？"

尚景文假装无辜，看着叶笑笑："我没想干吗。"

"你压着我什么意思？"叶笑笑伸脚准备往尚景文的身上

## 你是我最美的时光

狠狠地踹去。

"我喝多了,有点头晕,不知道自己在做什么。"尚景文灵巧地避开了叶笑笑的攻击,对她讪讪地赔笑脸,"你的脚再过来,可就是对我再做什么了。别怪我反击啊!"

"你。"叶笑笑忙收回脚,瞪着尚景文一板一眼道,"尚景文,我不管你是喝多了没醒,还是故意的,但是我警告你,你不要得寸进尺!否则别怪我翻脸!"

尚景文看叶笑笑确实炸毛了,温和地笑笑,求饶道:"好了,我错了,保证下次不经过你允许,不会乱碰你。"

"记住,没有下次!"叶笑笑气呼呼地说完,扭过俏脸,不准备再理尚景文,因为她需要时间,平复自己那狂乱不稳的心跳,抬手看了一眼手机,眼下是午夜12点。

晚饭过后睡到现在,仅有的困意,也被尚景文这么一搅和都搅没了,叶笑笑眨巴着黑亮的眸子,瞪着头顶上的天花板发呆。午夜这个时间点,窗外面的街道上正人声鼎沸,各类吆喝声,各种喝酒打情骂俏声不绝于耳。叶笑笑本就没困意,这么多噪音,让她更是翻来覆去睡不着,可是这大半夜的她能做什么?难道一个人出去逛夜市?叶笑笑本考虑叫上尚景文一起出去走走,但是想他醉到现在,也不知道清醒了没,而且刚才醒来,又被她狠狠地虐了,她倒不好意思张口叫了。可是什么都不能做,不想睡,叶笑笑只能在柔软的大床上,翻腾来倒腾去地睡不着数绵羊。

叶笑笑睡不着,尚景文更睡不着,身边睡了这么一个活色生香的美人,还不停地翻来覆去倒腾,他实在是一点困意都没有。可尚景文心里就好像无数小猫爪子挠似的,心痒难耐。

"叶笑笑，你睡着了吗？"

叶笑笑抱着手臂，侧蜷缩着身子，漫不经心地哼了声，"嗯。"

"叶笑笑，我给你讲个笑话好不好？"尚景文见叶笑笑在应声，不由得兴致大起。

叶笑笑打了个呵欠，漫不经心地说："你说吧。"

"从前，有一男一女两个人，睡在一起，那女的说，今晚你要是碰我，你就是禽兽！"尚景文瞅了瞅叶笑笑的侧脸，见她没有什么特别的表情，不由得伸手推了推她："喂，你在不在听啊？"

叶笑笑恼怒地转过脸，瞪了一眼尚景文："你再动手动脚，我拍死你！"

尚景文收回手，嘿嘿干笑了两声后，继续说："叶笑笑，你听着，好歹给我点反应嘛，我都以为你睡着了。"

"你那个不叫笑话好不好？"叶笑笑无奈地丢了一个白眼给尚景文，风轻云淡地说，"我早几百年前就听过了。"

"真的？结果是怎么样的？说来听听！"尚景文幽深的黑眸内挂着一闪而逝的狡黠。

"结果么，那个男的真的没有碰那女的，第二天起来，那女的给了男的一巴掌，丢了一句，你连禽兽都不如。"叶笑笑边说，边朝尚景文背过身子，准备结束这没意义的话题，还不如数绵羊催眠去。

"叶笑笑，你希望我做禽兽呢，还是禽兽不如？"尚景文低沉的声音压抑着内心的澎湃，故意问。

"我希望你两个都不是！好了，睡觉！"叶笑笑转过脸盯

第七章 误会重重

201

着尚景文看了一眼后,才认真地出声回答。因为她回答我希望你是禽兽也不对,希望你禽兽不如更不对!

"切!"尚景文嬉皮笑脸地哼了哼,看着叶笑笑闭目不再跟他说话,无聊道:"叶笑笑,你真不跟我说话了啊?"说完再次伸手,戳了戳叶笑笑肩头。

叶笑笑刷的一下子转过脸,瞪着黑眸怒视着尚景文。

尚景文心虚地抓着IPAD,对叶笑笑灿烂地笑笑道:"我们打会儿游戏吧!"

"打什么?"

"找你妹!"尚景文笑得很和善。

"你慢慢找,我睡了。"叶笑笑才不跟尚景文玩"找你妹"呢。

尚景文摸了摸鼻子,讨好道:"那晚安,祝你好梦。"见叶笑笑真背过身子睡了,细不可闻地叹了声,玩了一会儿"找你妹",特别无聊,就放下了IPAD,将床头的灯灭了,缩着身子钻进被窝,犹豫了下,还是壮着胆子从叶笑笑身后,环绕着抱了上去。

叶笑笑感觉尚景文滚烫的体温紧紧地贴着自己身体,而他鼻尖喷出温热的气息,洒在她敏感的颈脖间,让她不自觉地僵硬着缩了下身子,心跳猛然加速。她想转身推开尚景文,但是最终鬼使神差地在他怀里保持了背对着的姿态,没出声。当然,如果叶笑笑转身,便能望见尚景文那充满期待的黑眸,正一瞬不瞬地凝望着她,那样的痴,那样的深情跟灼热。

尚景文敏感地觉察怀里的叶笑笑那柔软身躯异样的僵硬,他心里清楚地知道,叶笑笑并未熟睡,没有拒绝他的怀抱,但是尚景文却不敢轻易地妄动,因为他知道什么叫做适可而止!

如果他再过分一点点,叶笑笑极有可能直接把他从床上踹下去,以后连抱的机会都没有了。

尚景文艰难地吞咽着口水,很用力地闭上幽深的黑眸,自我催眠:不要多想了,就这样睡吧,睡吧。

叶笑笑终究僵硬着转动了下身子,头顶猛地撞到了尚景文的下巴。

尚景文吃疼地揉着下巴,眼神无辜地瞅着叶笑笑:"我说,叶笑笑,你温柔点好不好?我的下巴伤不起啊!"

"做过手术?垫过?"叶笑笑问得一本正经。

"啊?什么?"尚景文被问住,"我的下巴吗?纯天然的。不信你摸摸?"

"摸你个头啊!"叶笑笑嘴角勾着笑意推开尚景文凑过来的俊脸。

尚景文看着叶笑笑那微微浅笑的红唇,俯下身,不由自主地亲吻了上去。

叶笑笑只觉得脑海轰的一声,似乎一片空白,呆愣着任由尚景文强势地撬开了她的贝齿,纠缠着她的舌,细细密密地啃吻着。尚景文闭上了幽深的黑眸,吻得那么认真而又专注,手里扣抱着叶笑笑的力度越发的大,是那种恨不得将叶笑笑揉进骨子里的霸道。

这个吻的感觉暖暖的,甜甜的,叶笑笑并不算太抗拒。

此时,此地,此景,叶笑笑由最初的惊愕回神,看着尚景文那两排细密、微卷的睫毛,试探地回应着尚景文。

第七章 误会重重

# 你是我最美的时光

并未遭遇拒绝，尚景文的心里窃喜，他渴求更多，大手毫不客气地探进叶笑笑衣服里，沿着她光滑的背，不断温柔地来回摩挲着。而那个专注的吻，也由叶笑笑的唇渐渐游移到下颌，再到光滑白皙的颈脖，然后是那娇嫩的蓓蕾……

叶笑笑被尚景文的热情所感染，伸手不由自主地勾抱着尚景文的颈脖，呢喃了声，直到胸部传来陌生的抚摸跟酥麻的啃吻时，叶笑笑浑身打了个颤，瞬间从迷乱中回神，毫不犹豫地一把推开了尚景文，随手用被子将自己裹严实。

尚景文迷茫地看着叶笑笑，那双黑眸里赤裸裸地挂着激动。

叶笑笑吞咽了下口水，拉着被子，涨红着俏脸低垂着眉眼，不敢看向尚景文那满满欲火的黑眸，深呼吸了一口气，竭力掩饰着内心的不安，装做平静地开口："尚景文，我们只是普通朋友。"关系有些暧昧得过分了。

"只要你愿意，我们马上就不是普通朋友。"尚景文从初始的呆愣中回神，深吸了一口气后道，"叶笑笑，不管是女朋友，还是老婆，只要你愿意，我随时准备好了。"

"尚景文，我们说好不谈情，不说爱的。"叶笑笑恼羞成怒。

"我没跟你谈情说爱，我说……"

"好了，你什么都别说了，睡觉。"叶笑笑打断尚景文，"你要不想睡，你就出去。"省得害得叶笑笑差点就节操碎一地。

"好吧，叶笑笑，对不起。"尚景文无奈地叹息，赤裸着上半身朝洗手间奔去，没一会儿便传来清晰的水声。叶笑笑只觉得心头怦怦地狂跳，暗自懊恼！天哪，差点就……

哎，还好悬崖勒马了！

这一夜，对尚景文跟叶笑笑来说，都是特别的……漫长……

第二天早上，叶笑笑跟尚景文都顶着深重的黑眼圈，尴尬地打招呼，"你醒了？"

"嗯，是啊。"叶笑笑硬着头皮回答。

"叮咚，叮咚！"房铃响了起来，

"我去开门！"叶笑笑松了口气，忙连蹦带跳地绕过尚景文，朝门口走去，拉开门再一次愣住了。

门口，尚衣玛浅笑着朝叶笑笑点了点头："我来喊你吃早饭的。"

"吃早饭？"叶笑笑茫然。

"对啊，你收拾下自己，我带你吃特色早点。"尚衣玛笑得特别温柔。

"哦，好。"叶笑笑刚应了下来，尚景文已经跨步站到门口，把叶笑笑拉到身后，口气不友善地说："尚衣玛先生，我会带叶笑笑去吃早饭的，不劳你费心。"话落，就砰地直接把门关上落锁。

叶笑笑刚想说尚景文不可以这样没礼貌，转过身却看见他抿着唇，神色阴郁，好像在隐忍什么不快，让她话到嘴边成了关切："尚景文，你没事吧？"

尚景文抬眼，凌厉的眼睛盯着她："叶笑笑，你可以不喜欢我，不接受我，但是不能跟尚衣玛走太近。"

"为什么?"叶笑笑不解。

"没有什么为什么。"尚景文不耐烦地推开叶笑笑,"你自己看着办。"

叶笑笑莫名其妙地看着尚景文对她发火,心里感到委屈,别说她跟尚景文还没什么关系,就算有关系,是男女朋友或夫妻,对待尚衣玛这个儿时的玩伴,叶笑笑也还是一样会友好。叶笑笑有交友自由,尚景文有什么资格这样没礼貌地吼她?简直太莫名其妙了。

叶笑笑生气地转过脸不再看尚景文,径直走回床边,拿了自己的包包就大步地甩上门出去了。

尚景文黝黯的眸子带着一抹深沉的伤害,颓然地一拳打在了床头。

在尚衣玛的陪伴下,叶笑笑玩得很尽兴,晚上回酒店的时候犹豫要不要再开个房间,但想到跟尚景文已经同住两天了,突然这么吵架搬出来不太好,就硬着头皮回了房间。

尚景文冷着脸,瞪了眼叶笑笑,又低头玩他的"找你妹"。

叶笑笑本来张嘴想打个招呼,但是见尚景文那副冷漠的样子,心里便来气。她不再看尚景文,一言不发匆匆地洗了个澡,然后径直走回床边,拉开被子缩了进去,把整个人蒙了起来。

尚景文跟着上床,他的手伸过去,直接拉开叶笑笑的被子,见她抱着身子,冷着脸瞪了自己一眼,抢过被子重新盖上。尚景文张了张嘴,最终还是什么都没说。因为叶笑笑的面部表情是疏远的僵直,尚景文静静地站了一会儿,终于叹了口气，松开紧握的拳头，帮叶笑笑轻轻地拉上了被子。

叶笑笑没有大吵大闹，只是觉得心里堵得发慌，闭上眼睛，心底默念快睡，快睡，可是丝毫没有睡意。

尚景文洗完澡，上床拉过一侧的被子，也蒙着头躺下。

叶笑笑呼吸都不敢大声，一直维持着蜷缩的身子，房间里除了呼呼的空调声，便是尚景文的叹息。叶笑笑混混沌沌地无法入睡，当然清楚地知道尚景文在另外一侧亦是翻来覆去不能入眠。

想着沉着脸的尚景文，想着暖暖笑意的尚衣玛，叶笑笑心里的怒火嗖嗖地往上涨，她真觉得自己很无辜，尚景文有病，而且病得不轻。

如果上天再给她一次选择，叶笑笑一定不会选择跟尚景文出来旅游，更不会选择住一个房间。

一夜辗转难眠，导致第二天叶笑笑看着镜子里的黑眼圈，懊恼地拿出遮瑕膏狠狠遮盖着，化了一个盖眼的烟熏妆，随意地挑了套黑色的裤子，白色的针织衫穿上，都是合体的裁剪，休闲却不失大方，反复照了下镜子，深吸一口气，她才拉开门走出洗手间。

尚景文淡扫了一眼叶笑笑："又跟尚衣玛出去？"

尚景文主动打招呼，叶笑笑只能牵强地扯了抹笑："不是，自己随便走走。"

"我陪你去吧。"尚景文眸光深邃地看着叶笑笑问。

叶笑笑愣了下，"你？"看着尚景文身上磨砂的浅色牛仔裤，白色的休闲衬衫，剪裁也十分合体，衬托出他修长的身材。衬衫扣子只扣了一半，露出大半个结实的胸膛，既有成熟男子的优雅，却又带了点校园时代痞痞的味道，英姿飒爽。不得不说，尚景文的这套搭配很有味道，至少对了叶笑笑的胃口。

"发什么呆？"尚景文伸手在叶笑笑眼前晃悠了两下，"不会是被我迷倒了吧？"

叶笑笑对尚景文诚实地回答："那倒没有，我只是觉得你衣服蛮好看的！"

"叶笑笑，你忒含蓄了，我知道，其实你是想夸我人好看，不好意思才说是我衣服好看，我理解！"尚景文乐不可支地说。

"你还真自恋！"叶笑笑撇撇嘴。

"我这不是自恋，我这是自信。"尚景文笑得和善可亲。

"好吧，你继续自信，我饿了。"昨天跟尚景文吵架影响了叶笑笑心情，吃得很少，这一晚上没睡觉，消耗体力过多，她的肚子早就饿得咕咕叫了。

"我带你去吃好吃的。"尚景文勾着嘴角，灿烂一笑。

"好啊！"叶笑笑不想去破坏他的笑容，昨晚的冷战让叶笑笑心头堵得发慌，再也不想承受第二次了！

吃完早饭，两个人结伴去青岛的一些景点游玩了一天，叶笑笑的心情放松了下来，跟尚景文拿着相机，相互拍摄了不少照片。

晚上的时候，尚景文拉着叶笑笑去传说中青岛著名的美食圣地——劈柴院吃晚饭，叶笑笑还打趣："幸亏我问尚衣玛借钱了，要不然就我们那点钱，就够喝菜汤的。"

尚景文的俊脸在听到尚衣玛三个字的瞬间就黑了下来："叶笑笑，咱们能不提这个人吗？"

"怎么了嘛？"叶笑笑后知后觉地看着尚景文，"尚衣玛是我小时候的邻居，我提他怎么了？"

"没什么。"尚景文深呼吸了一口气，努力压下心头的不快，"我们好好吃饭，那些不相关的人就少提。"

叶笑笑虽然不认同尚景文的霸道强权主义，但是看在今天两个人确实玩得挺开心的份上，点点头："好的，不提就不提吧！"

谁知道刚进那个传说中的劈柴院，好巧不巧地再次遇到了尚衣玛，只是这次他身边带了个长相秀气的姑娘。

叶笑笑礼貌地朝他们笑笑，尚衣玛对她笑过后又对尚景文点头微笑。

尚景文面无表情地应了声，算是打招呼了，搞得叶笑笑有些不好意思只能扯了个笑容，看着尚衣玛身边的美女问："这位是？"

"我表妹，罗珊珊。"尚衣玛笑着介绍，"表妹，这是叶笑笑。"介绍完后又热情地招呼，"既然遇到了，我们就一起吃吧！"

叶笑笑看了一眼尚景文，刚想婉拒，罗珊珊已经热情地一把拉着她的手臂，笑吟吟道："笑笑姐，我常常听表哥提起你呢，来我们坐这边。"

叶笑笑被罗珊珊拖着坐到了角落，神色无奈地看了一眼尚景文，"要不就一起吃吧！"说完看着尚衣玛笑笑，"今天轮到我请客！"

## 你是我最美的时光

尚衣玛跟着在罗珊珊身边坐下,尚景文稳了稳心神,也坐了下来。叶笑笑暗自松了口气,拿着菜单跟罗珊珊开始研究吃什么,懒得再去管那两个各怀心思的男人。

一晚上,尚景文跟尚衣玛都没有怎么说话,倒是开朗的罗珊珊跟叶笑笑聊得很有缘,嘻嘻哈哈地说个不停,偶尔尚衣玛插几句,也能把叶笑笑跟罗珊珊逗笑。如果尚景文的俊脸不紧绷,也能一起欢乐欢乐的话,这顿晚餐算是吃得非常开心的。

晚上尚衣玛跟罗珊珊送叶笑笑他们回宾馆,罗珊珊仍是拉着叶笑笑的手依依不舍,一个劲儿地在那说,回头要找叶笑笑玩。

尚景文看了看罗珊珊,又看了看叶笑笑,不发一言地先一步进了电梯,顺手又把叶笑笑拉了进来,叶笑笑只好赔了个笑给罗珊珊:"等回了S市,我们好好聚聚。"

电梯门关上,闪过尚衣玛似笑非笑的双眸。

"叶笑笑,下次请你不要这样自作主张。"尚景文一关上房门,便松开了叶笑笑,面无表情地说。

"尚景文,你到底怎么回事?"叶笑笑不想昨天的冷战继续蔓延,深呼吸了口气问:"尚衣玛怎么得罪你了,你要这样不待见人家?"叶笑笑之前有想过,尚景文追求她,对尚衣玛没好感吃醋,才会这样乱发脾气。可她今天敏感地发现,事实好像并不是这样的。

"没得罪我。"尚景文哼了哼,语气不屑。

"罗珊珊挺可爱的对吧?"叶笑笑找话题,想转移尚景文的怒火,"你跟她多接触接触,你或许就会喜欢上她了。"

"叶笑笑！"尚景文恼怒地咬牙切齿，半晌深深叹了口气，"我不会再喜欢别人了。"

"嗯？"

"叶笑笑，你真傻还是装傻？"尚景文眸光灼灼地看着她，"我心里现在除了装你，什么都装不下了，你不懂吗？"

叶笑笑嘴角抽搐，"尚景文，我们说好的……"

"我知道，我们说好的不谈情，不说爱，只是单纯地旅游。"尚景文恼怒地打断叶笑笑，"既然单纯地旅游，一起玩，请你也别把那些个乱七八糟的人扯进来成不？"

尚景文的话说得这么直白，叶笑笑自然听出了是因为尚衣玛，她还想试探地解释句："尚景文，其实尚衣玛人很好的！"

"叶笑笑，你TM能不要提这人不？"尚景文烦躁道。

"为什么不提？"

尚景文见叶笑笑将这个话题给揭开了，不由得拧着飞扬的剑眉没好气地打断："这是我的隐私，私事。"

叶笑笑见尚景文恼怒，叹了口气："算了，我对你的私事没兴趣。"

尚景文怔怔地目送着叶笑笑进了洗手间洗漱，心情烦躁地拍着自己的脑袋。尚衣玛，就好像是魔咒似的，紧紧地捆绑着他。

叶笑笑洗完澡，随意地披了条浴巾出来，见尚景文冷着俊脸，她也懒得自讨没趣，便自顾自摆弄着湿漉漉的长发，房间里的气氛怪异得让人不安，叶笑笑再次叹了口气，专注地吹头发。

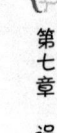

## 你是我最美的时光

尚景文终究坐不住了,起身不发一言走到叶笑笑的身后,接过她手中的吹风机,细心地帮她吹起了头发。

"尚景文,今天累不累?"叶笑笑遮掩内心的慌乱,随口聊着。

"累。"

"那你快去洗澡吧。"叶笑笑催促着接过他手里的吹风机,"我自己来就好。"

尚景文意味深长地看了眼叶笑笑,最终没说什么,听话地转过身子,跑去洗手间洗澡。

叶笑笑把头发吹得半干的时候,尚景文出来了,她奇怪地看着他。都要睡觉了,尚景文竟然穿着衬衫、牛仔裤?

"尚景文,你干吗穿着衣服?"叶笑笑茫然地问。

"不穿衣服?你想看我裸奔?"尚景文的声音听不出喜怒,皮笑肉不笑地朝叶笑笑调侃。

"裸奔,那倒不用了,我怕自己长针眼。"叶笑笑嘿嘿地干笑了两声。

"你先睡吧,我出去透透气!"尚景文交代完,不等叶笑笑回答,便留下砰的关门声,震得叶笑笑心怦怦猛跳了几下。

"这孩子的脾气,怎么就这样阴晴不定啊!"叶笑笑摸了摸鼻子,暗自思忖道。

"阿嚏!"连续打了好几个喷嚏,叶笑笑知道肯定是昨天晚上空调温度打得太低,有点受凉了,再加上今天出海的时候,衣服穿得也不多,没注意海上气温变化,有些感冒。叶笑笑有个坏习惯,一旦感冒便会发烧,而且每次都很猛烈。她忙从旅行袋里找了几颗感冒药灌了下去,便拉了被子盖着睡觉，也不去管尚景文什么时候会回来，在生什么闷气。

吃了药，睡得迷糊间，叶笑笑感觉有个暖暖的身子靠着她，很舒服。叶笑笑便回身抱了过去，接着便是一夜的好眠！

第二天是在导游再三的催命电话中蒙眬醒来的，原来回去集合的时间到了。挂了电话，叶笑笑脑袋还是有些昏沉，再次合上眼睛，感觉到有人捏了捏她的脸颊才心不甘情不愿地睁开眼睛，映入眼底的是尚景文灿烂的微笑。习惯真的是一件很可怕的事，才这么几天，她就从第一次跟尚景文在床上醒来惊天动地地惊叫到现在面不改色地微笑打招呼："嗨，早啊！"

"阿嚏！"一声清脆的喷嚏适时地响起，叶笑笑扑哧一声便笑了出来，原来她把感冒传染给尚景文了。

"叶笑笑，你在幸灾乐祸吗？"

"没有。"叶笑笑忙摇头，"导游打电话来，说下午2点回程，我们快点收拾东西吧！"

"嗯。"尚景文温和地点点头，看着叶笑笑麻利地收拾东西，她换了一套休闲的衣服，妆也懒得化了,隐形眼镜也懒得戴了,随手从包包里拿了副黑框的眼镜，照了照镜子，回头对着整理发型的尚景文催促道，"你别傻站着呀，快点收拾。"

尚景文张了张嘴，本来想问叶笑笑，顺着感觉走，你的心里是不是已经有我的位置了？又觉得这个问题问得有些突兀，算了，还是等回去之后再说吧。

回程的客车上，叶笑笑转了转有些酸疼的颈脖，她玩了半天QQ斗地主，玩腻了，合上了IPAD。

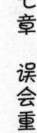

第七章 误会重重

## 你是我最美的时光

"叶笑笑,你是不是脖子酸?"尚景文侧身看着叶笑笑,关切地问。

"有点。"

"那我帮你捏捏吧!"尚景文说着便伸手捏上了叶笑笑的肩膀。

陌生的触感传来,叶笑笑的心头蓦地一阵心惊,僵硬地转过脸看着尚景文。

"你别激动呢,我只是帮你捏捏。"尚景文嘴角含笑,眸光温润地看着她,"放心吧,在这么多人的车上,我不会拿你怎么样的。"

叶笑笑被说中心事,尴尬地笑笑,"那谢谢你!"她不再戒备,放松了心情让尚景文按摩。

"叶笑笑,你的肩椎好像挺硬,你是不是经常长时间坐着不动啊?"尚景文力道适中地揉捏着叶笑笑那略显僵硬的颈脖,随意地问。

"嗯。"叶笑笑随意应了声,"颈脖那块也酸。"有免费的按摩师,不用白不用。还别说,尚景文技术不错,力道适中。

"好,我帮你慢慢按。"尚景文嘴角挂着宠溺的笑容,神情专注而又认真地帮叶笑笑按着。

叶笑笑舒服得都忍不住打起瞌睡来,这时电话铃声响了起来。她抽出手机,看着甄飞吉的电话,犹豫了下,还是接了起来:"喂,阿姨您好。"

"叶笑笑,我知道你跟甄诚分手的事了。"甄飞吉淡淡地开口,语气里没有责备跟暴怒,相反带着点歉意,"甄诚太胡闹了,我们家真对不起你!"

如果甄飞吉暴怒或者狂骂叶笑笑,她倒是可以理直气壮地挂电话。可是那么一个泼辣的人,竟然这么委婉、含蓄地跟叶笑笑说话,搞得她心里七上八下的,不知道该接什么话,只能讪讪道:"甄阿姨,您言重了。"

"不管怎么说,你们曾经相爱过。"叶笑笑听到这话,心里一阵欷歔,随后听到甄飞吉说,"他被打断了三根肋骨,你怎么能不闻不问呢?"她的脑袋就好像被扔了个炸雷似的,瞬间炸开了,下意识地问:"甄诚什么时候被打断三根肋骨的?"

尚景文飞扬的俊眉不动声色地挑了下。

"就在你们分手那几天被打断的。"甄飞吉避重就轻地说,"问他是谁干的,他也不说。"

谁打的不肯说?

分手那几天被打断的?

甄诚在包庇那个打他的人?

几个问号飞快地在叶笑笑的脑海里汇成一条线,她神色纠结地看着自己的手,心里默哀道:不是吧?她不过就在甄诚身上胡乱爆打了一顿出气,他怎么会断三根肋骨那么夸张呢?

但是转念一想,如果甄诚不是断肋骨,只怕跟他分手后,必然会有一些纠缠不清,毕竟两个人之前有那么一段感情存在。

"严重吗?"叶笑笑多此一举地问。

"很严重。"甄飞吉认真地回答,"笑笑,甄诚现在被捆得跟粽子似的,动弹不得。"甄飞吉的语气轻描淡写,但是在叶笑笑心里足够掀起千层巨浪来。

你是我最美的时光

"我!"叶笑笑咬着唇,不知道该接什么话。难道说,她是罪魁祸首?

"他拉不下脸找你,可是心里又放不下你。"甄飞吉不动声色地叹息了声,"我觉得,你是不是应该抽个时间来看看他?"

叶笑笑没有接话,要不要去看甄诚,她得要好好地想想,因为分手后她压根就没想过要跟甄诚再有任何的交集,如果去看他,必须要调整好自己的心态。

"甄诚喜欢你,对你好,我们这些长辈都是看在眼里的。"甄飞吉用事实劝说,"这次的事,他确实糊涂了,错了。"说到这,甄飞吉语气委婉道:"但是,做人免不了是会犯错的,知错能改,不是善莫大焉嘛?阿姨觉得,你们两个分手太草率了。"

"阿姨。"叶笑笑出声打断甄飞吉,"我跟甄诚分手并不是草率,而是真的发现不合适。"说完稳了稳心神补充了句,"但是,作为一个普通朋友,我还是会去医院看他的。"

"嗯,你能来医院看他,他一定会很开心的。"

"那阿姨再见。"叶笑笑挂断电话,深深地叹了口气,好像身上的力气被抽干了似的有些无力。

尚景文见状,将叶笑笑的脑袋安置到自己的肩膀上,风轻云淡地开口:"你决定要去看望你的前任吗?"

"我不知道!"叶笑笑的脑袋很乱,甄诚被打断三根肋骨真的是完全出乎她意料的。甄诚那么一个生龙活虎的大男人,竟然被她这么手无缚鸡之力的女子爆打一顿,断了三根肋骨!实在是不敢相信!但是叶笑笑对甄诚的愧疚,无形之中在她心里产生强烈的不安，让她烦躁得甚至说不出话来。

"我觉得你的前任很极品，不需要去看了。"尚景文说得很认真，"真心相爱过的人，分手之后是没有办法成为朋友的，因为毕竟你们彼此深深地相爱过，也彼此深深地伤害过。"

叶笑笑沉默："或许你说得对。"叶笑笑是没有办法忘记甄诚对她的伤害，就算时间过去很久很久，这种伤害都不会淡忘，因为爱之深，恨之切。

靠着尚景文的肩头，叶笑笑迷迷糊糊地睡了起来，做梦梦到第一次跟甄诚的相遇，那时候，是一个青涩的夏天。

甄诚在班主任领进班级后，阳光帅气俊朗的脸面上带着温和的笑意，他自我介绍道："大家好，我叫甄诚。甄诚的甄，甄诚的诚。"说完在老师的指引下，快步朝叶笑笑身边的空位坐了下来，对她亲切地打招呼："同桌你好，以后请多多指教！"那笑容，纯真明媚耀眼至极，让叶笑笑那一颗青春羞涩的心，瞬间便有了颤抖的悸动。

"你叫什么名字？"甄诚扯着森森的白牙，笑得优雅。

"我叫叶笑笑，叶子的叶，欢笑的笑。"叶笑笑捂着嘴角，轻快地笑了下。

"你的名字果然跟你一样，笑得有气场。"甄诚竖着手指，认真地说，"你笑得真美。"

叶笑笑的心脏蓦然加速，眼神都不敢去直视甄诚那张俊朗温和的脸，羞涩道："谢谢。"

"不客气，我只是说了实话而已。"甄诚裂开嘴角，露出森森的白牙，笑得灿烂，"笑笑，以后我就叫你笑笑。"

叶笑笑点点头娇羞地低着脑袋，她的心里从此种下了一

## 你是我最美的时光

颗叫做爱情的种子。

接下来的日子,两颗年轻的心,相互吸引着走到了一起,而那颗在心里种下的爱情种子,也渐渐发芽,迎着阳光茁壮成长。

"笑笑我爱你,就像老鼠爱大米。"甄诚青涩的脸,笑得神采飞扬,"甄诚爱叶笑笑,一生一世都爱!"

"笑笑,你快点回来吧,我想你。"甄诚无数次在挂电话前都会这样说,叶笑笑的心总是被柔柔的暖暖的感动溢满。

"笑笑,我们赶快结婚吧,快点生宝宝出来,男的像我,女的像你。"甄诚的情话,似乎清晰地缭绕在耳边。

"叶笑笑,我跟甄诚好了两年,他不止我一个女人。"这句话,就像打开的潘多拉秘盒魔咒一般,瞬间将那些美好的曾经撕碎,毁灭。叶笑笑以为,他们的爱情,只要她跟甄诚精心呵护,一定可以顺利地开花结果。可是没有想到,现实的风雨,是那么的强悍,强悍得叶笑笑甚至都不知道该给出什么防范措施,她就亲手狠心地把那棵爱情的苗子给生生地掐断了,因为这棵苗已经发霉,长不下去了。

叶笑笑的脑袋里只要一想到甄诚跟那些女人亲密交缠的照片,她便能真切地感到心底翻上来一阵剧烈的揪痛,好像有一只无形的大手,在捏着她的心脏,让它挤爆,破裂,直到一片片鲜血淋漓。

叶笑笑迷迷糊糊地睁开眼睛,摸了把脸,有些湿湿的,这个梦让她忍不住伤感,歔欷,轻轻地叹了口气,平复了下情绪。她刚才靠着尚景文睡了,没有想到他还体贴地帮她盖着衣服,叶笑笑的心里暖了下,抬眼望着尚景文姣好的侧脸,见他也低头在沉睡，叶笑笑便心虚地坐正了身子，缓缓地叹了口气。

"怎么不睡了？"尚景文不动声色地挪了挪有些酸麻的手臂，从假寐中睁开双眼，看着叶笑笑，毫不犹豫地伸手擦去了她眼角的湿润，"你哭了？"

"没有。"叶笑笑深吸了下鼻子，努力将酸涩吞咽回去，扭过脸看向车窗外，心里暗骂自己不争气。叶笑笑，都分手那么久了，你才知道掉眼泪，你不觉得晚了吗？

"叶笑笑，你是不是真的很想去看下甄诚？"尚景文扳过叶笑笑朝车窗外的脸，盯着她的双眸，有些迟疑，"就算你们做不成朋友，他在医院，你看看他其实也很正常。"最后他语重心长地丢了这么句话，"毕竟，那么多年的情分在呢！"

"我想想。"叶笑笑心虚地应了声。

"好好想想。"尚景文认同地点头。

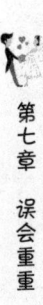

## 第八章　大结局

车刚下高速没多久,尚景文便拉着叶笑笑下车,她不满道:"尚景文,这里没到市区,我们叫不到车的。"

尚景文笑嘻嘻地不答话,没几秒他的车便缓缓地停靠了下来。车门开了,走下来一个年轻的女孩,一头齐肩的短发,衬托得干净利落,稍瘦的鹅蛋脸配着精致的妆容,眼睛大大的,圆圆的,淡淡地扫了眼叶笑笑,转头又朝着尚景文灿烂一笑:"景文,车给你开来了!"

尚景文点点头:"谢谢。"邀请叶笑笑上车,然后先送这位叫马伊的姑娘回家,然后车又拐上高架。

"尚景文,我们去哪?"叶笑笑疑惑了半响终于忍不住开口问。

"送你去医院看甄诚。"尚景文说得一本正经。

"什么?"叶笑笑瞪大了眼睛,"你没搞错吧?"

"当然没搞错。"尚景文笑得温润。

"我不去看他。"叶笑笑压根就没想这么快去面对甄诚,她一点心理准备都没有。

"叶笑笑,我知道你心里很担心他,断了三根肋骨!"尚景文一板一眼地看着她,微扬了下剑眉道,"你既然担心,就去看看，免得自己胡思乱想。"

"尚景文，你闭嘴。"叶笑笑气恼地瞪他，因为他说的是事实，叶笑笑确实是担心甄诚的，毕竟那三根肋骨极有可能是她打断的，担心归担心，叶笑笑确实不想见他也是事实。

"要想我闭嘴，有本事你来堵呀？"尚景文笑得痞气。

"堵了就闭嘴了是吧？"叶笑笑说着，"转过脸来！"等尚景文好奇地转过脸，她已经快速地伸手在自己的包包里找到一包面纸，猛地朝着尚景文微张的嘴里塞去。

"喂，不带你这么玩的。"尚景文从嘴里拿出面纸，撇撇嘴，"我在开车，你这样很危险的。"

"把我送回家。"叶笑笑看着尚景文，"要看甄诚，我会自己去看的。"不需要尚景文送，免得发生不必要的风波。

"叶笑笑，我看你就是鸵鸟，明明想去看，却不敢去。"尚景文黝黯深邃的眸子灼灼地看着她，"你这样逃避是解决不了问题的。"

"谁逃避了？"叶笑笑理直气壮地看向尚景文，"我是怕甄诚看到你，气得又要跟你打架。"

"我又不去看甄诚。"尚景文漫不经心道，"我只把你送到医院而已。"挑眉看了眼叶笑笑："这样你都不敢去看他，那说明你在逃避。"有些过去式的感情，必须要勇敢面对了，放手了，才能开始新的感情。尚景文今天看到叶笑笑无意识地流泪，突然想明白，叶笑笑虽然跟甄诚分手了，但是心里却一直没有放下，潜意识里总把甄诚当做她的唯一，不愿意接受除了甄诚以外的人靠近。所以就算尚景文捧了整颗炽热的心，也只有被拒绝的份。

尚景文觉得，只有让叶笑笑去面对甄诚，去接受分手的事实，他对她的感情才能够被正视起来。这段感情一旦被正视了，叶笑笑会发现，其实她不拒绝尚景文死缠烂打的靠近，就已经说明了她的心动。

"那就去看看吧。"叶笑笑沉默了半晌，叹息了口气道。

尚景文扭过脸看了一眼叶笑笑，从他的角度正好看到叶笑笑低垂的侧脸。她的轮廓带着瓜子的锥形，翘挺的鼻子，性感的嘴，还有一双黑溜溜的大眼，睫毛弯弯地卷着，此时茫然地看着自己交织的双手，一副非常纠结的表情。

"叶笑笑，你会跟甄诚和好吗？"沉默了半晌，尚景文终于忍不住开口问。因为通常很多旧情复燃就是从打着普通朋友名义的关怀开始的，尚景文在赌，赌叶笑笑对甄诚已经死心，看过他之后，会明白原来爱早已在伤害中变味。也让她明白，接受尚景文，重新开始才是一条光明大道。

叶笑笑深吸了一口气，吞咽下心里五味陈杂，扬起俏脸故作镇定地看了一眼尚景文，反问："你说呢？"

"我觉得，你不会。"尚景文嘴里这样说着，眼神却迫切地看着叶笑笑，他很想听到她确定的回答，因为这场赌博，尚景文是输不起的，因为输了的话，叶笑笑跟甄诚破镜重圆，没他什么事了。

叶笑笑故意忽视尚景文灼热的视线，低着脑袋沉默了许久，才丢了两字出来："或许。"

"或许是什么意思？"尚景文眼神犀利地看着叶笑笑。

"不确定的意思。"叶笑笑抬眸看向尚景文，"你能不能专注点开车？"

"你说这么不确定的回答,让我根本无法专注开车啊!"尚景文自嘲地笑笑,"不管怎么样,我希望你开心、幸福。"说完,尚景文难得安静专注地开车,这一瞬间他黝黯深邃的眸子,带着一丝说不清楚的阴暗。没一会儿,车就开到医院门口了,叶笑笑坚持要下车,他也不去逗她,忙识相地打开了车门,含情脉脉地看着叶笑笑说:"我在这里等你。"

叶笑笑顿住脚步,回身看着尚景文,又看了看医院的大门,"谢谢,不用了,你走吧。"这是医院大门,被他这样堵着,像什么事!

"不行,我既然送你来了,就要带你回去。"尚景文一语双关道,他的黑眸带着不容抗拒的执拗,"放心吧,我等着。"

"那随便你吧。"叶笑笑犹豫了下,"你把车靠边停吧!"然后转身快步往医院走去。

尚景文目送着叶笑笑渐渐走远的背影,心里隐约有些说不清楚的不踏实跟烦躁。点燃一支烟,不过烟都没吸完,就烦躁地往地上一扔,然后打开车门,跨步出来深呼吸了几口气。看到医院边卖花篮的地方,他溜溜地转了下眼珠,忙扯着嘴角微笑,买了一个花篮,快速地进了医院住院部。尚景文是想让叶笑笑看清楚,她跟甄诚之间一旦情感破碎,距离就相隔千里,但是,不代表他要冒险,给不要脸的甄诚接近叶笑笑的机会。

尚景文要把这一<u>丝丝</u>和好的可能,都通通掐死在摇篮里。

叶笑笑进病房后,甄飞吉只是微笑着打了个招呼,便识相地找了个借口出去了,把单独的空间留给她跟甄诚。

# 你是我最美的时光

叶笑笑同情地看着雪白的病床上，甄诚绑得像个木乃伊似的动弹不得的样子，心里的愧疚更深了，怔怔地看着她熟悉的俊颜，对他道歉："甄诚，对不起。"

甄诚含情脉脉地看着叶笑笑，轻轻地摇了摇头："不，笑笑，都是我的错，我活该，你不用说对不起。"

叶笑笑看着甄诚，一时之间感觉自己好像有千言万语要说，但是却被什么堵塞在喉咙口似的，怎么也说不出来，她的眼睛带着点酸涩的湿润。曾经相爱过的人，如今却变得陌生的人，曾经无话不说的人，如今无话可说的样子，这就是缘起缘灭吗？

"笑笑，我知道，这次我很过分，你很伤心。"甄诚愧疚地看着叶笑笑，诚恳地认错，"可我真的知道错了，我恳求你，给我一次机会原谅我好不好？"

叶笑笑的眼泪，就这样吧嗒吧嗒地往下掉，她咬着唇，轻轻地摇了下头，艰难地吞咽了下口水。拒绝的话说不出口，原谅的话，她压根不准备说。

"笑笑，我保证，以后再也不会做对不起你的事，我们重新来过好不好？"甄诚认真地看着叶笑笑，"我保证，绝对不会再有下一次。"

"甄诚，你知道吗？"叶笑笑看着甄诚，哽咽了下开口，"不是每句对不起，都能换来没关系的！"就如这次的事，或许有的女人能选择原谅，但是叶笑笑做不到，因为甄诚不是出轨一次，而是很多次的出轨。这次曝光了，她觉得自己这么多年，就好像是傻X一样地可笑。

"笑笑，我真的错了，你不愿意原谅我的话，那还不如让我死了算了。"甄诚看着叶笑笑的态度，还是像原来一样坚决，不由得有些急躁。

叶笑笑沉默地看了一眼甄诚，半晌之后才出声："甄诚，我今天来看你，只是以一个普通朋友的身份，而且，你的伤也是因为我。"你是被我打伤的，这话叶笑笑说不出口，只能吞咽了进去："我今天来并不是想要你的道歉，也不想跟你复合。只是纯粹探望病人！"曾经，叶笑笑跟甄诚，真的离幸福很近，近得她张开手就能拥有，可是现在看着甄诚，看着躺在病床上的甄诚，明明就只有几步路的距离，叶笑笑却再也没有办法跨过去。

原来一段感情破碎了，缝合是需要勇气的，深爱过的情侣真的没有办法心平气和地做普通朋友。可是既然放不下，当初为什么又偏偏要去犯错呢？

"笑笑，如果你真不原谅我，那么你就杀了我！"甄诚猛地一把抓起桌子上的水果刀，往自己的脖子上一搁，"反正，失去你，我活着也没意思了！"

"甄诚，你不要这样！"叶笑笑惊慌地看着甄诚把刀架在脖子上，一副豁出去的样子。而事实上，甄诚也是对自己下了狠手的，为了让叶笑笑动恻隐之心，他用的力道特别大，所以在他的脖子上，一下就勒出了明显的痕迹。

"笑笑，我知道，你不忍心杀我，那我自杀。"甄诚执拗地问叶笑笑，"我只要你一句话，你是不是宁愿看我死，也不能原谅我？"

叶笑笑的手指紧紧地握成拳头，不安地看着甄诚："当然不是！"在死亡面前，还有什么是不能原谅的呢！再说，叶

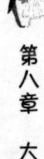

第八章 大结局

## 你是我最美的时光

笑笑跟甄诚也没那么大的深仇大恨,巴望着他去死。

甄诚眸光内精光一闪而逝,急促道:"笑笑,今天如果你不原谅我,坚持要跟我分手的话,我就死在你面前。"

"甄诚,"叶笑笑顿时无语,她不是第一次看到甄诚这样无赖的模样,以往每次吵架他都不要脸地耍赖皮,叶笑笑都是没辙的,因为叶笑笑爱他,会适当给他台阶下!可是今天的状况,叶笑笑脑海里无比清楚,她不能心软,也不能给甄诚台阶,深呼吸了一口气,看着他:"甄诚,我可以原谅你,但是……"我不能跟你在一起了,因为我没有办法原谅自己,这么多年,爱了这么一个男人。

"不行!"叶笑笑的话还没有说话,尚景文已经打断,他抱着花篮快步走进来,恼怒地训斥,"叶笑笑,你怎么可以这么轻易地原谅他呢?要知道狗改不了吃屎,这事过去了,你以后,要被他戴满绿帽子了,一天一顶,都能轮着戴很久呢!"

甄诚的俊脸在看到尚景文的一瞬间,彻底狰狞扭曲,怒问:"你来干吗?"

叶笑笑同样疑惑地问:"你怎么来了?"

"我来看病人!"尚景文没好气地随手把花朝甄诚的病床上一扔。

"你看甄诚?"叶笑笑茫然地问,她的前任不需要尚景文来看吧?

"嗯。"尚景文应了下,随手一把拽着叶笑笑,将她拖到自己身后,护着说:"叶笑笑我告诉你,这小子就是想用苦肉计让你原谅他。你千万不要心软,他要死的话,让他去死好了！"说完，尚景文黝黯的眼睛，鄙夷地看了一眼拿着刀，搁在脖子上的甄诚："一个大老爷们，竟然用这招来威胁一个弱女子，你要真想死，我帮你！"说完，气急败坏地走过去一把就按着甄诚手上的刀，用着最大力气往他脖子上划去。

甄诚瞅着尚景文玩真的，忙害怕地挣扎起来："笑笑，救命！笑笑，救命啊！"

叶笑笑本来还一头雾水没看明白什么情况，这下看着尚景文的动作，听到甄诚的呼喊，才意识到尚景文在干吗。急忙冲过去，一把拽着尚景文的手，气急败坏道："尚景文，你干吗？松开！"他不知道这刀剑无眼，会死人的嘛？尤其动弹不得地架在甄诚脖子上，已经被勒出来细细密密的红血杠杠，如果再划下去一点点，可真的要见血了，那后果不堪设想！

尚景文的手正大力地往甄诚的脖子上按去，哼，死小子，竟然要装苦肉计，想自杀，那干脆玩得大点，吓死他最好，他就故意不松手。而甄诚，因为大幅度的扯动，他没长好的肋骨移位，这会儿不但被刀子吓得半死，更是伤口疼得要死，俊脸一下惨白惨白的，豆大的汗珠猛地滑落下来，"笑笑，救命！"

"尚景文，你松手。"叶笑笑猛地伸手，挡在了刀锋处，焦急地对尚景文开口，"再按下去，真的会死人的！"

"这小子不是想死吗，我成全他而已。"尚景文风轻云淡地开口，"叶笑笑，你看到了吧？他这样怕死，就是吓唬你的。"

叶笑笑怒火攻心，猛地抬手在尚景文喋喋不休中，狠狠

第八章 大结局

## 你是我最美的时光

地甩了他一巴掌:"你TM的,给我放手!"看甄诚的样子,就知道尚景文下手多重了,他一个爷们好意思欺负一个病号!

俊脸上猛地被狠狠地甩了一巴掌,彻底让尚景文怔住了,他浑身散发出阴冷的气息,怒瞪着叶笑笑,"你打我?"

尚景文浑身散发的气势,有些慑人的心寒,叶笑笑心里有些发怵,但是看着甄诚确实难过得不行,硬着头皮吼道:"尚景文,我叫你松手。"再这样折腾下去,失手就容易出人命!

尚景文跟叶笑笑互相瞪了许久,终于颓然地松开手,将刀往地上猛地一扔。

叶笑笑的心瞬间跟着颤了颤,随即深呼吸了一口气,稳了稳心神。

甄诚一把拉着叶笑笑的手,可怜巴巴地开口:"笑笑,我好疼,好疼啊。"

叶笑笑当然看得出来,甄诚这次是真的疼,她忙温柔地伸手握着他的手,安抚道:"你别急,我帮你叫医生。"说完,忙按了床头的铃。

甄诚反手大力地握着叶笑笑,强迫她十指紧扣着自己:"笑笑,你不要离开我好不好?"

眼下叶笑笑还真不能甩开甄诚,只能勉为其难地点了点头:"你放心,我不会离开你!"

尚景文看着甄诚跟叶笑笑紧紧交缠的十指,心里怒得不行,恨不得上前去强行掰开,该死的!这男人摆明了故意用苦肉计,而这个没脑子的叶笑笑,这么容易就中计,早知道苦肉计这么好使,他宁愿躺在床上的是自己。

当然,尚景文忘记了一点,男人跟女人有本质上的不同,男人是理性的，而女人是感性的，多半女人遇到这样的状况，都会跟叶笑笑选择一样的反应，一样的举动，除非真的恨得想亲手杀死。所以说，叶笑笑只不过做了一个常人的正常反应而已！

"什么情况？"甄飞吉急匆匆地跟着医生后面进来便问。

"他这里疼！"叶笑笑顾不得回答甄飞吉的话，忙对医生指着甄诚包裹严实的腰腹回答。而甄诚的脸色，因为疼痛已经彻底扭曲狰狞起来，而脸色苍白得确实有些骇人！

"你让开，我做下检查。"医生忙快步走过来，认真地检查了下甄诚的包扎情况，又飞快地拆开，然后脸色就黑了下来，"你们怎么搞的？"

"到底怎么了？"甄飞吉心疼地看着甄诚，挨着叶笑笑问，"甄诚不是好好的吗，怎么突然会这样？"

"我，"叶笑笑咬着唇，"我也不知道怎么说。"

"医生，怎么说？"甄飞吉顾不得问叶笑笑她表哥怎么也来了，忙扭过脸看着医生问，"我侄子怎么样了？"

医生严肃地看了眼甄飞吉，又看了看叶笑笑，质问道："你们怎么回事？他断了三根肋骨还没接好，怎么就让他乱动了？"缓了口气，淡淡道："现在断骨好像裂开了，而且伤到表皮层，具体什么情况，还要做详细的X片检查。"

"怎么会这样？"甄飞吉一脸昏厥状，"刚刚不是好好的吗？怎么突然会这样啊！"

叶笑笑眼疾手快地扶着她，道歉道："阿姨，对不起，是我不好，我让他激动了。"

甄飞吉幽怨地瞪了一眼叶笑笑，又问医生："医生，那现在怎么办?"

"先带他去照X片,我要详细报告。"医生拧着眉头,扫了一眼事不关己的尚景文,"喂,那个谁。"

叶笑笑跟甄飞吉的视线顺着医生看向尚景文,尚景文伸手指了指自己的鼻尖:"你叫我?"

"这不废话么。"医生没好气道:"你过来帮忙扶一把,把他抬担架上去,我们去X室照片。"

"我?"尚景文刚张口想说不乐意,被叶笑笑跟甄飞吉两道视线狠狠一瞪,忙改口,"好的,我来帮忙!"说完一脸不爽地走去甄诚床边,粗手粗脚地猛地一把拉开被子。

"医生,我不要他帮忙。"甄诚惊恐地看着尚景文,"姑姑,叫他出去!"

甄飞吉秀眉一拧,快步走到尚景文面前,伸手一挡:"你先别碰甄诚,出去!"脸色早就没有了之前的和颜悦色。

叶笑笑对尚景文粗暴的行为也特无语,所以抿了抿唇,保持了沉默。

医生叫来了护士帮忙,好不容易才将甄诚狼狈地抬出去照片子。甄飞吉快步跟了上去,叶笑笑犹豫了下,也跟了过去,于情于理,她今天无意地又一次造成了甄诚的伤害,她不能坐视不理啊。

尚景文抱着双臂在门口,冷眼看着叶笑笑匆匆地跟了过去,俏脸布满焦急,甚至都没看他一眼,他心里超级抑郁跟不爽,毫不犹豫地也快步跟了过去。不管怎么说,造成甄诚这样的罪魁祸首,还真的是尚景文。

甄诚被推进去X片室之后,甄飞吉的视线就一直紧紧地盯着叶笑笑，沉默了半响，终于忍不住开口："叶笑笑，你能跟我说说怎么回事吗？"

这事说来话长！叶笑笑心里烦闷，整个神情纠结得将俏脸扭成一团麻花似的，"阿姨，其实这个事吧！"叶笑笑犹豫地想了下措辞，"阿姨，甄诚之前断肋骨可能是我打断的。"

"什么？"甄飞吉傻眼，"你打的？"甄飞吉诧异地看着叶笑笑，上上下下认真地打量了一遍，她真的看不出来，叶笑笑出手会那么狠，能断甄诚三根肋骨，"笑笑，你是不是搞错了？"

尚景文也愣住了："叶笑笑，不是你做的事，你别乱认！"甄诚明明是他打伤的。

"阿姨，是我打的。"叶笑笑深呼吸了一口气，老实坦白地承认，"我跟甄诚分手后，他对我纠缠不清，还甩了我一巴掌，然后我就打他了！"简单陈述了一遍事实，虽然叶笑笑也觉得自己根本没那么大的杀伤力，可是甄诚确确实实是那天进医院的。

"叶笑笑，不是吧？"甄飞吉嘴角抽搐，这个叶笑笑，平时看着不温不火，脾气温婉，没有想到，这不出手而已，这一出手，就要人命啊！她隐忍着怒意问："那今天又是怎么回事？"

叶笑笑瞅着甄飞吉对她的态度，虽说不至于翻脸，但也明显能感觉到冷了下来，她诚实地把甄诚自杀求复合的事，简单说了一遍。当然很给尚景文面子，没把他故意欺负病号的事给说出来，不然，叶笑笑敢肯定，甄飞吉绝对会暴怒地把尚景文给扔出去。

第八章 大结局

尚景文心里不是滋味,他一向是敢作敢当的人,没有想到叶笑笑竟然帮他背了黑锅,越看她,越觉得喜欢她。

没一会儿,甄诚便被推了出来,医生还没开口,甄诚眼尖地看到尚景文,气急败坏道:"混蛋,你还敢来?"说完看着甄飞吉诉苦,"姑姑,这混蛋打断了我三根肋骨,刚在病房差点谋杀我。"

甄飞吉错愕地看看叶笑笑,又看看尚景文,跟甄诚确认:"他打你的?"

叶笑笑也意外地看向甄诚,见他愤恨地点头确认,又把视线看向尚景文,"你打的?"

尚景文瞅着甄飞吉跟叶笑笑都同时眸光灼灼地看着他,不由得举着手一本正经地开口:"我发誓,我并不是故意打他的,只是意外。"这话承认了他打甄诚。

"尚景文,你说什么?"叶笑笑不敢置信地看着尚景文,呆呆地重复,"你说什么?是你打伤甄诚的?"

尚景文坦诚地点了点头:"叶笑笑,你还记得不,他上次在我脸上甩了一拳,我就……"

"你就下狠手,打断他3根肋骨?"叶笑笑激动地打断尚景文,气恼地指责道,"尚景文,你的心怎么那么狠?"这简直不是人是魔鬼,报复性那么强。

"我不是故意的。"尚景文低低辩解了句,但是有点事实胜于雄辩的感觉,他便不再解释。

"你不是故意的,你就断了他三根肋骨,你要是故意的,那你还不要了他的命?"叶笑笑气愤地瞪着尚景文,想到刚在病房,叶笑笑更是气不打一处来,"尚景文,你怎么这样?"

尚景文咬着唇,说了句"对不起"。就保持沉默了。

"混蛋,你这是故意伤人!"甄飞吉一肚子的火气瞬间爆发,猛地一把拽着尚景文,冷声道:"甄诚,打电话给爷爷。笑笑,你报警。"她要狠狠地整治尚景文,出口恶气。

尚景文没有还手,就这样被甄飞吉拽着衣领,黝黯深邃的眸光怔怔地看着叶笑笑,或者说看着叶笑笑紧紧握着手机的手,他清淡地开口:"叶笑笑,你真准备报警抓我么?"

"我。"叶笑笑慌乱地忙把手机收回了包里。她刚才的反应是潜意识的反应,听到甄飞吉的吩咐,不自觉就头脑发热地抓出了手机,其实她也不知道,该不该报警。事实上,尚景文确实伤害了甄诚,而且还是报复性的故意伤害。

"笑笑,你打电话报警。"甄飞吉扭过脸看着叶笑笑一脸的慌乱,气急败坏地催促。

"我。"叶笑笑咬着唇,在甄飞吉灼热的眸光注视下,手却硬是伸不进去包里,虽然她是很气愤尚景文故意打伤甄诚,而且下手还那么很。但是她知道,她内心深处是不希望尚景文被抓,被告故意伤害的,更不想他有铁窗生涯这样污点的人生,那会毁了尚景文一辈子的。

甄诚虽然断了三根肋骨很可怜,但是跟尚景文一辈子比起来,叶笑笑的手,就没有办法抓手机去报警。

尚景文眸光温润地看着叶笑笑:"你终究不忍心报警的是吗?"

叶笑笑尴尬地撇开视线。

甄飞吉恼怒地瞪着叶笑笑,又看看尚景文,嘲讽道:"看来,你们两个早有奸情,可怜我家甄诚遇人不淑!"

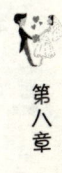

第八章 大结局

233

# 你是我最美的时光

躺在担架上的甄诚,俊脸上也充满失望:"笑笑,你跟尚景文关系真的就这么好了?"好到,他这个前任男朋友,受伤躺着,她连报警都不愿意的地步?这才短短多少天的事!人心善变。果然说的是对的!

"尚景文?"甄飞吉听到这话转过脸,瞪着他问,"你是尚景文?"

"是,阿姨,我是尚景文。"

"尚企的孙子,尚明跟景瑟的儿子?文文?"甄飞吉快速地丢出一堆的人名以及人物关系图表。

"是。"尚景文依旧那副不温不火的淡定模样。

"你!"甄飞吉颓然地松开手,气恼地瞪着他,"那天吃饭,你跟景瑟怎么都不说?"这对母子,把所有人就当猴耍嘛!

"我妈恼我。"尚景文轻描淡写地开口,"我不带媳妇回家,她不认我这个儿子,所以她不叫我儿子,我都不敢轻易喊妈,不然,我铁定会挨揍!"他将责任全部推到景瑟身上。

甄飞吉嘴角抽了抽,看了眼尚景文,又看了看叶笑笑,"算了,大家都是熟人,这事就当误会,翻过吧!"

"你们吵完没?"医生淡定地站在一旁,不耐烦地揉了揉自己的太阳穴,看着他们几个人终于忍不住出声。

"医生,我侄子怎么样了?"甄飞吉知道她拿尚景文没辙,所以只能吃个闷亏,转身焦急地问医生。

"你侄子本来断了3根肋骨,这两天恢复不错,可刚才检查了下,又断了1根,而且还伤了之前的。现在骨头裂缝,你们作好心理准备,没有个半年是好不了的。"医生淡淡地说完,又埋怨道,"真不知道你们是怎么照顾病人的。"

甄飞吉幽怨地看着叶笑笑,对尚景文她是敢怒不敢言。

"阿姨对不起。"叶笑笑低着脑袋道歉。

看着遍体鳞伤的甄诚,甄飞吉心里头很难受,堵得发慌,可瞅着叶笑笑也是一副难过的模样,顿时无力地挥挥手:"算了,你们走吧!"眼不见为净,免得被这两个人给气出高血压来。

"那我们先走了。"叶笑笑知道自己再待下去只会招人嫌弃了,识相地拉着尚景文离开。

还没走几步,叶笑笑就觉得眼前晕乎乎地冒着星星,身子软绵绵地倒了下去。

"笑笑!"尚景文眼疾手快地一把抱起昏昏然的叶笑笑,关切地问,"你没事吧?"

"我没事,你放我下来。"叶笑笑在他怀里挣扎。

"我带你去看医生。"尚景文不听,反而把叶笑笑抱得更紧了。

"你放开我,我不要看医生,我没事。"叶笑笑恼怒地喊着,"尚景文,你放我下来!"她不过是因为亲戚突然造访,低血糖而已。

"不行,都在医院了,一定要看看医生。"尚景文的口吻里带着不容抗拒的坚定。

"你放我下来!"叶笑笑强调着挣扎,声音却弱了几分,凑着尚景文的耳朵道,"我只是亲戚来了。"

"啊?"尚景文愣住,随即缓缓地,温柔地将叶笑笑放了下来，视线盯着她屁股后面不自觉地扫了两眼。

"看什么看？"叶笑笑羞怒地瞪了他一眼，"还不快把你衣服脱给我？"

"哦。"尚景文忙把自己的衣服脱给她，见她的俏脸有些苍白地流汗，关切地问："你真的没事吗？"

"没事。"叶笑笑摇摇头，看着尚景文，"你去小卖部帮我买点卫生棉吧。"

"什么牌子的？"尚景文正色问。

"随便啦！"叶笑笑恨不得挖个地洞钻进去，"我现在去厕所，你一会儿直接送过来。"说着伸手指了指医院的公共洗手间。

尚景文点点头，快步离去。

叶笑笑在厕所等了一会儿，就有人敲门问："叶笑笑在里面吗？"她忙应声，接过了卫生棉，将自己麻利地收拾好了，才红着脸走出厕所。

尚景文一脸关切地看着她："你没事了吧？"

叶笑笑忙摇摇头："没事了。"

"那我送你回家！"不容叶笑笑抗拒，直接半拖半拽地带上了尚景文的车。

尚景文坐上了驾驶位，体贴地侧过身子，想要帮叶笑笑拉上保险带，被她不自觉地侧身闪过。

"尚景文，我想我们之间也需要谈谈了。"叶笑笑稳了稳心神，看着他。

"你想谈什么？"尚景文挑眉，温润地看着叶笑笑。

"我说过，我跟你不适合。"叶笑笑看着尚景文，"所以，我希望你以后不要把时间浪费在我身上。"

"我说过，把时间用在你身上，不叫浪费。"尚景文微拧着俊眉，神色带着几分无奈，"叶笑笑，到现在，你竟然还不明白自己的心吗？"

"什么意思？"叶笑笑不解地看着尚景文。

"放弃一段感情最好的办法是时间跟新欢！"尚景文正色地看着她，"这么短的时间，你跟甄诚之间的感情，你已然彻底放下了，那说明我这个新欢是适合你的！"

"打住！"叶笑笑气恼地打断，"尚景文，你少往自己脸上贴金了。"

"叶笑笑，我在很认真地跟你谈话！"尚景文的俊脸挂着少有的正色，"其实失恋并不可怕，地球并不会因为某人的失恋而停止运转，而是失恋之后再要去重新恋上，尤其在最短时间恋上。正常人都会觉得不可思议，不敢相信。"说到这他看着叶笑笑："其实，你对我已经心动，只是你不敢承认你那么轻易就爱上了我。"那么轻易地放下她跟甄诚八年的感情，这话尚景文含蓄地没说。

"你胡说。"叶笑笑嘴硬，"尚景文，我没有喜欢你，一点点都不喜欢你。"

"可是你却习惯地接受我。"尚景文认真地控诉，"你要知道，如果你真的厌恶我，不喜欢我，你是不会那么轻易就习惯我。"

"谁习惯你了，胡说八道！"叶笑笑气急败坏地就差跳脚了，"尚景文，你能不能不要这么无聊？"

"叶笑笑，你觉得我无聊吗？"

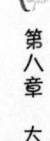

"是啊,你很无聊,超级无聊!"叶笑笑不断地说,遮掩自己内心里的慌乱。

尚景文的俊脸冷了几分,猛地将高大的身子,朝叶笑笑欺近来,毫不犹豫地一把扣着她的手腕,然后俯身猛地朝着她那张喋喋不休的小嘴上狠狠地吻了上去。两唇相接,叶笑笑那柔软的唇,瞬间便好像有着吸力似的,让他再也没有办法轻易地离开。他辗转着吻着她的唇,用力地用灵巧的舌头撬着她紧抿的牙关,显然想要深入的接触。叶笑笑却把牙关咬得死死的,猛地伸手,一巴掌甩在了尚景文的俊脸上,用尽全身的力气推开他。

这一巴掌再一次把尚景文跟叶笑笑打傻眼了。

尚景文捂着被叶笑笑打红的俊脸,似笑非笑地盯着她,眼神带着慑人心寒的阴冷:"叶笑笑,打了我,就得要负责!"

叶笑笑暗自甩了下发麻的手掌,恼怒道:"我才不负责,你自找的。"说完转身,猛地去拉车门,她不要跟尚景文坐一辆车里,现在看到他,怒火攻心。可叶笑笑掰了半天,却没有反应,显然,车门被尚景文反锁了,"混蛋,开门。"

尚景文悠闲地侧着俊脸,看着叶笑笑:"有本事你就自己开呀!"他就喜欢看着叶笑笑气急败坏的样子,而且他今天说的那些话,在叶笑笑心里肯定是有影响力的,她才会这样恼羞成怒,恨不得将尚景文"毁尸灭迹"。

"你这个混蛋,快点开门,放我出去,不然我就报警!"叶笑笑恼怒地边喊边骂,拼命用她的双手捶打着车窗,恨不得砸出一个洞来,能让她爬出去。但是豪车的高级钢化防弹玻璃车窗纹丝不动,倒是把叶笑笑的手给打得隐隐作疼。

尚景文今天说的话，确实在叶笑笑心里引起了不同凡响的感触，因为，没有尚景文的话，她的生活，是一摊没有激情的死水，或者说，对甄诚死心之后，对爱情的绝望，心灰意冷。然而尚景文不断在她眼前晃悠，死缠烂打地在她心里投下一颗又一颗石子的涟漪，刻意地惊起她对感情迟钝的后知后觉。或许不止尚景文一个人有这个本事能在叶笑笑心里激起涟漪，但是目前，叶笑笑遇到最早的人是他，投入感情最真的人也是他，所以叶笑笑没有办法狠心抗拒的也只是他。

就算叶笑笑每一次故意远离，却带着自己都克制不住的沉沦，这是叶笑笑自己的情感跟理智的较量，也是一种没有办法用任何言语可以形容出来的矛盾。虽然，嘴巴上很不想承认，但是，叶笑笑不得不诚实地面对自己的心，她对尚景文是有感情的，是有感觉的！因为有感觉，所以，她才更加害怕跟抗拒！

爱情，随着女孩的年龄增长，会变得越来越奢侈。尤其是被伤害过的女人，对待爱情，既是深切地渴望再一次的沉沦，又是小心翼翼地害怕伤痕，所以会犹豫不决！

因为叶笑笑此时，想得太多了，就不会像年轻时候那样，一头扎进去，纯粹地爱着甄诚，拼得头破血流也无所谓。被伤害过了，被迫理智长大后的女孩，尤其受伤后长大的女孩，即使再次面对爱情，面对心动，因为有着之前的痛，所以需要更长的时间，去让岁月洗礼，疗伤。

但是，也正是需要这样的时间，所以，叶笑笑的心，不会轻易地对尚景文绽放，她也会因为害怕再次受伤害而毫不犹豫地掩藏自己的真心。并且越是容易动心的对象，越会小

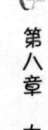

第八章 大结局

你是我最美的时光

心翼翼地用最坚硬的壳保护自己,因为那颗爱人的心,是最单纯而又美好的。

叶笑笑真的害怕会再次受伤害,所以,毫不犹豫地拒绝了任何人能伤害的机会,她关上了心的门。

"叶笑笑,你闹够了没有?"尚景文拧着俊眉,宠溺道。

"尚景文,你混蛋,放我出去。"叶笑笑捶打得更大声,"放我出去,放我出去。"她的手越来越疼了,但她就是不想跟尚景文待在一起,在这狭小的车厢里,会让她有一种叫做窒息的感觉,她一定要出去。叶笑笑用双脚没命地踢撞车门,那车门却依旧是纹丝不动,车厢却因为她激动地捶打,而颤动起来。

叶笑笑翻脸道:"尚景文,你再不开门我就报警了。"

"你报警说我什么呢?"尚景文无辜地看着叶笑笑,"告我故意伤害你前任,还是准备把你绑回家做媳妇?"

"你!"叶笑笑气结,这两样还都不能告,警察也帮不了,就气恼地拳打脚踢,捶打车窗跟车门泄气。

尚景文嘴角抽了抽:"叶笑笑,这车是世界顶级的防爆防震高度隔音材料特制而成,你小心手!"

叶笑笑折腾得又累又恼,但是车门车窗,依旧纹丝不动。她终于知道无济于事,心里一阵委屈,鼻尖瞬间就酸涩起来,接着豆大的泪珠就克制不住地顺着脸颊慢慢地滑下来,接着眼泪就好像是决堤的洪水似的,瞬间越来越克制不住地狂流起来。她的心里难过,手脚都因为激烈的捶打而隐隐发疼,甚至,双腿都开始微微发抖。

尚景文防备不及地看着叶笑笑倾泻出来的泪水,有一瞬间的慌神:"喂,哎,你别哭呢。"便笨手笨脚地去擦叶笑笑的眼泪,温柔地哄着:"我刚被你打了,我都没哭,你别哭好不好?"

尚景文越是哄着,叶笑笑心里就越憋屈地难受:"尚景文,我到底哪里招你惹你了,你能不能放过我?你喜欢我什么,我改行不行?"

尚景文的俊脸越听越黑,虽然他在心里告诉自己,不要跟叶笑笑一般见识,可是,他就是忍不住地动怒,他活这么大,还是第一次被人这样的遭嫌呢!"叶笑笑,你越是嫌弃我,我就越赖着你!有本事你喜欢我试试。"

叶笑笑无语:"你还能再赖皮一点吗?"

"叶笑笑,现在赖皮的是你不是我!"尚景文轻咳了下嗓子,"你摸着自己的良心问问,你真那么讨厌我?"见叶笑笑张嘴想要辩驳,忙快步道:"你别跟我说你不喜欢我,听在我耳朵里就是你喜欢我。我会主动把不字去掉的。"

被尚景文这么强词夺理地一说,叶笑笑彻底傻眼。

"叶笑笑,我知道,你一时半会儿接受不了你已经喜欢我的事实。"尚景文无奈地开口,"我本来也想给你时间,让你自己去想清楚。"说到这他扫了一眼叶笑笑:"可是从你探病甄诚的态度看来,我觉得如果我不把话直接说开的话,你一直会做鸵鸟,不但不承认对我心动,而且还会打击我的自信心,我真的不敢保证下次再被你拒绝后,我是不是还能有勇气说,我是真的想跟你好好在一起。"

叶笑笑咬着唇,没有出声,神色痛苦。

尚景文黝黯深邃的眸子闪了闪,眼里闪过一丝自己都来

## 你是我最美的时光

不及觉察的心疼。他有点恼自己,今天把"药"下猛了,叶笑笑才刚确定她放下甄诚,肯定没作好准备接受尚景文,因为她需要一些时间去理顺这些感情的事。可是,尚景文真的不想等下去了,他发现等待时间越久,他对叶笑笑的喜欢越深,从而会顾忌的东西越来越多,让他变得小心翼翼。他无奈地叹息了口气,揉了揉剑眉,开口道:"好了,叶笑笑,该说的话,我都说完了,至于你怎么想,是你的事,我不会逼迫你作任何决定。"

"你现在就在逼我。"叶笑笑义正言辞。

"我不是逼你,只是在告诉你事实,一些你看不到的事实,不愿意承认的事实。"尚景文深呼吸了一口气,稳了稳心神,"现在,我带你去处理下手上的伤。"

"不需要。"叶笑笑毫不犹豫地拒绝。

"不行。"尚景文偏执起来,"叶笑笑,你可以恼我,怒我,打我泄愤,但是,不能跟自己的身体过不去。"

"不关你的事。"叶笑笑回答得斩钉截铁。

"就关我的事。"尚景文弯身,从后座底下找出急救小药箱,麻利地打开,拿出酒精棉,对叶笑笑道,"要么,我帮你擦,要么你自己擦。"二选择一,没有别的选择。虽然尚景文的语气强势,口吻也带着不容抗拒,但他的俊脸上布满了关切的温柔。

叶笑笑的眼神并没有看向尚景文,她一听他那样的语气,就偏执地扭过脸,没好气地道:"我不要你擦,我也不擦,我不需要你假惺惺,怎么样?我不听话,你也要像打甄诚那样动手打我么?"

听到叶笑笑提到甄诚，尚景文心里顿时有些失落，但语气却依旧温和地打着商量："叶笑笑，我知道我打伤了甄诚，让你生气，但是我真不是故意的。"这会儿就算是故意的，也不能承认是故意，尚景文深呼吸了一口气："再说了，你都放下甄诚了，为什么不能诚实面对自己的心，接受我？"

跟甄诚分手了，为什么不接受尚景文？叶笑笑在心里问自己，或许就像尚景文说的，她害怕面对失恋后，闪电恋上别人的事实，也害怕自己对甄诚八年的感情，就这样随便几天便被尚景文给取代，她并不是一个无情的人，却做了这么无情的事。

"好了，跟我生气归生气，你折腾得自己受伤，算什么啊？"尚景文拧着俊眉，温润地开口，他其实一向都不是一个很好脾气的人，但是不知道为什么，遇到了叶笑笑，他突然觉得自己的耐心，脾气，瞬间就好得没话说了，这个就是所谓的一物降一物？还是遇到个脾气更差的，就能凸显出来自己的脾气好呢？

叶笑笑没有说话，心虚地看了一眼尚景文。

"你的手都破皮了，不处理的话，会容易感染的。"尚景文看着叶笑笑温柔地说。在特种兵部队训练，他受伤无数，这些个擦破皮啥的，对他来说，就跟被蚊子叮过似的，压根就不需要什么消毒神马的，也不会小题大做的要上药。可是看着叶笑笑白嫩的手上，这么些个红条条，尚景文感觉那比在他身上划刀的伤口都要碍眼得多，女人嘛，就应该当成手心宝宠起来的，一点点都不能受伤。

"才没那么夸张。"叶笑笑没好气地顶嘴，她确实不是娇

第八章 大结局

弱的宝,连擦破个皮,都要大惊小怪地用药棉上药。

"不夸张,一点都不夸张。"尚景文正色道,"你不知道手是女人的第二张脸么,你第一张脸,算不上好看,第二张脸也这样糟蹋的话,以后除了我,真没人敢要了。"

"你。"叶笑笑被尚景文这话给气得怒瞪了眼睛,"你给我再说一遍,谁没人敢要了?"

"我没人要,所以才赖着你。"尚景文见风使舵地说,附送上了一个灿烂的笑意,"叶笑笑小姐,不要生气了好不好?来,乖乖的,用药棉擦下,上药。"

"不要。"叶笑笑嫌弃地瞅了一眼尚景文手里拿着的药棉,"看着就脏兮兮的,谁知道有没有毒!"

"怎么可能会有毒!我才用过的!"尚景文瞪了一眼叶笑笑,"再说了,你看我像是那种舍得毒死你的人嘛!"这女人,还真的是,唯有小女子难养也!

"难说!"

"叶笑笑,做我女朋友好不好?"尚景文正色地看着她,"你不要急着拒绝我,给自己一点时间好好想想。"说完自恋地补了句:"其实我们真的很合适!"

"我想想吧。"叶笑笑没有像一开始那样果断拒绝尚景文,反而认真地承诺。或许尚景文说得有道理,她自己早已心动,不愿承认而已。"尚景文,你说,药棉你才刚用?"叶笑笑溜溜的黑眸微微地眯了点起来,带着点疑惑,"没看出来,你哪里受伤了?"说完,叶笑笑认真地将尚景文看了一遍,末了补充了句:"你骗人。"眼神明显带着鄙视。

"这有什么好骗你的?我真的刚用过。"尚景文被叶笑笑

那鄙视的眼神给伤到自尊，不爽地哼了哼，为了表示他所说的是事实，他准备拉开衣服，

"喂，你干吗？耍无赖啊？"叶笑笑正看着尚景文，见他要撩开衣服，不由得伸手按住了他的手，瞪着黑溜溜的眸子，怒视他。

"我没耍无赖，只是想给你看我受伤的地方。"尚景文的剑眉微微拧了下，龇牙咧嘴了下，"还有，你现在按在我的伤口上，很疼！"

"什么？"叶笑笑肯定不相信尚景文受伤，这生龙活虎的家伙，这能把甄诚打断三根肋骨的家伙，怎么可能受伤！所以她的手并没有直接拿开，而是继续按在尚景文所说的伤口处，问："你说，这里受伤？"

尚景文忙不迭地点点头："是啊。"

"真的？"叶笑笑问出声的同时，猛地伸手按压了下去，还特别坏心眼地扭动了好几下，直把尚景文疼得龇牙咧嘴地喊叫。

"啊……疼……"尚景文吃疼地呻吟了下。

叶笑笑本来想讽刺尚景文几句，可看他的俊脸，真疼得凝成一团，痛苦不堪，便猛地一把揭开了他的衣服下摆。在尚景文的右侧腰上，确实绑了一条绷带，此时正因叶笑笑的用力按压，扭捏，雪白色的纱布上慢慢地渗出了血迹。

"你……你，你真的受伤了？"叶笑笑被惊讶得说话都不利索了，半晌怯怯地，结结巴巴地看着尚景文问。

尚景文淡定地点点头："嗯。"

"怎么受伤的？"叶笑笑关切地问，那鲜血已经渗透了洁

白的纱布，染红了整个一片了，而车里瞬间弥漫着浓浓的血腥味，刺鼻地钻入叶笑笑的敏感鼻尖。

"叶笑笑，你在关心我吗？"

"废话！"叶笑笑赏了个大白眼给尚景文，心里又愧疚起来，她刚太任性，下手太重，害得伤口又流血。

"叶笑笑，有你这话，我就很开心了。"尚景文笑得很灿烂。

"你有病啊，都流血了还发痴？快点回医院去。"叶笑笑没好气地骂。

"没事，回去处理包扎下就好。"尚景文轻描淡写。

"刀伤啊！"叶笑笑惊恐道。

"我知道。"尚景文温润一笑，"我说出来谁刺的我，你会叫得更大声的。"

"谁？"

"尚衣玛！"

"什么？"叶笑笑掏了下耳朵，"尚景文，你知道你自己在说什么吗？"

尚景文点点头："我跟他是同父异母的兄弟。"

"什么！"叶笑笑石化。今天的消息一个比一个劲爆，她都觉得小心脏承受不住了。

"好了，把你下巴收上去，掉了我不会接！"尚景文笑吟吟地伸手，捏着叶笑笑的下颔，"那小子身份特殊，是个秘密。你一定不会乱说的是吧？"

"既然是秘密，那干吗告诉我？"

"因为你跟我以后会是一家人。"尚景文笑得眉飞色舞，

"我家家庭成员表绝对要第一时间告诉你。"

"谁跟你一家人？"叶笑笑赏了大白眼,"我都没考虑好要不要做你女朋友呢！"

"叶笑笑,你要怎么样才愿意做我女朋友？"尚景文拉着她的手,"让我们滚床单的时候,能名正言顺地做点运动啊！"

"你真龌龊！"

"我哪里龌龊了？我们睡一起这么多晚了,一点激情都没有,我都开始怀疑我自己是不是男人了！"尚景文幽怨道。

"那你是不是男人？"

"要不然,你试试？"尚景文眸光温情似水地看着叶笑笑。

"我才不要。"叶笑笑不自在地移开目光,"尚景文,你到底喜欢我什么？"

"喜欢你不喜欢我。"尚景文挑着飞扬的剑眉,嘴角勾着笑意,"叶笑笑,你敢喜欢我试试吗？"

"喜欢就喜欢。"叶笑笑豪气地拍了拍胸脯,"我喜欢你了,你会不喜欢我？"

"傻妞,我会更喜欢你！"尚景文长臂一伸,将叶笑笑结结实实地圈在怀里,"叶笑笑,我们相互喜欢,相亲相爱会幸福着慢慢变老的。"

"尚景文,你说了让我想想的。"叶笑笑不满道,"我还没答应做你女朋友的！"

只是她喋喋不休的话还没说完,尚景文已经用他火热的吻封住了她柔嫩的唇,将那些不满跟抗议吞了个结结实实……叶笑笑并没有拒绝,主动伸手揽着他的颈脖,热情地回应他,相亲相爱,慢慢变老,或许是一件很浪漫的事。是的,叶笑

# 你是我最美的时光

笑的心结是甄诚,当她确定放下甄诚的那一刻,其实就已经知道,尚景文不知不觉取代了甄诚的位置。

感情的世界就是这样,一个人,一颗心,装着一个名字,如果你想重新开始,只要找到那个替代的位置。新的人将旧的人从心里赶出去,就是一场涅槃的重生,一段新的浪漫故事开始。未来悠远,只要我们相爱,彼此不放手,必定是幸福圆满的大结局。

# 番 外

"妈,你不觉得我跟尚景文不般配吗?"叶笑笑试探地问叶妈妈。

"哪里不般配了?男的长得俊,女的长得俏,将来生的娃娃一定漂亮极了!"叶妈妈眉开眼笑地接话。

"长得俊的男人花心,妈你不怕尚景文是一个花心萝卜嘛!"叶笑笑一本正经地打断叶妈妈,再被她这样幻想下去,她跟尚景文婚都没结,孩子都被YY出来了。

"一个萝卜一个坑,再花心的萝卜,结婚了,也就收心,安定了!"叶妈妈说得理直气壮,"再说,我看尚景文那孩子就老实得很!"生怕叶笑笑不信,又道:"尚景文的母亲不说了么,他从小就是品学兼优的好孩子,现在,刚从部队出来,我想部队出来的孩子,坏也坏不到哪里去。"

……扑哧……

叶笑笑无语:"妈,你说尚景文老实?"她不认同道:"他从小就是问题少年好不好?"

"笑笑,不能用一个人的过去去衡量一个人的未来!过去尚景文怎么样的,我不清楚,但是现在我看着这孩子不错。"叶妈妈显然是为尚景文说话。

## 你是我最美的时光

"你以前说,我不能喜欢问题少年的!"叶笑笑不服气,靠,在叶妈妈的眼里,尚景文已经是一个天使了,而且还是那种带着光环的,这让知道他坏事的乖乖女叶笑笑超级不服气。

"那是你没成年之前,现在你们都是成年人了,没有问题少年这个词啦。"叶妈妈讪讪地笑了笑,"我看你们呀,早点结婚生娃算了。"说到这,叶妈妈一手朝着叶笑笑的脑袋上拍了下来,教训道:"尚景文这种极品好男人,你还不绑着去结婚,你不着急,我都替你急!"

"妈,你以前不是教训我,做人不能朝三暮四,甄诚多好的一个孩子,不能因为犯过一个错,就踹了,还让我跟尚景文保持距离的嘛!"叶笑笑无辜地撇嘴,她现在每天面临的就是双方家长的催婚。呜呜,她跟尚景文才刚刚进入恋爱的阶层嘛,她还不想结婚,当然关键是结婚后要催着生娃!

"昨天是昨天的事,今天是今天的事。"叶妈妈辩驳得上瘾了,激动地看着叶笑笑,一锤定音道,"明天我跟你爸爸拿你的户口本帮你们把证先领了算了!"

"妈,你没搞错吧?"叶笑笑嘴角抽搐。

"你婆婆说了,领证不一定你们到场的,他们一路通帮你们包办。"叶妈妈笑嘻嘻地说,"你们两个呢,只要负责生娃就行。"

"对,多生几个。"叶爸爸也加入到劝说的行列。

"妈,你们放心,我跟笑笑会努力的!"尚景文嘴角扯着温润的笑意,将叶笑笑温柔地揽入怀里,"笑笑,我们谈了这么久恋爱,是该结婚了。"

"哪有，我才答应做你女朋友的。"叶笑笑不满地磨牙。

"嗯，咱们意思意思就算了。"尚景文笑得和善可亲，"体验过女朋友了，咱们就考虑结婚吧！"

"对啊，结婚。"叶家家长认同地点头。

"我不要马上生娃。"叶笑笑强调。

"不会的。"尚景文灿烂地笑笑，"你离生娃还早呢！"他每天努力耕耘，最快也要十个月才能生娃吧！

"那好吧，我们结婚。"叶笑笑点点头。